国家出版基金项目
NATIONAL PUBLICATION FOUNDATION

国际格林奖儿童文学理论书系

丛书主编 蒋 风 刘绪源

儿童文学研究必备手册

[英]马修·格伦比 [英]金伯利·雷诺兹 / 编著

孙张静 李萍 张岚 / 译

the International
Brothers Grimm
Award

U0331125

华东师范大学出版社
ECNUP
全国百佳图书出版单位

图书在版编目(CIP)数据

儿童文学研究必备手册/(英)格伦比,(英)雷诺兹编著;孙张静,李萍,张岚译. —上海:华东师范大学出版社,2019
(国际格林奖儿童文学理论书系)
书名原文:Children's Literature Studies——A Research Handbook
ISBN 978 - 7 - 5675 - 6999 - 7

Ⅰ.①儿… Ⅱ.①格…②雷…③孙…④李…⑤张… Ⅲ.①儿童文学—文学研究—手册 Ⅳ.①I058 - 62

中国版本图书馆 CIP 数据核字(2019)第 013826 号

Children's Literature Studies: A Research Handbook
Edited by Matthew O Grenby and Kimberley Reynolds
© M. O. Grenby and Kimberley Reynolds 2011

First published in English by Palgrave Macmillan, a division of Macmillan Publishers Limited under the title Children's Literature Studies edited by Matthew O. Grenby and Kimberley Reynolds. This edition has been translated and published under licence from Palgrave Macmillan. The authors have asserted their right to be identified as the authors of this Work.

Simplified Chinese translation copyright © 2019 by East China Normal University Press Ltd.
ALL RIGHTS RESERVED.

上海市版权局著作权合同登记 图字:09 - 2017 - 676 号

国际格林奖儿童文学理论书系

儿童文学研究必备手册

丛书主编 蒋 风 刘绪源
总 策 划 上海采芹人文化
特约策划 王慧敏 陈 洁
编 著 者 [英]格伦比 [英]雷诺兹
译 者 孙张静 李 萍 张 岚
特约编辑 黄 琰 曹 潇
责任编辑 唐 铭 王国红
特约审读 王培茗
责任校对 陈 易
封面设计 采芹人 插画·装帧 夏 树
版式设计 刘怡霖

出版发行 华东师范大学出版社
社   址 上海市中山北路 3663 号 邮编 200062
网   址 www.ecnupress.com.cn
电   话 021 - 60821666 行政传真 021 - 62572105
客服电话 021 - 62865537 门市(邮购)电话 021 - 62869887
地   址 上海市中山北路 3663 号华东师范大学校内先锋路口
网   店 http://hdsdcbs.tmall.com

印 刷 者 昆山市亭林印刷有限责任公司
开   本 787×1092 16 开
印   张 14.25
字   数 207 千字
版   次 2019 年 4 月第 1 版
印   次 2020 年 11 月第 2 次
书   号 ISBN 978 - 7 - 5675 - 6999 - 7
定   价 48.00 元

出 版 人 王 焰

(如发现本版图书有印订质量问题,请寄回本社客服中心调换或电话 021 - 62865537 联系)

总　序

刘绪源

　　1987 年，从大阪儿童文学馆寄来的馆刊中，我第一次读到"格林文学奖"的消息，从而知道这是个国际儿童文学的理论奖，第一届获奖者是德国教授克劳斯·多德勒。当时，我的理论专著《儿童文学的三大母题》才出版不久，对于在这一领域作理论探索的荒芜感和艰巨感，已有所悟。看到有这方面的国际奖，心中不由一热，这就像哈利·波特听说有一所霍格沃茨魔法学校，知道那里有许多像他一样的人时，内心涌起的温暖。后来我还曾向中由美子女士了解格林奖的情况，她告诉我，此奖有"终身成就奖"性质，评人而不评作品；这年刚开始评，以后每两年评一人。我听后，深以为然，正因如此更可鼓励终身致力儿童文学理论的研究者，而这样的研究者，全世界都是稀缺的。

　　二十多年过去了，到 2011 年，报上忽然登出中国的蒋风先生荣获第十三届国际格林奖的消息，着实令人兴奋！蒋风是浙江师范大学教授（曾任校长），是中国高校第一个儿童文学硕士点的创办者，长期从事儿童文学评论和理论研究，主编过多种中国儿童文学史。如今国内许多高校儿童文学专业的骨干教授,如吴其南、王泉根、方卫平、周晓波、汤素兰等,儿童文学出版界的骨干编辑,如韩进、杨佃青、王宜清、梁燕、冯臻等,都是从浙江师大儿童文学专业的氛围中走出来的。作为教育家的蒋风,可说已是桃李满天下。但我以为,除了教育和著述,将风先生最突出的才干,还在组织工作上。他领导浙师大儿童文学研究所期间,在人员配置上很见匠心。他自己长于中国现代儿童文学研究,他招来的黄云生和韦苇两位教师,一个主攻低幼文学研究,一个主攻外国儿童文学史,两人又颇具儿童文学之外的文学与文化素养,这样整个专业的教学和研究就有了很大的覆盖性和完整性。毕业留校的方卫平长于理论研究,在读研时就显现了理论家的潜质。这四位教授之间,又自然呈现出一种梯队的态势。这种地方,看得出蒋风先生是既有气魄,又有远见的。他是中国儿童文学理论发展中难得的帅才,诚所谓众将易得,一帅难求。但他又不是那种官派的"帅",不是占据了什么有权的位置,他的校长也就做了一任(1984—1988),以后就继续做他的教授。他是以自己的努力,尽自己的可能,让儿童文学理论研究得以更好地发展,是凭他的眼光、气派和踏实有为的工作,一点一点地推动了全局。他的许多工作其实是看不见的,国际奖的评委则更不容易看见(评委们的关注重点往往还是专著),然而他被评上了,这既让人惊讶也让人欣喜——因为他确是中国最具终身成就奖资格的人。

又好几年过去了,2017 年,传来华东师范大学出版社将出版"国际格林奖儿童文学理论书系"的大好消息。这套书将陆续推出历届获奖者的一些代表作品,这对我们进一步了解国际同行的研究成果,非常有益。当然,儿童文学是一个开放、发展的体系,无论谁的研究,无论从哪个角度、何种方法深入,都只能丰富我们对它的理解,而不可能穷尽之。这次出版的几种专著,有法国的让·佩罗的《游戏·儿童·书》,瑞典的约特·克林贝耶的《奇异的儿童文学世界》,俄罗斯的玛丽亚·尼古拉杰娃(瑞士籍)和美国的卡罗尔·斯科特的《绘本的力量》,英国的格伦比和雷诺兹的《儿童文学研究必备手册》以及彼得·亨特的《批评、理论与儿童文学》,此外就是蒋风先生主编的《中国儿童文学史》，内容和研究方法都各不相同，可谓丰富之至，让我们面临了一场理论的盛筵。我试读了其中的《奇异的儿童文学世界》，这是对幻想文学（书中称为"奇幻文学"）的专题研究，作者用分类的方法，从故事与人物的奇幻特征上进行把握，将英语国家及少量瑞典和德国的幻想文学分成近十个类别，然后再作总体分析。作者的分类十分细致，描述也极生动具体，这让人想起普罗普对民间童话进行分类并总结出三十一个"功能"的著名研究，这里委实存在学术方法和学术精神的传承。但此书在讨论奇幻文学与不同年龄的小读者的关系时就略显粗疏，对低年龄儿童的幻想渴求未作特别关注。可见不同角度的研究虽各有长处，却也难免其短。同样，这二十多年来对儿童文学界影响最大的理论著述莫过于尼尔·波兹曼的《童年的消逝》，但这本天才著作的缺陷现也已人人皆知。这说明什么呢？说明学术需要交流，它是在交流、切磋中推进的，越是有成就的学术有时越容易被发现毛病（发现毛病并不意味其学术生命的终结，有时恰恰更体现它的价值），没有哪本专著能穷尽学术。这也使我们明白，设立格林奖也好，出版格林奖书系也好，其真正的意义，就在推进交流和切磋，让学术在交流中前进。

知堂在《有岛武郎》一文中说过这样的话："其实在人世的大沙漠上，什么都会遇见，我们只望见远远近近几个同行者，才略免掉寂寞与空虚罢了。"这话比之于格林奖，十分贴切。儿童文学研究者因为有这个奖项，能不时看见新的成果和新的楷模，这对研究者心理是极好的慰藉，同时也是极好的鞭策。在其另一名文《结缘豆》中，他又说："人是喜群的，但他往往在人群中感到不可堪的寂寞……我们的确彼此太缺少缘分，假如可能实有多结之必要……"这又使我想起一件必须说的事：蒋风先生在得到格林奖的奖金后，首先想到的还是推进中国的理论研究。他不辞辛劳，四处奔走，终于在 2014 年设立了"蒋风儿童文学理论贡献奖"。这个奖也是每两年评一人，他的奖金就成为本金之一。而我因同行错爱，居然成了这个"理论贡献奖"的首届得主，心中真是感愧交集。蒋风先生所做的，不正是"撒豆"的事吗？他将国际奖和中国奖联结起来，在同行间广结善缘。这又一次体现了他民间"帅才"的功力，我想这缘分定能传之久远吧。

定稿于 2017 年年初

书　评

"一本非常有用的手册,为如何进行儿童文学的文学批评研究提供了极好的建议。"

——罗汉普顿大学(Roehampton University)国家儿童文学研究中心,丽莎·塞恩斯伯里

"一本优秀的、非常及时的书。雷诺兹和格伦比委托一些儿童文学领域最优秀的学者(包括他们自己)讲述研究和批评中的关键点,著成这本理论丰富而又非常实用的书。"

——美国佛罗里达大学副教授,肯尼斯·基德

儿童文学是一个飞速发展的研究领域,为学生和研究者提供了大量实际的和智力的挑战。这本研究手册是第一本致力于专业技能和大学研究儿童文学的复杂性的书,它集合了国际顶尖学者的专业知识,将实用的建议同评论方法的深度讨论相结合。

《儿童文学研究必备手册》从多个方面充分地思考"儿童文学",审视视觉文本(如绘本)、电影、电脑游戏和其他"变形"文本,以及更加传统的儿童

文学作品形式;为设计、开始和实施研究课题(如学位论文)提供了一步步指导,并且为可以进行的、有益的研究方向提供了建议;调查了儿童文学学者所使用的不同的方法论和理论方法,包括案例研究、问题以及为了巩固每章节讨论观点的练习;提供了拓展阅读书目清单和专业术语表,这将是一份有用的参考资源。

这本手册是研究儿童文学者不可或缺的帮手,无论是本科生、研究生或是更高层次的人。

M. O. 格伦比是英国纽卡斯尔大学《儿童文学》的审稿人。他出版过一些关于儿童文学和 18 世纪文学的书,包括《1700—1840 年间的儿童读者》和《反雅各宾派小说》,参与编辑了《英国流行儿童文学》和《剑桥儿童文学指南》。

金伯利·雷诺兹是英国纽卡斯尔大学儿童文学专业的教授,她也是国际儿童文学研究协会的主席。她的近期作品有《激进的儿童文学:未来视界和审美转换》,该作品于 2009 年获得了儿童文学协会奖。

目　录

简　介

金伯利·雷诺兹

研究儿童文学的缘由

所有人都是由儿童长大的,在大多数文化形成初期,儿童故事集就已诞生。因此,以成年人的视角重新审视儿童文学作品,从任何层面来说,小到个人,大到国家,都具有启发性。成年以后再去读儿时挚爱或无法理解的书,有助于探究自身的童年;同样的,由于儿童读物常被用于教授某一特定时期的主流价值观和普遍认可的行为,所以研究一个国家早期或关键时期创作的或被禁的儿童读物,常能够突出那些代表真相的元素和讨论。例如,西班牙在佛朗哥政权实行独裁统治时期(1939—1975 年),许多传统形式的儿童故事和著作因其颠覆性而被禁——有时是因歌颂当时政权不认可的英雄事迹,有时是因为称颂官方禁止的宗教信仰和宗教组织等等。随后,国家又要耗费大量精力恢复那些遗失的和被禁的故事素材,重新改编,供后佛朗哥时代的西班牙儿童阅读。当然,佛朗哥时期的儿童文学也有它自己的故事。

佛朗哥政府清楚地知道,由于儿童文学是我们最早接触故事的途径之一,所以它对我们如何看待和理解世界起重要作用。故事是我们总结经验所需的图像、词汇、看法、结构和解释的关键来源,因为这些故事往往与这样或那样的教育密切相关,它们成了传递过去或当今文化变革信息的载体。儿童读物是家庭文化和制度文化、官方文化和非官方文化、高雅文化和大众文化的统一体,并且它通常包含视觉元素,所以儿童读物的素材可以说是一个极其珍贵的历史信息储存库,囊括从过去儿童的穿着打扮和他们生活的环境到店铺、仆人、医疗、宗教、战争、迁徙、科技发展、探险以及其他各方面的信息。

儿童文学和过去的作品在许多层面上也存在联系,正如我们的儿童时代,它一直存在于我们内心之中并持续影响我们。因此,儿童文学作品的影响不但不会随着时间的流逝而消失,而且还会影响我们认识、构建、管理社交圈的方式。此外,传统的思想可能存在于早期的作品中,也可能被人有意写入保守的当代作品或不加批判地反映当今社会潮流的作品中。与此同时,我们今天给儿童讲的故事实际上有许多都是老生常谈,但是,这些作品的作者意欲揭示、批判、调整我们解读世界的模式,而不是传播原有的价值观(Stephens,2009)。他们引起的新旧思维方式的对话可能是播撒社会变迁种子的另一种方式(Bradford et al.,2008;Dixon,1977)。在平等和多样性领域就有这样的例子,很好地诠释了儿童文学作为使社会发生改变的温床的作用。例如,在印度国内和海外的英语儿童文学作家的作品中,很多故事都倡导"新印度女孩"的概念,她们强势、令人钦佩、让人印象深刻,与印度文学中的传统女孩形象大相径庭,此外,作者还通过她们鼓励更普遍的品质,如共性和包容(Superle,2009)。

这篇简短的概述阐明了一些研究儿童文学的有益的和重要的原因,这些原因有时候会被从未研究过这一领域的人忽视。确实,大学中对儿童文学的认可存在偏差;个人和研究机构有时认为儿童读物太过简单,与流行文化联系过于紧密,无法保证严格的学术审查。多年来,虽然一直有人认为儿童文学不能算作一个研究领域,但是,它的特点已经引起了一些重量级人物的注意。塞缪尔·皮普斯和詹姆斯·鲍斯韦尔都收集过口袋读物,格林兄弟的童话故事是德国国家文化总体研究的一部分,哲学家瓦尔特·本雅明也热衷于收集儿童书籍。从某种程度上而言,本雅明看重儿童文学是因其能激发年轻一代的活力,鼓励他们挣脱正式教育培养的思维方式的束缚。当整个欧洲的文学家都注意到儿童文学和流行文化之间的密切关联时,他就曾一度研究儿童文学,这种广泛的吸引力被认为彰显了儿童时期充满活力而不是青春易逝的本质,正如现代主义所描绘的一样(Dusinberre,1987;Reynolds,2007 和 2010),这使它成为那些思考和尝试重新定位文化的人需要考虑的至关重要的领域。本雅明一直走在他的时代之前。学术界对儿童文学是一个重要且值得研究的领域的承认,是 20 世纪中最重要的一件事,儿童文学与许多其他文学和文化研究领域一样重要,并为基于从未探讨过的素材的原创性研究和思考提供了广阔的视野。

儿童文学研究什么

现今开始研究儿童文学的人们会发现,在许多国家的高等院校中,儿童文学已成为教学和研究中十分活跃的部分。过去十年间,和儿童文学有关的大学课程不断扩展,使儿童文学作为一个研究、监管和教学的领域取得了重大发展。尽管师生们对儿童书籍以及相关作品的热情高涨,与之相关的活动(课程、会议、出版物)也以丰富的形式在不断开展,但是从其他学科转入这一领域的学生和学者常常不确定儿童文学研究的构成和方法。由于许多将注意力转移到这一研究领域的人已获得学位,他们应该已经熟悉一系列研究文学文本的批评和理论方法,但是他们仍有“不确定感”,这可归结为对“儿童”这个词的“不确定”。儿童文学到底研究什么? 儿童在研究中扮演什么样的角色? 这些问题在某种程度上源于其他文学研究领域,类似的标签往往与其创作主体相关：女性文学由女性创作，后殖民文学主要来自被殖民过的国家等等。然而，儿童几乎无法创作属于他们的作品，包括书、漫画、杂志、电影、戏剧、电视节目或者其他形式的属于儿童文学范畴的叙事作品，因此，在此情形下，这一标签表明儿童文学所要研究的是为儿童创作而不是儿童创作的作品。

　　这一基本的理解开始为构成儿童文学的作品设置一些参考系，但并未解释其构成方法或者这一领域的研究者研究什么或怎么研究。这些问题的答案又远非那么简单。例如，许多学术科目是根据时期和运动（中世纪、浪漫主义、现代主义、唯美主义）、地点（美国、俄罗斯）、流派（哥特式、侦探小说）、手法（女性主义、后殖民主义）等划分的，或者甚至限于某一个人的作品，而儿童文学的研究包括所有这些划分方法，尤其因为大部分从事这一领域研究的人有着教育、图书馆事业或者儿童发展领域的背景，这些领域又各有其特有的学科研究程序，还增加了一些其他方法。正如书名所示，这本书主要是为把儿童文学作为文学研究以及重视诸如文体、内容和批评方法，而不是注重教育理论、发展或文学功能的人所写的。然而，儿童文学实质上是一个跨学科的领域，会不可避免地与其他研究领域产生密切交集。

　　儿童文学的学科宽度超越了学科折中主义。儿童读物的历史可追溯到古典时期（Lerer，2008）或者更早的无文字时代的神话、传说、诗歌、民谣和童话故事。儿童文学还涉及当代的新兴潮流趋势，包括网络上创作的儿童故事，其中有些是儿童自己创作的，这让人反思成人创作儿童文学作品的视角是否恰当。由于儿童文学包含所有形式、格式、流派和媒介，覆盖全世界各个地方，通常极度依赖视觉元素，常常需要考虑玩具、游戏和商品的生产商经营儿童故事书的方式，它可能是范围最大、内容最多样的文学研究领域。这意味着儿童文学研究者可能需要熟悉各种研究策略。这本书的功能之一便是介绍几种最常见的儿童文学研究方法。然而在此之前，还要更多地谈谈儿童文学到底研究什么，尤其是"儿童"和"文学"这两个术语之间的关系。

儿童文学中的儿童形象

看到"儿童"这一词，立刻会想到要研究哪些儿童，是作品中的儿童角色？还是儿童读者？如果是后者，这些能研究其反应的真实读者或者隐含读者在故事中被塑造出来了吗？当涉及过去的书时，如何判定真实读者？是这本书最初的目标儿童？还是它现今的读者？或者两者都是？这些儿童属于什么年龄段？年龄有影响吗？年龄段泛化是什么意思？在英国，当前儿童文学可能是指迎合 0—16 岁儿童的文学（即从出生到法定能够离开学校的年龄），但是不同国家对"儿童"所对应的年龄有着不一样的标准。毫无疑问，这一群体的需求、能力和经历会随着年龄段的不同而发生巨大变化，但是因为这一群体中还包含不同性别、不同种族背景的儿童，身体残疾、未接受良好教育的或天才的儿童，未进入青春期和还未成熟但性活跃的儿童，生活在核心家庭中的儿童，以及因各种原因移民到新的国家、不得不克服新的文化和语言障碍的儿童，其中一些还是和家人分开的儿童等等，所以他们的需求、能力和经历的变化又会受到很多其他因素的影响。由于概括所有儿童文学作品几乎没有任何意义——不要忘记大量的儿童读物都属于非小说或者信息文本，从基础的字母到"可怕的历史"——研究者经常发现自己擅长某一特殊年龄段的儿童作品的研究，如学龄前儿童或者青少年。

过多的潜在读者从法律上来说都是未成年人，他们期望作者、出版商、评论家以及那些将儿童和书籍联系起来的人承担起关心读者的责任。这是另一个有趣的领域，时常引起极大的争议，相关问题亦构成了儿童文学研究的议题：什么样的内容和语言适合或不适合儿童？或者，什么是他们需要或不需要知道的？谁来决定？一本包含诸如乱伦、轮奸、企图杀婴或流产的书真的适合儿童吗？如果书的主人公是一个善良、乖巧、天真的小孩，在战争即将结束时被友军的炮火误杀了，并只有读者目击了这一事件又会怎样呢？或者一本讲述一位父亲为他还未成年的儿子的突然死亡而哀痛的图画书呢？这些例子都来自近 30 年出版的儿童文学作品，每一个都引起了关于什么是儿童文学的辩论①。这样的争议并不是第一次出现：例如在 18 和 19 世纪，童话或者魔幻故事是否适合儿童就引起了很大争论（Tucher，1976）。因为对于童年是什么，持续多久，童年的定义如何受诸如阶级、地区、种族和财富等因素的影响，以及儿童文学的目的随着时间的流逝发生巨大转变等诸如此类的问题，有着不同的理解，所以，人们很难就什么是或什么不是儿童文学达成共识。

这意味着，那些从事清教、18 世纪或苏联儿童文学研究的研究者需对特定时期及特定时期的童年生活和文学评论家非常了解。那些再现儿童文学中的家庭、死亡或地点的研究课题，可能需要研究者们了解跨越几个时期、几个学科，甚至几个世纪以来人们的童年生活以及儿童文学作品。

儿童的文学

尽管定义儿童文学受众的范围十分困难，但是多年来人们已就图书适合儿童的因素达成了共识，纵然这里的根据甚至并不是很确切。例如，原本并不是专门为儿童创作的但又深受儿童喜爱的图书算是儿童读物吗？ 或者甚至如果一本为儿童写的图书深得成年人的欢心，那它还能属于儿童文学的范畴吗？ 现在整个的研究都集中于"跨界"小说以及它们对儿童文学的影响（Beckett，2008；Falconer，2009）。或许约翰·罗伊·汤森提出的关于如何判定文学作品是否属于儿童文学的观点是受到最普遍认可的，他在

---

① 此处所讨论的书包括：

作者：Margo Lanagan   著作：Tender Morsels(2009)

Michael Rosen 和 Quentin Blake

Michael Rosen's Sad Book(2004)

Roberto Innocenti

Rose Blanche（1985，Ian McEwan 改写的英国版；Matha Coventry 和 CragliaRichard Craglia 翻译的美国版）。

1971 年提出"任何将儿童文学划入其特定的狭小领域的分法都是错的……现今对儿童读物唯一实际可行的定义……是出版商儿童读物列表上的书籍"(in Hunt，1990：57)。

汤森的观点可能很实用,但是正确吗? 许多这一领域的研究者发现紧紧着眼于如何创作儿童文学作品以及儿童读者和作者之间的关系大有益处。佐哈尔·沙维特(1986 年)和芭芭拉·沃尔(1991 年)的著作对此作出的分析产生了一定影响。在一篇被大量引用的关于儿童小说的文章中,迈尔斯·麦克道尔提出了一个更通用的确定儿童文学主要组成部分的方法。他认为：与成人小说比较而言,儿童读物一般来说篇幅较短,倾向于主动而非被动的处理,采用对话和叙事而非描写和反思的创作手法。主人公通常是儿童,尊崇传统惯例,故事在清晰的道德框架内发展……儿童读物内容乐观向上,有儿童化的语言,独特的故事情节,没有意外,充满了无限的魔法、奇幻、天真和冒险(1976：141－142)。

丹麦学者托本·魏因赖希提出了证据证明麦克道尔所说的大部分内容都适用于许多儿童文学作品。他研究了成人文本被改写成儿童文本后产生的变化,研究表明改写的过程无一例外都包括缩短篇幅、简化情节以及尽可能加入插图这些步骤。这难道意味着儿童文学作品本质上不如成人作品吗? 这种臆测影响了儿童文学的地位,具有歧视儿童文学的意味,认为儿童文学的受众注定了儿童文学过于简单的特点,对儿童文学的价值存在疑虑。如果说只有文体出众、层次分明、比喻生动的作品才具有文学价值,毫无疑问,许多已出版的儿童文学作品都缺少文学价值,成人文学作品也是如此。导致这一问题的原因有很多,但就儿童文学而言,最主要的一点就是儿童文学出于教育目的,与半成人文学作品存在差异。这并不意味着儿童文学作品天生或必然次于成人文学作品,或者更易创作,也不意味着所有的成人书籍都是好的。事实上,从事儿童文学和成人文学创作的吉尔·巴顿·沃许认为,写一本好的儿童文学作品比写一本成人文学作品要更难。因此,如果一本儿童读物在文学价值和吸引力上都取得了成功,那么它必定是一本既具有深远影响，又颇具美感的作品。她说：儿童文学作品相比于成人文学作品而言，提出了一个技术上更困难、更令人关注的问题，那就是如何把任何一个好的小说都会表现的十分严肃的成人的观点表述得简单易懂……对可理解性的要求往往会导致情感的不明确，而就像诗歌中的省音和音部划分一样，间接的方法常常是提升美感的一种途径(1977：192-193)。

尽管巴顿·沃许的观点令人信服，但是那些过去已经创作出版了大量被认为是儿童文学作品的作家、编辑和出版商对麦克道尔和魏因赖希关于儿童文学的构成要素(即简单易懂、语言儿童化、内容乐观向上等等)的看法背后的意义已谙熟于心。直到20世纪末，才出现不成文的道德准则，避免儿童文学中出现色情、污言秽语和凄惨结局(Reynolds，1998：31；Tucher，2006)，这一道德准则最大程度上凸显了巴顿·沃许所指的问题。毫无疑问，青少年文学作品(青年小说)的发展壮大一直在帮助挑战何为儿童文学及儿童文学作用的观点；至今仍有许多文体复杂，包含色情、咒骂、暴力和凄惨结局的儿童文学作品。

当今对于儿童文学构成要素的定义正在不断扩大，而这也改变了作者和插画家所面临的挑战。但是新出现的文学作品和插画更加激进，其与日积月累的儿童文学作品的共存仍是一个重要的研究领域，这不仅丰富了被冠以"儿童文学"标签的大且易变的领域，还为其研究者提供了更多的机会。

为什么是一本专业研究方法手册？

到目前为止，我们应该清楚从事儿童文学领域研究的人正面临着一些具体的挑战，这意味着并不是这一领域的研究者需要或想要知道的所有新的事物都可以从已有的大量优秀人文科学研究指南中得到答案。为了达到这一目的，我们试图让这本书起到双重作用，因为它不仅提供了关于从事研究的总体建议(尽管是在儿童文学的背景下)，还有关于如何应对研究儿童文学领域过程中的可能遇到的问题和挑战的具体建议。经验丰富的研究者不想把时间浪费在这些基础知识上,但是关于这一领域的实用建议以及其中的研究资源对大部分刚涉足这一领域的人颇有用处。

我们要记住,这些挑战使我们需要一本专门的研究儿童文学的书,而通常正是这些挑战,构成了我们乐此不疲地研究这一领域的原因。例如,儿童文学的许多方面都未得到正式的关注。这一方面意味着许多 21 世纪研究者必备的基本工具(电子数据库、搜索引擎、主要的网络数字化资源、网上图书资源)的开发并未考虑到儿童文学,另一方面意味着有很多尚无人涉足的研究领域和从未被使用过的素材可供研究。本书所有编者在这一领域都有多年的研究和教学经验,无论是关于数据库和电子资源的使用,还是对比不同国家、不同时期的素材或者其他任何上文中提到过的挑战,阅读他们的建议将节省你的时间,使你养成良好的习惯。

尽管儿童文学的研究者和评论家只创造了用于探讨儿童读物的零散词汇,但是用于其他领域的术语往往也适用于讨论儿童文学作品和插画。本书后面的术语表给出了这类常用术语的定义,术语表中解释的术语都以粗体出现在本书中。

本书的各个章节各有特点,每位编者都已采用最好的方式去解释和提供这一领域具体研究方向的例子。它们有一个共同点,每一章的末尾都会附上一份论著列表,有助于你形成自己的研究思想和策略。大部分章节也附带实践性练习,这能帮助你巩固所读到的观点,以便你掌握这些观点,并将它们应用于自己的研究中。第五章的所有文章都涉及研究儿童文学的重要方法,并附有练习。当你把大部分的重要研究方法应用到 1950 年前出版的儿童文学作品中时,你就会发现在这些作品中作者主要想表达的是白人、中产阶级父母以及毫无疑问信奉基督教且为异性恋的老师(至少在西方国家)对孩子的期望。这意味着从历史上讲,儿童读物中的童年主要是指这类儿童的童年,尽管事实上他们只是一小部分特殊群体。20 世纪 60 年代,这一倾向受到严格审查,到了 70 年代,儿童读物中的儿童形象及其所针对的儿童群体都发生了重大变化,这些证明理论与实践之间可能存在相当大的关系。当然,这一关系并不像这篇简介所说的那么直接,但是如果你了解这些理论,同时尽可能将其作为你检查自己感兴趣的批判性思维和儿童文学作品之间关系的根据牢记于心,并探寻评论与创作之间的相互作用如何帮助扩大儿童文学作品中童年和主题的范围,这是非常值得的。

　　无论你是从理论、历史、文体角度研究还是基于实践,你都会发现儿童文学研究领域还有很多工作要做。我们希望本书能帮助你有效地开展研究,并让你的研究朝有益的方向发展。

拓展阅读

1. Egoff, S., Stubbs, G., Ashley, R. and W. Sutton (eds), Only Connect: Readings on Children's Literature, rev. edn (New York: Oxford University Press, 1996).

2. Grenby, M. O., Children's Literature (Edinburgh: Edinburgh University Press, 2008).

3. Hollindale, P., Signs of Childness in Children's Books (Stroud: Thimble Press, 1997).

4. Hunt, P., An Introduction to Children's Literature (Oxford: Oxford University Press, 1994).

5. Lerer, S., Children's Literature: A Reader's History from Aesop to Harry Potter (Chicago, IL and London: University of Chicago Press, 2008).

6. Maybin, J. and N. Watson (eds) Children's Literature: Approaches and Territories (Basingstoke: Palgrave Macmillan with The Open University, 2009).

7. Meek, M., Warlow, A. and G. Barton, The Cool Web: The Pattern of Children's Reading (London: The Bodley Head, 1977).

8. Montgomery, H. and N. J. Watson (eds) Children's Literature: Classic Texts and Contemporary Trends (Basingstoke: Palgrave Macmillan with The Open University, 2009).

9. Thacker, D. and J. Webb, Introducing Children's Literature: From Romanticism to Postmodernism (London: Routledge, 2002).

第一章 儿童文学研究基本方法

M.O.格伦比

在本章,我们将带你经历了解、启动、进行、完成一项专业的研究课题的过程。本质上,无论研究涉及什么方面,儿童文学的研究方法和其他任何文学的研究方法几乎一样。然而,研究儿童文学读物以及其他媒介中的儿童文学文本具有其内在的挑战性,有时会要求研究者重视特殊的研究方法,采用某些专门的研究技巧和术语,这些将在本章的最后部分进行探讨。掌握研究儿童文学技巧的方法之一便是投入其中,通过实践来学习。但是,以下提出的建议能让你免遭研究者在研究生涯早期常常面临的压力和困惑。

第一节 选择研究课题

一、研究类型

要想获得大学学位,尤其是高等级的学位,学生往往需要完成不同层次的学位论文,这些论文通常都基于广泛阅读第二手材料和原创性研究,对某一选定课题进行全面研究,清晰地回答某些相关的问题,得出一个一致的论点,并达到规定的字数。最普遍的儿童文学研究课题是文学批评,包括对某一或某些文本的探讨、阐释、说明和评价。

一些文学批评主要通过研读文本，非常详细地集中讨论文本本身。这种研究能考察作者为达到某种效果而采用的技巧，如词汇、句法和意象或者某一版画或动画。在极端情况下，这一技巧可能会仅仅集中在几个句子或者个别插图及随附的文本里。可以想象，一篇富有启发性的长篇论文可能仅关于《小熊维尼》的第一句话及其对应的插图："这是小熊爱德华，它跟在克里斯托夫·罗宾后面，砰、砰、砰，它脑袋着地，摔下楼梯。"这样一篇论文，可能讨论画家 E. H. 谢帕德使用的技法（及其他许多东西），作者米恩采用的语气，作者和画家合作的方式，插图的视角，克里斯托夫·罗宾少年时代的不同呈现方式，文本与插图之间的冲突，以及插图和文本如何共同将惨遭虐待的玩具熊爱德华改变成一个人见人爱的、活生生的卡通形象——小熊维尼。

通常，文学批评不仅涉及意义，还涉及方法。对文本的说明有时被称为"注释学"，而对文本的解释被称为"释义学"。"彼得·潘和迷失的男孩是谁？"这是一个注释学问题，而"彼得·潘和迷失的男孩代表什么？"则是释义学问题。这种解释性批评通常依据文学理论，文学理论提供了适用于任何文本的术语和模型——本书的第五章会详细讨论这些。此外，通过文学批评能研究文本背景，从而加深对其的理解。作者是谁？在何种环境下写作？如何出版和分类？读者是谁？涉及什么事件、争论、谈话？本书将在第四章对这些类型的历史研究和历史主义研究会展开更加全面的探讨。

但是儿童文学研究除了"纯粹的"文学批评外，还有许多其他形式。例如，一些儿童文化领域的研究十分欠缺，因此，调查、编目或者参考文献分析都能成为启动研究课题最有效的方法，而这些方法常被用于大学的研究课题。一份发表于法国大革命时期关于儿童文学的调查可以引出各种有趣的问题，也可能为其他学者提供巨大帮助。一则《伊索寓言》插图的注释目录，或者是讲述关于北极的科学家的儿童读物的评论性参考文献也能如此，上述情况也适用于注释版。许多儿童书籍，无论古代的还是现代的，基本上都未受到评论界的重视。注释版就是确立原稿或者最佳文本，记录缩减和增加的内容,确认首次出版的日期,对晦涩难懂的部分进行注释,并补充解释文本的起源、反响、特点以及对意义的说明或评论。同样的,译文的对比研究,无论是正版还是盗版,都大有益处(见第五章第四节)。如果手稿或者插画的草图保存完好,就能有效地记录创作的过程,从而有助于研究者详细了解作者、代理商和编辑。你也可以从事文学批评的元研究,也就是说,记录儿童文学研究,或者儿童文学评论历史发展的工作,这有助于说明不同时期、不同文化的儿童书籍中的价值观改变的方式。

通常,任何一种用于文学的研究方法都适用于儿童书籍研究,这一点是毋庸置疑的。此外,一些研究方法似乎更适合儿童文学,这些内容将在本书的其他部分进行更详细的论述。把书看作视觉文本,或者甚至纸艺工程的实例显然非常重要(见第三章)。研究一个文本的一系列改写本是否适合不同年龄段或者不同媒体、形式,也能为儿童文学研究提供非常好的课题(见第六章)。当然,考虑到儿童文学这一学科是根据它的受众来定义的,读者的反应批评和这一学科也密切相关(见第五章第三节)。关于儿童对他们阅读的图书的反应,或者某些图书受(或不受)儿童欢迎的因素,或者某些类型的材料适合(或不适合)特定的年龄段的研究可能会非常有趣。研究儿童文学常常会让你接触到其他学科,尤其是教育史和教育理论。例如,关于教材、教学手册或儿科手册的研究项目会非常有建设性。这不仅是因为此类项目具有跨学科的特点,还因为它们将采用文学批评家常常忽视的原始资料。文学批评家倾向于仅仅关注小说和诗歌,不考虑全方位的儿童阅读体验。考虑如何在学校教授某些类型的文学是儿童文学研究的另一个重要方面,儿童文学研究在社会上和心理上常常比成人文学研究更有意义。你可以选择研究读书识字,或阅读疗法,或儿童书籍如何担负宗教和政治功能。

这些各种各样的方法为儿童文学研究提供了无数的机会。通常,同时综合使用多种研究方法是最好的,但是要记住,正因为你采用了一种特别的理论或历史化方法,所以你不应该忽视细读文本的重要性。确实,细读文本或许是几乎所有文学研究的基础,哪怕只是一篇分析目录或一则儿童读书习惯的评论。

二、确定课题

　　真正的挑战在于选择你将要研究的课题。在研究生层次，你会希望自己的研究是原创的，并能对学术作出巨大贡献。从事儿童文学领域研究，因为很多儿童文学作品还未被研究，所以做到这些并不是十分困难。对批评文学进行初步检索能确保你不是在重复前人已经做过的研究。阅读儿童文学研究期刊上的文章，并查阅已经做过的研究生研究的数据库，你会进一步了解可以从事的研究类型，同时选择少有人选的路（见第二章五节）。阅读一些你认为有趣的广阔领域中的现有批评研究成果，将使你知道有哪些研究领域是空白的。或者你可能发现自己对一些现有的学术观点有不同看法，并因此设计你的研究课题去验证自己的设想和解读。和其他评论家的争论是研究的重要部分，学问是一个协同的过程，每个课题都可以说是为越垒越高的学问之墙添砖加瓦。你不该过分担心你研究的重要性。在儿童文学研究领域，简单地解读批评界忽视的文本，或把它们放在历史背景下，或收集整理一份有关这一领域二手材料的参考文献，往往都会对这一领域作出重大贡献，让别人从中受益。

　　课题的可行性和学术价值同样重要。这一课题能在可行的时间内完成吗？是否达到论文规定的字数？此外，你能回答自己设定的研究问题吗？关键的是，你能找到足够的证据吗？这往往是儿童文学研究的主要问题。即便你在计划对文学文本进行详细分析，除了文本本身之外，你不需要任何数据，你也可能要努力找到所需要的所有原始资料。许多过去的，或者海外的儿童书籍很难获得，即使是主要的学术图书馆也不总是收藏儿童书籍。新出版的儿童书籍也可能很快绝版，难以获取，需要花很大代价才行。为其他类型的课题寻找数据也很困难，例如，试图获得过去儿童对儿童书籍的看法是公认的难题，然而，我们却可以通过阅读日记、信件和期刊研究自 19 世纪以来成人对文学的看法。儿童的观点很少被记录,即使被记录下来,通常也是成人代表儿童说的。获取当今儿童对儿童书籍的看法也有其困难,这涉及重要的方法论和伦理道德的问题(下面会进行详述)。

你应该同时考虑目标读者和研究目的。许多学科的学生为了学位研究儿童文学——教育学、图书馆学、平面设计和文学,也有的是出于兴趣,但他们所选的一些课题其实更适合其他特定的学科。当然,你会希望从导师那儿得到一些建议。最重要的是你应该考虑你对这个课题的兴趣。当你选择研究课题时,你应该考虑4件同样重要的事:(1)这个课题对学术有意义吗?(2)可行性如何?(3)研究是否符合既定的研究目的?(4)你是否能从研究中获得乐趣?

第二节　启动研究

一、文献检索

正如上文所说,作为选定研究课题过程的一部分,你会希望选择这一领域现有文学批评中你最感兴趣的一项课题进行研究。在第二章第五节,露西·皮尔森全面地概述了标准的儿童文学参考书目,你可能想要从这些参考书开始,确保你对所研究的大体领域有所了解。她同时提及了搜集更多特别相关的次级材料可能要用到的主要数据库。当你开始着手研究课题时,文献检索将帮助你确定你想要研究的领域已做过的研究,以及你需要查找并阅读的评论。你也能从中得到一些有关论点的初步设想(尽管随着更详细地研究原始资料,这些设想可能会向一个无法预料的方向发展)。关键在于保持你检索的系统性,并对今后能引用的文献作详细注释。

二、原始材料

除了确定次级材料外，你还不得不开始考虑原始材料。艾莉森·贝莉在第二章第一节对此进行了详细的介绍。仅仅发现并选定研究所需阅读的文本往往是项艰巨的任务，例如，如果你考虑研究朱迪·布卢姆的全部作品，你如何才能找出她所有已出版的作品？查看网络书店和图书馆书目只是开始，一些信息网站也可能对你有帮助。然而，对于像布卢姆这样多产的作家，你总有可能遗漏一些不出名但又非常有趣的作品，例如，她于1999年在《青少年读物作家和艺术家》一书中的一篇论文中概述了她的事业（尽管布卢姆可能自1999年以来写了更多的文章）。但是儿童文学几乎不存在这种书目调查，尤其是对不太出名或非常多产的作家，例如，伊妮德·布莱顿，她的作品发表在很多流行一时的杂志上，但她的作品总数一直都未确定。

如果你的项目不是围绕单一作者，而是一个特定的流派、主题或特定时期、特定地区的儿童文学作品，那么搜寻原始材料这一工作会更具挑战性。例如，你如何确认所有关于冷战时期的儿童书籍或所有文化大革命后中国出版的儿童书籍？当然，你会想去查阅任何现有的与你的研究相似的研究，看看那些研究采用的方法（例如，阅读加比·汤姆森·沃尔格穆特2009年的民主德国儿童文学研究或许能为你提供一些关于冷战或毛泽东文学研究课题的有价值的线索）。咨询一位资深图书管理员是另一个好的选择，但这不能代替系统地检索相关图书目录和数据库。尽早开始考虑数据库和其他能够获得的研究资源能否帮助你检索到所需的材料，这一点是非常必要的。

当你慎重考虑找到相关材料的可行性，并且意识到无论找到多少合适的材料都必须接受时，你可能不得不作出艰难的决定（尽管后来往往都会作出调整）。例如，如果你致力于研究布卢姆的作品，你会将她的成人文学作品也纳入其中吗？或者仅仅关注她的儿童小说？或者甚至也许只研究她的青少年小说？还是你只集中研究一个作家的特定流派作品，而不研究图画书、非小说、诗歌或译本？可能你会决定只研究发生在女校的校园故事，或出版于 1980 年以后，或为某一特定国家的故事。思考如何限定你的研究范围是你计划中至关重要的一部分，日后能节省你大量时间。

即使能找到你想要研究的文本的详细书目，事实上，获得这些文本也有其自身的困难。正如上文所说，就儿童文学而言，无论古代的还是现代的，原始材料的获取都不会是一帆风顺的。一时流行的诸如漫画、杂志、电影以及其他视觉材料都很难获取，甚至大型图书馆收藏的儿童文本也不能完全令人满意。馆际互借订阅能弥补这种不足，一系列新兴的全文本网络资源也是如此。你可能会发现需要去许多遥远的图书馆查阅或者要自己购买文本，这两种方法都会花费不小的代价。在你致力于某一特定领域的研究课题之前，你应该确保要研究的文本客观可行，而且你能够负担得起。

三、研究计划

不管你的大学课程是否要求你提交正式的研究计划，制定一个计划都是明智之举。文献检索和可行性研究是准备阶段不可或缺的步骤。其他两个重要步骤是拟定研究问题和考虑回答这些问题所采用的方法。研究问题可以是具体的，也可以是概括性的，或二者相结合，下述的研究计划样本能够提供一些关于研究计划形式方面的建议。关于研究方法的陈述应说明你将如何确定并获取原始资料，以及如何针对这些材料提出问题。显然，你将阅读（或听，或看）原始材料，对它们进行详细分析。但是，你最希望得到的是什么？如果细读文本是诠释文本的唯一批评方法，那么这完全是可以接受的。但还有很多的方法可以采用，其中一些在本章的前面部分已有所涉及。你打算采用一个特定的文学理论吗（见第五章）？你会尝试将文学文本放在它们当时的历史背景下吗（见第四章）？如果这样，你如何了解当时的背景知识？如果你想知道现在的读者对文本的反应，或作者的想法，你可能要做调查问卷或者采访，这要求你仔细考虑可以问的问题和课题的研究伦理（见下文）。相比于试图找出过去的人对文学作品的看法，询问现在的人们的观点要相对简单些。例如，如果你打算研究 19 世纪儿童对儿童书籍的看法，你必须在研究计划中解释你是如何获取他们的观点的。如果你打算根据日记进行研究，那么你能轻易获得足够的研究素材吗？儿童的旁注有用吗？你会依据那个时代成人所写的关于他们视角下的儿童习惯的文章和书籍吗？这些证据可靠吗？或者你会采用读者反应理论，从书中推断消费者如何在文本创作中起作用吗？

　　时间表是帮助计划实施的另一种有效方法。在表上列出课题各个部分的完成时间。无论是写学位论文还是就此写一本专著，都应该分配好完成各项任务的时间，包括确定材料来源、阅读原始材料、进行采访、去各地图书馆查找资料、分析调查问卷、草拟每章内容、获取插图、撰写简介和结论、改写各章内容、改写简介和结论、汇编参考文献、通篇校阅、打印装订等的时间安排。随意设置各项任务的完成日期，会让你觉得时间表随心而变，而非有固定的日程安排。若出现新问题或有事耽搁，那么会几乎无法避免地导致逾期。但高效的研究者知道严格遵循切合实际的时间表是避免在完成日期来临前太过匆忙的最佳办法，能保证及时、圆满地完成研究项目。此中诀窍不在于制定过紧的初始时间表，而是给课题的每个步骤分配合适的时间。虽然这可能会很痛苦，但你要强迫自己恪守自己定的时间期限。

　　看看别人如何制定研究计划往往大有益处，因此，下面提供了两个样本。尽管在真正开始研究之前做如此多的计划看似令人生厌，但是在你设计研究课题时你若能将这些问题铭记于心，你就能节省日后的时间。计划样本仅仅反映了少数几种儿童文学研究采用的方法，而且研究计划有许多种不同的形式。然而，这些样本中的标题几乎和儿童文学的任何一种研究都相关。

第三节　研究计划样本

样本 1

1. 项目参数：英国文学专业硕士学位论文。字数要求 20000 字，论文撰写时间为 1 年，包括教学部分。

2. 暂定标题：18 世纪儿童书籍中奴隶制度的表现。

3. 目的：探寻 1807 年英国废除奴隶贸易前，儿童文学作品中是否有关于奴隶制度和奴隶贸易的争论。

4. 现有学术研究：20 世纪出现了很多关于奴隶制度的儿童书籍，尤其是在美国。许多学术研究涉及了这些材料，但很少有关于奴隶制度的争论发生时，儿童书籍如何成为其中一部分的研究，只有一两个关于这个学科的总体研究。此外，还有少量针对某一作者的论文。（见下面参考文献）

然而，我相信除当前已被研究过的材料以外，还有更多的材料，其中一部分是支持奴隶制度的。我相信能从儿童历史和地理课本中找到很多有用的材料，并且能从中获得与儿童小说和诗歌不同的观点。

5. 原始材料和可行性：18 世纪的儿童书籍难以获取，但大学订阅的"18 世纪藏集在线"数据库让我们能读到很多 18 世纪晚期出版的文学作品，包括小说和非小说。我可以通过该数据库搜索书名中带有"奴隶"和"奴隶制度"的书，然后一本本查阅，挑出儿童书籍。找到 1800 年（"18 世纪藏集在线"截止年限）到 1807 年（奴隶制度废除那年）的书更加困难，而且无论如何,我都希望找到超过 50 本相关的书。出于以上两点原因,我准备将我的研究限定在 1780 年—1800 年。

6. 研究问题

● 儿童文学作品中对奴隶制度的涉及达到了何种程度?

● 探讨奴隶制度的什么方面? 有没有特定的传统题材和主旨? 是否如实呈现了奴隶制度? 或是否有更多的儿童文学作家用小说表达他们的观点? 有没有附以插图? 是否公开地描绘了奴隶制度的残酷现实? 还是因为儿童读者的身份而加以掩饰?

● 儿童书籍中是否赞成奴隶制的比反对奴隶制的要多? 持不同观点的作者和出版商是否站在不同的立场上? 书中对奴隶制度的探讨和议会关于奴隶贸易的争论是否相同?

● 儿童是否深受影响? 他们是积极支持还是反对奴隶制度?

7. 方法:对于背景信息,我将从 18 世纪晚期关于奴隶贸易的辩论以及大体阅读这一时期的儿童文学入手。阅读任何所能找到关于儿童文学的研究后,我将开始在"18 世纪藏集在线"上搜寻 1780 年—1790 年和这一争论有关的儿童书籍。对于找到的每一本书我都会仔细阅读,试图确定其主题和主要观点,以及最常用的技巧、意象和作者用来表达他们观点的题材。我将特别留心他们观点的细微差别和文本中任何内在的冲突。同时,我将记下这些书的作者和出版商,看看支持或反对奴隶制度的观点是否体现在不同人群的作品中(例如宗教作家、非国教徒、激进的政客)。

8. 章节大纲及字数

(1) 简介:奴隶贸易的争论(2000 字)

(2) 儿童文学中的奴隶制度:反对者(5000 字)

(3) 儿童文学中的奴隶制度:支持者(5000 字)

（4）将关于奴隶的争论儿童化：语言、意象、审查制度（4000 字）

（5）儿童政治化（3000 字）

（6）结论（1000 字）

9. 参考文献

（1）F. R. 博特金. 质疑"事物的必要秩序"［M］.《奴隶制和废除谈话》中玛利亚·埃奇沃思的"感恩的黑人"，种植园奴隶制和奴隶贸易的废除，布莱尚·凯里，马尔克曼·埃利斯，萨拉·萨利赫编辑. 贝辛斯托克：麦克米伦出版社，2004：194—208.

（2）保拉·康诺利. 叙述张力［M］. 讲述奴隶制，显现暴力，《儿童文学中过去的存在》，安·劳森·卢卡斯. 伦敦：普雷格出版社，2003：107—112.

（3）莫伊拉·弗格森. 受制于人：英国女性作家和殖民奴役［M］. 伦敦：劳特利奇出版社，1992.

（4）霍利·凯勒. 童年时期青少年反奴隶制叙述和概念［J］. 儿童文学，1996（24）：86—100.

（5）J. R. 奥德菲尔德. 1750 年—1850 年儿童文学中的反奴隶制情感［J］. 奴隶制 & 废除：奴隶和后奴隶研究杂志，1989（10）：44—51.

（6）J. R. 奥德菲尔德. 主流政治和反奴隶制：1787 年—1807 年反对奴隶贸易舆论动员［M］. 伦敦：劳特利奇出版社，1998.

（7）凯伦·桑兹·奥康纳. 快速认识这个岛：英国儿童文学中的西印度群岛人［M］. 纽约：劳特利奇出版社，2008.

（8）J. M. 史密斯. 奴隶制、废除和普里西拉·韦克菲尔德的儿童旅游手册中的国家［M］.《奴隶制和废除谈话》，布莱尚·凯里，马尔克曼·埃利斯，萨拉·萨利赫编辑. 贝辛斯托克：麦克米伦出版社，2004：175—193.

（9）埃蒙·赖特. 1788 年—1818 年英国女性作家和种族［M］. 贝辛斯托克：麦克米伦出版社，2005.

（10）维维安·叶妮卡·阿格鲍. 儿童文学中的非洲：新旧观看之道［M］. 纽约：劳特利奇出版社，2007.

样本 2

1. 项目参数：英语博士论文。要求 80000 字，撰写时间 3 年以上。

2. 暂定标题：由内到外：当代印度本土和海外英文儿童小说中的印度、印度特性和新印度女孩描写。

3. 目的：论文将着眼于 1990 年至今印度国内及海外英文儿童小说（缩写为 CELICN）如何描绘涉及印度民族、印度人的文化身份和印度少女的童年。研究将力图说明当代印度国内外英文儿童小说中的变革动机如何从不同方面帮助形成及塑造理想的印度民族，印度人如何用自己完全适应的二元文化身份和他们自己少女时期的代理人来刻画儿童。

4. 原始材料和可行性：已用纸质的文献目录、网络书目和数据库，构建了包括 100 本原始文本的初步参考文献。其中 25 本可以在当地图书馆找到，剩余的将通过购买、馆际互借订阅的方式获取，或在课题研究第一年的研究旅行期间到慕尼黑的国际青年图书馆阅读。

5. 现有学术研究：这一领域的研究还是空白，但本次研究将利用后殖民主义和女性主义作品与儿童文学理论的主要研究成果，所使用的关键文本将在参考文献中详细列出。

6. 方法：广泛阅读 20 世纪、21 世纪印度历史，后殖民主义以及女性主义理论，它们将提供主要的争论背景和认识，帮助我细读原始文本。我对理解印度童年观念与印度民族的发展如何相关这一点极为感兴趣。在印度，"女孩童年"主题是童年论述的重要部分，这点在印度国内和海外作品中是否有区别？就反映印度殖民历史而言，印度国内和海外英文儿童小说作为后殖民主义作品的实例达到了什么程度？例如，我将留意他们是否反对、修正或颠覆大英帝国对印度的构想，或者，鉴于英语语言的使用，他们是否还保留了殖民心态。

7. 章节大纲和暂定字数

（1）简介：印度国内外当代英文儿童小说及其作为励志文学的流失情况（10000 字）

（2）印度海内外英文小说的历史发展（10000字）

（3）印度女性作家：构想新印度女孩（10000字）

（4）构想差异中的统一（10000字）

（5）构想和展现印度民族（15000字）

（6）展现新印度女孩的童年（15000字）

（7）结论——新旧界限（5000字）

（8）附属内容（文献、注释、附录、目录）（5000字）

8. 参考文献

（1）印度本土原始文本

帕罗·阿南德. 我儿子的葬礼上没有枪[M]. 新德里：印度英克出版社，2005.

巴布拉·巴苏. 发生在那一年[M]. 孟买：内韦出版社，1998.

苏迪普·查克拉瓦蒂. 鱼雷[M]. 新德里：企鹅出版社，2005.

斯瓦蒂·考沙尔. 像我一样的女孩[M]. 新德里：企鹅出版社，2008.

拉达·帕德马纳班. 小奇拉和拾荒者[M]. 新德里：学者出版社，2000.

（2）海外原始文本

安贾莉·班纳吉. 寻找巴布[M]. 纽约：兰登出版社，2006.

纳林德尔·达米. 彭戈拉小孩[M]. 纽约：德拉科特出版社，2006.

贾米拉·加文. 马的眼睛[M]. 伦敦：梅休因出版社，1994.

塔努贾·德赛·海蒂. 在美国出生的迷茫印度人[M]. 纽约：学者出版社，2002.

巴里·拉伊. 非包办婚姻[M]. 伦敦：柯吉出版社，2001.

（3）次级文本

比尔·阿什克罗夫特，加雷斯·格里菲斯和海伦·蒂芬. 逆写帝国（第二版）[M]. 伦敦：劳特利奇出版社，2002.

妮塔·贝里. 印度儿童文学[M]. 新德里：儿童书籍托拉斯出版社，1999.

密特拉·巴德拉（修订）. 印度社会的女孩[M]. 新德里：牛津大学出版社，1998.

克莱尔·布拉德福德. 令人不安的故事：后殖民时期儿童文学读物[M]. 安大略省，滑铁卢市：罗瑞尔大学出版社，2007.

里拉·甘地. 后殖民理论：批判性导读[M]. 爱丁堡：爱丁堡大学出版社，1998.

阿德韦蒂亚·尼加姆. 小自我的起义：印度世俗民族主义危机[M]. 新德里：牛津大学出版社，2006.

罗德·麦克吉尔斯（修订）. 另一种声音：儿童文学和后殖民语境[M]. 纽约：加兰出版社，2000.

佩里·诺德曼. "其他：东方主义、殖民主义和儿童文学"[J]. 儿童文学协会季刊，

1992(17)：29—35.

吉德安贾莉·普拉萨德. 伟大的印度家庭[M]. 新德里：企鹅出版社,2006.

罗伯特·杨. 后殖民主义：历史性导读[M]. 牛津：布莱克威尔出版社,2001.

第四节　进行研究

一、原始材料的使用和笔记

在你研究的第一个阶段,阅读和笔记是你需要锻炼和提高的两个关键技巧,这两个都比听起来要复杂得多。当你在阅读(或观察、或倾听)一个原始文本时,你通常需要多思考你打算如何分析和解读,而少思考对它的判断。打个比方说,分析原始材料时,你会将其分解成若干文学成分,研究它们之间的关系,或者思考这些成分如何对文本产生总体的影响。解读文本时,你需要更注重阐述它的意义。另一方面,阅读次级材料时则需要判断。你赞同这些评论家吗？他们的分析有没有什么遗漏的？有你能补充的吗？无论阅读原始材料还是次级材料,你的关键任务都是找出与研究课题相关的部分。阅读每一个文本时,你都需要记下分析、解读、评估的细节,以便日后思考,并将你要参阅的不同文本联系起来。你应对本文进行简要总结,如小说的线索或评论家的观点,而非改述,也就是没有总结的复述。同时你要挑出和你观点相关的文本的特殊方面,记下它们,供进一步思考,或许也可以在你的笔记中进行探讨。你可能要记录文本中的引文,也可能要记录阅读材料时的感想,如评论文章的不足之处或你认为该如何用这一文本来阐释自己的观点。

你最好能够使用电脑来做笔记。在电脑上修改笔记比在纸上修改要容易得多,只需要敲击几下键盘,就能将资料从一个文件夹拷贝到另一个文件夹中。首先,你可以通过复制、粘贴将笔记中的内容转到论文草稿中,节省时间。其次,你可以轻松备份,确保不会丢失所有的成果。即使需要手写记笔记,你同样可以运用到以下的基本原理。第一件重要的事就是记录所有使用材料的目录,为每一份新的材料建一个新的文件夹或在笔记上另起一页开始记录,在研究文本之初就要记录下书目细节。当然,应该记录以下细节,其中大部分在编写参考文献时会用到:

- 作者或插图作者或电影导演
- 标题,包括完整的副标题
- 初版日期以及你所用的修订版本的出版日期
- 出版社和出版地
- 期刊或论文集中论文的作者、标题及页码
- 手稿的目录号,外加手稿所属的文集名称;如果是信件,需要说明收信人和日期
- 对网络文本:获得材料的网址(URL)和日期(这点非常必要,因为网页易更新或丢失),以及网络文本的标题和作者
- 获得文本的地方(图书馆和书架号,或网络数据库的名称)

某些情况下,你可能要费很大劲搜寻一两个内容。如网络上的文本作者,原始材料发表时间,尤其是儿童文学(将在下文进行讨论)。

为不同的主题建不同的文件夹是一个方法,将笔记的特定内容移动或复制到这些文件夹中。例如,如果你正在通过阅读《小熊维尼》研究英国儿童文学中的吃饭场景和食物,你就可以建一个存放文本本身的文件夹,概括它的线索和主题,并讨论食物在文本中的大体作用。但是你也可以新建一个文件夹记录对后续研究起重要作用的某一主题的特殊方面。你可以在名为"吃饭画面"的文件夹中加入对谢帕德的插图的看法,或者你可以从维尼把头卡在蜂蜜罐那一集中拷贝相关的引用和反应,归到名为"食物问题"的文件夹中。接下来,在阅读其他文本时,可以将更多材料归入这个文件夹中,这样一来,在你快要完成研究时,你获得的所有不同话题、主题、主旨都归在不同的文件夹中,这非常方便。另一个对收集的材料进行分类的方法

是根据拟定的研究计划中的章节大纲来建立文件夹。像 Filing-as-you-go 这样的软件在电脑上操作起来非常方便，能将一份材料拷到不同地方。对纸上的笔记进行归档耗时费力，但可以采用相似的方法，如阅读时找出重要内容，边做笔记，边用特殊符号或荧光笔对笔记部分进行分类。

笔记的准确性非常重要，你肯定不希望日后浪费时间回头重新确认其来源，所以应该准确记下引用语句。即便引语本身有问题也要保留（可以加入"[sic]"符号，表示"原文如此"）。要注意记录所有相关信息的页码，即使你没有一字不差地引用。如果引用的语句不在单独的一页，那么用垂直的连接符（"｜"）进行标记。如果仅记录引语的一部分，那么在后面加上省略号和中括号（"[……]"）表示省略，这样你就知道此处引用有省略。如果是录音或视频记录，可以记下录音的时间编码或者视频的镜头编号，这样可以快速定位相关位置。

如果不得不去外地的图书馆或研究机构查阅资料，那么熟练的笔记技巧很可能会大有用处。你的时间可能非常有限，或许不可能返回补充或验证你的笔记。艾莉森·贝莉和桑德拉·L.贝克特在第二章第一节和第三章第一节中探讨了使研究旅行收获最大化的关键在于事先做好完善准备和高效全面地做笔记。你可能想通过影印、扫描或拍照的方式获取图书馆的材料，带回去研究。然而，拷贝文件并不能代替真正的阅读和思考，你很可能没有时间读完所有材料，所以要注意不要拷贝太多材料。任何情况下，如果材料容易损坏或处于著作权保护范围内，那么未通过研究机构或法律允许，不能随意拷贝或扫描相关材料（版权问题将在后面部分进行详细讨论）。

二、调查问卷、采访和研究伦理

有时调查问卷、调研和观察研究是儿童文学研究的另外一种数据来源，尤其是对于那些研究教育或图书馆科学的研究人员来说。例如，将一份调查问卷寄给一大批不同的老师、图书管理员或儿童，调查他们对特定书籍的反馈。任何一个打算做问卷调查的人都应记住受调查者对填写问卷并不是很热情，并且很少有人会返回问卷，即使你能利用网络技术来调查，也是如此。你也应记住这一过程可能的持续时间、网络调查的代价和制作一份真正有效的调查问卷的难度。任何考虑在课堂上观察图书使用情况，或对作者、插图作者或老师、出版商进行采访的人，都应认识到付出并不一定能得到相应的回报。提出能够产生全新视角的问题并不简单，尤其在一种很常见的情况下，比如对受访者的访问已经结束。归类和使用通过客观连续的观察研究及采访获得的信息也同样困难。

此外，由于所有这些方法都涉及人的参与，所以无论研究出发点看起来多好，都必须认真思考研究伦理的问题。大部分大学都有一个伦理研究政策，而且在研究开始前，研究者要检查有无遗漏。如果你进行任何涉及在世者的研究，至少应在不对他们施加任何影响的前提下，与每个人签订协议，保证不公开他们的姓名，不向第三方泄露你的数据，他们的回答也不会对他们的生活产生持续影响。

三、将想法变成论文

在制定研究计划和收集资料时，你也需要提出关于课题的假设。一旦从原始材料和次级材料中收集了一系列合理的证据，就要开始思考如何将它们和你的研究联系起来，你需要通过形成全面的观点或论点进行更进一步的思考。几乎每一个成功的研究都试图证明一个或一系列相关观点的对错。你收集的所有资料，无论是所读的文本、问卷、历史背景还是关于特定理论的文本，都可以作为支撑你论文的证据。撰写研究论文时，你可能会把自己当作在法庭上据理力争的律师，拿出所有必要的证据，让陪审团相信你的雇主是清白的（或者如果你愿意证明他们是有罪的）。你可以像一个优秀的律师一样，对案子提出异议，仅仅是为了解决它们。但也许在这里，这种类比行不通，因为认识到问题的复杂性，承认对立观点的影响力，会促进而非影响你的研究,哪怕你不反驳。这种状况取决于你,选择有很多,但是企图找到涵盖所有可能性的例子是不可能的。要记住,无论你的分析如何透彻,仅作探讨而没有结论是无法写出一篇好论文的。你还应注意不要太固执己见。经过激烈辩论得到确定的结论是一件好事,但前提是你要围绕证据展开部署并讨论证明这些结论。

第五节　完成研究论文

一、论文初稿

一旦你将要完成研究或其中一方面的研究,你会开始准备初稿。首先要做的就是回到研究计划的大纲,自问大纲是否还适用,是否需要根据你的研究发现修改大纲结构。论文每章都应有单独的论点,并有支撑论文的总论点。在动笔之前,要确保你的论点能站得住脚。可以和导师及同学进行讨论,也可以将想法告诉同事,或在一个网络文学讨论组中讨论。理清主要论点有助于确定研究有哪些部分是相关的,哪些是多余的。在你的研究中,你应该已经发现许多有趣的东西,并对原始材料进行了许多开拓性的解读。你可能会想,所有这些事都通过你的研究得到了更广泛的关注。但遗憾的是,任何论文或书都应有一个突出重点,无论材料如何有趣和新颖,如果无法支撑你的中心论点,都不应使用(或有更好的办法,就是将其留作他用)。

撰写初稿章节时,应该将目标读者放在心里,这有助于决定写作时的语气以及对研究的投入程度。同学们有时多认为论文仅仅是写给导师和审核的人看的,但是其他对这一课题不太了解的读者也可能会找一篇学位论文阅读。因此,应该尝试确保那些甚至从没研究过你所研究的课题的读者能够读懂并乐于阅读你的研究。确实,在完成全部研究后,几乎没有其他任何一个读者比你更了解你的研究,所以,你需要简单介绍一些基本信息。在此之后,你需要认真思考是否加入内容简介、关于作者和插图画家的文献信息、研究文本的创作背景以及其他背景资料。对于鲜为人知、难以查证的作品,这种信息可能会很有用,有时候甚至是不可或缺的。但是应该注意这些简单叙述在你的分析中不能占太多分量,也要留心不要将你的研究变成类似于百科全书条目那样的东西。有时需要在附录中适时加入些背景信息,尽管一般说来,最好是将其并入主要论述中,选择性地简要介绍最相关的情节、作者传记或历史背景的特定部分。

决定使用什么时态是个棘手的问题。通常论述部分采用过去时态(例如:诺曼·琳赛的《魔法布丁》出版于 1918 年;菲利普·普尔曼曾经将《魔法布丁》描述为"史上最有趣的儿童书籍"),而现在时态则用来陈述自己的观点(例如:我的研究表明这本书是悲剧而不是喜剧;我认为琳赛书的灵感来源于第一次世界大战),或叙述行动(例如:"怪兽布鲁刚是一只冒险的考拉","布丁小偷偷走了艾伯特")。一些评论家遵循不同的习惯,但是关键点是一致的:选择好一种时态和说话方式,并坚持下去。

你会发现逐段计划好要说的内容会大有益处,尽管有人发现这会失去风格。这不意味着必须按照顺序从简介开始,一步步地写下去,直到结论。实际上,简介和结论部分通常最好在其他部分完成后再写。当你从一个论点过渡到下一个论点时,需要解释清楚如何从第一个论点推导到第二个,为什么改变方法,以及提醒读者这些分论点如何支撑总论点。这样的"指导"不仅能帮助读者,而且也会激励你思考如何将第一稿整合起来,达成最终目标。

最好尽可能快地完成初稿,毕竟接下来删去对整个课题毫无益处的句子甚至整个章节时,花在推敲词句上的时间会不少。另一方面,在这一阶段中,你甚至应该列出所有参考或引用的内容,否则,日后你会花费大量时间重新定位文献信息和页码。

二、引用

所有用于支撑观点的证据可能形式多样,而在这一领域中提出证据的常见方法就是引用,有时引用原始文本,有时则引用其他评论家的观点。虽然引用是基本的技巧,但通常效果不佳。需要注意的一点就是不要引用任何和你的观点不相关的话。你可以自由引用句中的一段,用省略号省略不相关的部分(或在省略号外面加上中括号,好让读者知道这并非来自原文:"[……]")。理想情况下,大部分引用会和文章融为一体。首先,用引用的部分来阐释一个你随后将以自己的语言进行扩展叙述的特定观点。你应该先概括性地加以评论,然后再通过详细评述的方式来介绍一段引语,下面是一个范例:

> 托尔金在解释了贝拉多娜·图克年轻时的"冒险"使她成为"不完全的霍比特人"之后,又使读者了解到她在和比尔博的父亲邦哥·巴金斯结婚后变得更温顺了:"邦哥[……]为她建造了有史以来最豪华的霍比特人洞穴(用了一部分她的钱)[……],他们在那里度过了余生。"通过向我们展示财富让人安宁的作用,不过也许只是有限的作用,尤其是被占用的财富的作用(邦哥用了"她的钱"),托尔金小心地向我们灌输了这样的想法,即富足,尤其是侵占他人财产而来的富足,常常是没有活力且有限制的,这一点在小说后面部分由巨龙斯莫戈和比尔博的亲身经历证实。

当然,你要标出所有引用材料,引用形式可以依据你的引用体系。引用的材料不仅仅是直接的引述,还包括间接的阐释。如果你使用脚注,则在句子或段落的一个注脚中可能包含几处引用。引述其他评论家的观点有时有益处,但通常来说,阐释或概述他们的观点更为合适。无论概括还是直接引用，你应该只用评论家的观点进行论述，而不是直接将其作为自己的观点。可以为了驳斥引用一小篇评论，但至少要解释评论需如何修改。例如（这次托尔金是作为评论家，而非作家）：

> 托尔金认为在童话故事的结尾，通常会出现"突然的转折"，此时"我们内心将产生片刻动人的喜悦和渴望，这些情感一瞬间超越了故事框架，甚至突破了故事脉络，让一线光亮透进来"。虽然他能够用一些传统故事来证实自己的这一观点，但更多近期创作的童话故事则刻意尝试在故事开头就通过人为区分幻想世界和真实世界的方式来突破"故事脉络"。

有时，你非常想确认自己的研究发现和其他作者或者评论家的是否一致。"正如笔者所言，戴安娜·韦恩·琼斯也承认她的奇幻文学和托尔金所说的原则背道而驰"。如果你这么做，要记住，这样的证实仅能支持你的观点，并不能证明你是正确的。

三、使用文学理论

首先，文学理论本身不能证明你的观点是正确的。理论也不是一种机器：这边放入一个文本，那边就能等到正确的解释。理论也不应仅仅用于装饰你的研究，专注于阅读理论并不能让你的研究看起来更有"分量"。相反，漫无目的地使用理论术语不仅不会为之增色，反而会毁掉你的研究。换句话说，只有当文学理论适合你自己确定的研究问题时才能使用它。

其次，你也不应该对文学理论产生过多的恐惧。毕竟，在研究儿童文学时，几乎不可能不选择某种理论立场。正如大多数儿童书籍评论家所做的那样，要考虑目标读者和隐含读者的年龄，有必要借助于一种读者反应批评理论（见第五章第三节）。成人群体给儿童这个不同的群体写书，这导致情况非常复杂,要应对这一问题必然会引出理论问题。一些评论家把这当作"殖民"关系的一种形式,并认为后殖民理论(见第五章第六节)对思考成人如何使用文学对儿童施加文化力量大有用处。其他评论家认为我们应该考虑儿童该如何真正使用和评价他们的图书,而不是按照成人认为他们应该采取的方式,这就是"儿童主义评论"(见第五章第二节)。金伯利·雷诺兹在第五章的简介里更详细地讨论了理论如何在儿童文学研究领域范围内起作用。不过,值得一提的是,将理论作为课题所用工具的一种,将不同理论混合使用,将理论阅读和更加传统的研读相结合是非常合理的。要点在于,记住文学理论只是用于研究分析的工具,理论中没有研究结果。

四、准备终稿

在攻读研究生期间,你应该在最终定稿之前修改几次论文。将论文文稿放几天,或者甚至几个星期、几个月,这会使你对研究产生新的认识;当你回头再看文稿时,你几乎能立刻看出需要修改之处。从导师、同事、朋友以及在研讨会或学术会议上回应你的陈述的参会者那里得到反馈,这是找出论文中哪些部分有用或没用的另一种方法。要决定删除经过仔细搜索、认真写下的材料是最艰难的,但如果这些材料对文稿的总体论点毫无作用,或者更糟糕的是,甚至有碍你的论点,那么,你应该坚定地删除这些引起麻烦的材料(或者将其保留,放入另外的文件夹里留作他用)。当你完成论文时,你要确保语法和拼写正确,最重要的是要清晰地阐明你的观点。同时,也要保证所有工作都符合你所就读的大学的论文标准中详细规定的格式要求——通常可在长长的格式指南中找到,格式指南囊括了从参考文献、书的标题、日期和其他可能出现的形式到文本的外观(页边距、字体、齐行、首行缩进、行距、页码、装订等)。如果你就读的大学没有规定的指南,你应该选择一个广泛使用的,例如现代人文科学研究会(MHRA)或现代语言学会

(MLA)编写的指南。前者可以在网站上免费获得①,而后者需要购买②,但是大部分馆藏丰富的图书馆都有副本供你查阅。关键在于选择一种格式要求指南,然后坚持使用下去。

你要准备好花大量时间准确编排参考文献的格式。文献管理软件,如Endnote③有助于处理这一问题,它会根据你在研究过程中录入的书目详情,以任何形式生成参考文献。当然,对提供材料者的致谢,这对防止剽窃也很重要。如果不能确定哪些行为属于剽窃,你应该向导师和资料来源处寻求建议。下文有一个儿童文学研究常见的问题——引用的注释,但这里有必要指出两种可能会被用于研究的注释方式——脚注和尾注。和你所引述或讨论的原始资料的文献详情(在有些系统中,它们会出现在正文的括号里,而不是注释中)一样,其他注释可用于向读者提供额外的信息,然而,如果这些出现在文章的正文中,会打断你观点的连贯性。所以你要尽可能少使用这样散乱的注释,除非注释中的材料与文章是真正密切相关的。并且,注释不应作为罗列你所发现的、为之骄傲的材料的工具,而是用来呈现你从正文中删除的、关联度不大的材料。

在某些情况下,需要在论文的末尾加入一个或更多附录。同样,附录不是用于悄悄引入那些你认为不应该出现在正文中的材料。附录通常帮助读者了解你研究时所用到的资料,而这些资料放在正文中太占地方,例如数据资料、所做采访的全文本、正文中参考的材料、特定群体作者或读者的书目详情(称为"传记学")、普遍不为人知的小说的情节概括等等。

上交打印稿前的最后一步是撰写论文的简介和结论。简介通常用来说明你的研究问题,你准备如何回答这些问题,你的研究的创新之处以及课题的重要意义。你的结论应该总结你的发现,但最好能提出一些支撑你观点

---

① www. mhra. org. uk/Publications/Books/StyleGuide/

② www. mla. org

③ www. endnote. com/

的新信息或者讨论。接下来的工作比较简单,虽然看似简单,但加到一起会花很多时间——根据你的研究课题的性质以及大学的规定,完成下面的一个或者多个任务:

- 制作扉页
- 写一份摘要
- 写一篇序言和/或致谢词(提及帮助你完成研究的人的详情,或者你可以使用插图或其他材料)
- 编撰插图列表
- 编写常用缩略词列表
- 记录全部字数
- 加入一份签字申明,表示论文完全是你自己的研究成果,之前没有用于学位申请

最后,你要准备好递交送审的论文,通常需要装订(不要订牢,方便你日后添加或删除材料)两份或更多份。

五、发表研究成果

当然,我们希望你为完成的研究感到骄傲。其他人,如你的导师或者审核你文章的人,也会祝贺你的研究获得成功。如果这样,你就要考虑发表你的文章,尤其是因为儿童文学领域很少有这样详细的批判性分析,可能你的研究成果开辟了新天地,并会为这一领域其他研究者提供帮助。然而,你要意识到论文和发表的材料之间的区别。后者相对而言更通俗,通常表达更简洁。可能你的硕士研究课题会为你今后发表进一步的研究打下基础,可能你希望通过加入其他文本等方式来扩大你的研究课题范围。

最适合发表儿童文学方面研究成果的是儿童文学杂志,如《教育中的儿童文学》(*Children's Literature in Education*)、《狮子与独角兽》(*The Lion and the Unicorn*)或者露西·皮尔森在第二章第五节提到的任何期刊。大

多数的杂志都有网站,网站中详细地介绍了它们汇款的细节、接收投稿的范围、提交审议文章的细节规定、寄送形式和收件人,这些信息通常也能在杂志的封面内页找到。首先,你应该思考你的研究是否适合某一杂志,如果你认为适合,你应记录该杂志的论文印刷格式。你也许只能选择发表研究成果的一小部分,差不多 5000 字到 8000 字。其次,你需要花时间重写论文,可能要完全重写,才能使其适合该杂志的读者群。至少,你必须要写一个新简介,向新读者解释课题的范围和意义。你也可能必须修改论文形式,以确保你的参考文献符合该杂志的风格。一旦完成了以上工作,你就可以根据杂志封面内页或者网站上提供的地址,以打印稿或邮件附件的形式,把论文寄给杂志编辑。编辑可能会把你的论文匿名发给两位专家看,他们会对论文的优缺点进行评判,并提出退回、或修改、或重新提交、或以当前的形式发表等意见。不幸的是,这个过程可能需要等待很久。

有时候把一篇博士论文改成专著出版也是可行的,虽然出版社越来越不愿这样做。把论文改成一本书通常需要花费数年时间进行大幅修改。然而,由于发表研究成果已成为保证学术工作的不可或缺的部分,满怀热情地完成这项任务显得尤为重要。此外,看到自己的研究成果得以发表,知道自己的研究被人阅读可能会令你感到高兴,而且能增加儿童文学的学术研究的总量。

第六节　儿童文学研究——具体问题

一、术语

尽管同样的术语并未被广泛采用,但儿童文学研究已经形成自己的术语。一些术语相当简单,如"鲁滨逊式小说",《牛津英语字典》把它解释为:始于 1847 年的、以传统小说《鲁滨逊漂流记》的形式来"讲述船只失事、在荒岛上求生"的小说。一些术语更具专业性,如"识字卡片"(battledore)(一张三层长方形卡片,18、19 世纪时用于教授基本读写能力)或"顽童诗"(urchin verse)(形容一些描述普通城市儿童态度和愿望的现代英国儿童诗)。一些词组已发展为描述特别广为流传的儿童书籍的术语,如"时间穿梭奇幻故事"(time-slip fantasy)或"年轻人文学"(Young Adult,通常缩写为"YA")。还有一些是从其他文学研究领域借用的,因为它们和儿童文学关联密切,如"再媒介化"(remediation),即一种媒介模仿另外一种,就像一本小说试着以网站形式出现,也被称为"媒介间互文性"(intermediality)或"语境重构"(recontextualization)(将书面文本改编为新的媒介,如电影或电脑游戏)。

这些专业术语确实非常有用,不仅仅能用于快速查找特定文本或概念。思考这些术语,思考如何将其应用于自己的研究,能帮助你理解如何将你的研究成果和现有的、使用了这些术语的学术研究相联系。使用术语定义某种作品同样能刺激你考虑文本之间的差异。如"问题小说"(problem novel)这一术语最初用于指代 20 世纪 70 年代出现在美国的特定年轻人小说,但即使你着眼于更旧或更新的书或电影,或者源自世界上其他国家的文本,你也可以考虑它能够如何与你的研究相联系。关于术语帮助我们思考定义的另一个范例是"图画书"(picture book)和"绘本"(picturebook)两个术语之间的差异。一些评论家对第一个术语的定义非常笼统,就是指任何带有图画的书;而将第二个术语定义为图画和语言同样重要的书。两者的相互作用至关重要,然而,它们的这种区别并未得到普遍应用。当然,你应该自己使用这些术语,前提是确保你理解并能正确使用它们。本书末尾的术语表将会对你有所帮助。

另一方面,使用专业术语会带来问题。你可能会因为使用术语而疏远读者,尤其是那些非专家读者。你也必须要清楚这种术语可能具有种族优越感。在西方形成的,诸如"绘本"或"问题小说"的概念并不适合其他国家,也不适合过去的文化。我们应该小心,不要试图让所有文本都符合标准文本。同时,时间的流逝和错误的使用会有损专业术语的精确含义,这样一来,它们会更加令人费解。例如,我们使用"童话故事"一词的时候想指什么?每个童话故事都必须有仙子或者某种超自然事件,或者发生在过去,或源自民间传统吗?"廉价书"(chapbook)这个词又是一个很好的例子。起初这个词指的是列车售货员售卖的廉价短篇出版物,它们的读者既有大人,也有儿童,情节通常还包括下流低俗的内容。然而在儿童文学历史上,这一术语有时已被用于表示 19 世纪的、任何廉价而篇幅较短的书,包括商店售卖的或只为儿童设计的书籍,是一种非常特殊的文本,常常以传统故事形式将教育和宗教的内容结合在一起。一个术语的不准确使用会抹掉一个重要的差别。专业术语大有益处,但在用之前你需要仔细思考它们的意义,要将它们用来阐明意义而非混淆意义。

二、研究各种儿童文学

研究儿童文学的一个非常大的挑战在于它有许多不同的类型和形式,最为明显的是儿童文学专业的同学会发现自己能够研究不同媒介的作品,从书本到杂志、戏剧、漫画、动画、真人电影、电脑游戏等,而这些种类中的任何一种都有更详细的划分。例如,18 世纪西方的儿童书籍可分为小说和非小说,非小说分为期刊上发表的和单独发行的书籍,单独发行的书籍分为各种各样的流派(历史、植物学、神学等),这些流派还可按照不同年龄段的读者进行分类等等。一些类型的文本看起来不同于以往学术分析中的文学作品,需要采取一种全新的方式来研究它们。例如,我们该如何分析一本字母书或数数书、绘本,或一本由电视节目衍生出来的涂色书?

这些形式的作品中有一些已经成为了文学批评关注的热点。最明显的例子就是童话故事和其改写本,关于这个主题的书和文章有很多,即便是最有影响力的研究也无法在此一一列举出来。关于解读绘本读物的研究工作也开展了许多(详见第三章讨论,你可以在那里找到这一领域的推荐阅读书目）。斯科特·麦克劳德写了一个漫画的简介（1993 年），而关于字母书的研究则寥寥无几（Coats，2000；Crain，2000；Nodelman，2001）。对于许多儿童文学形式而言，可能没有理论研究或探讨单一文本的书或文章。通常，你最好对被忽视的流派和版式形成研究模型。你可以收集现存的学术研究进行对比，例如，将分析字母书的技巧应用于数数书。但是，研究儿童文学最大的吸引力之一在于你能快速发现你自己在开拓新的方法，同样也在看之前从未被用于学术分析的材料。

儿童文学的另一个重要划分方法是根据目标读者、隐含读者或真实读者的年龄进行划分。借助你研究中使用的方法，你可能或多或少地想研究这些分法。亚瑟·艾伯比的《儿童的故事概念》（1978 年）和 J. A. 阿普尔亚德的《成为一名读者》（1990 年）是众多建立理论以解释不同年龄段读者如何对文本作出不同反应的研究中的两个。目前出现了一大批所谓的"交叉"文学的批评文学，成人和儿童都可以读，然而，儿童作者却很少见。"少年时代作品集"（只有作者成为著名的成人文学作家后才能这么说）在儿童文学研究中处在非常矛盾的地位。从历史上来说，儿童作者常常创作成人文学作品（如果他们打算让别人阅读），但是，如果我们准备忽视儿童文学的标准定义，即为儿童而写，那么我们可以肯定地因为它们的天真烂漫的风格和欢闹的甚或是幼稚的情感，而把简·奥斯汀 14 岁时写的《爱情和友谊》或黛西·阿什福德著名的《年轻的游客》这样的作品看作是儿童书籍。网络的出现带来了电子杂志和在线粉丝小说，让儿童文学作品更易于发表和普及，也首次出现了大量年轻人阅读其他年轻人写的作品形象。有关此种文学批评研究的词汇和方法还未发展成熟。儿童创作的儿童文学这一课题正变得成熟，可用于学术研究。

三、引用和版权

你要列出所有直接引用、改述或详细论述的材料的文献目录，这一点固然是避免抄袭指控必不可少的，但主要是为了帮助后来的学者找到你引用的材料。正如上文所说，你文献目录的严谨格式和风格是由所在大学的规章规定的。此外，大量的样式指南可提供根据特定的一套引用体系引用不同类型的材料的适当方法。然而，研究儿童文学会引起一些专业的引用问题，其中一个常见的问题就是许多儿童书籍，尤其是比较旧的、为非常年轻的人所写的、存在时间短的作品，以及绘本，一般都未标明页码，但如果你参考或引用特定的一个形象，或者一段文本，通常需要提供相应的页码给读者。解决这一问题的方法之一是自己一页一页地数，正文之前的用小写罗马数字（扉页记为"ⅰ"），正文用阿拉伯数字（从"1"开始重新计数）。然后，当你引用某一页内容时，应该在页码外加上中括号，表明这是原文本中并未编写的页码，如"第［ⅳ］页"或"第［23］页—第［24］页"。这一系统对于短篇的作品很有用，如绘本或者漫画。而对于长篇的作品来说，如一本 500 页的教材，你就不能一页页地数了，也不要指望你的读者这么做。你可以简单地在引文中说明所引材料没有页码，并添加一个关于引用部分的注释："第 32章"或"星号"。"正面"和"背面"这两个术语对分别指出每一页的正反也有用处（也就是说一个人读书时的右手页和左手页）。如果你发现需要为研究准备更多的专业词汇，如引用出现在被称为"前页"和"后页"的材料，即正文的扉页前和最后一页后的材料，包括扉页、卷首图片、副标题、镶边等，你需要查阅术语手册，如 D. C. 格里瑟姆的《文本考证学》（1994 年）。

儿童文学研究人员必须要提高引用参考文献的水平。例如，大部分引用系统不会告诉你如何引用随书附赠的纸玩偶，因为是由读者把这些纸玩偶放进每页翻开的插图里。这些体系的条例也不总是能很好地处理这类文本的趣味性，这已成为近期出版的绘本的特点：故意打乱页码顺序，前言放在书的末尾，文本打印颠倒或者放在封面上等等。你必须要决定如何最恰当地引用非传统的材料，主旨是要达到简单清晰的目的。

困难也通常源于出版商想当然地认为没有必要印出儿童书籍中的全部书目详情。因此，许多儿童书籍，无论是古代的还是现代的，都可能没有标注出版日期。不过,你可能想了解引文和参考文献的初版日期和再版日期。出版日期通常可以在标准的参考资源中找到(见第二章第五节),但是有时候也要靠估算。随后可能用到的版本也是如此,如果你用的是估算的年份,应该在年份前明确加上"大约"一词(或缩写为"c"),或者用这一方式:"未注明日期,大约为 1930 年"。你可以以书目中的信息,或诸如注明日期的题词这样的辅助资料,或者某一出版公司已知的存在时间,或文本中引用的某一特定事件为基础估算时间。如果你甚至不能估算出大概时间,就只能在引用文献后面标注上"未注明日期"。如果你能精确计算出日期,但文本中没有明确给出,你可以在日期外面加个中括号,如"[1930]"。

儿童书籍出版商也趋向于对新版作品中的注释变化敷衍了事。出于删去不适合现代儿童的词句或观念的目的,他们倾向于擅自改变插图、缩减文本、甚至改变人物角色的名字和修改故事情节。其他媒介也是如此,如剪辑电影、改变网址、重定绘本格式、将电视节目改成广播在不同国家播放等等。这就是在选择研究中使用哪个版本时需要非常小心的原因。当然,你应该一丝不苟地弄清楚参考的书目使用的是哪一版本,必要时区分连续版本和版权标记(指同一版本不同的印刷时间),或区分不同译本、不同地方创作的文本,以及针对不同年龄段人群的版本。追溯这样的演变可能非常有趣和有启发性,不过,一一确认是一个非常费力的过程。

在研究过程中直接拷贝或在已完成的研究中复述他人的材料时,需要考虑版权问题。版权立法是非常复杂的问题,它会因你所处理的材料种类以及不同地区的司法权规定而变化。在英国,原创艺术作品的版权(包括大多数形式的作品,从小说到插图再到电脑程序)在其作者去世之后持续 70 年;电影的版权在最后一位导演、剧本作者和任何一位为电影专门创作音乐的作曲家去世 70 年后到期。在美国,1923 年以前发表的任何作品都不受专利权限制,而 1978 年以后的作品都受 70 年版权保护,与英国的版权立法相似;1923 年和 1978 年之间发表的作品是否受到保护取决于持有人是否更新版权。然而,无论你在何处,如果仅仅用于个人学习和研究,不以盈利为目的,那么通常都会被允许拷贝和复述处于版权保护状态的材料,例如学位论文。但是情况并非总是如此,也有一些文学领域研究人员吝啬地守护着他们的财产,哪怕面对的是学生。如果你发表自己的研究成果,或使用受版权保护的作品,可能对版权所有者的利益有所影响,那么,你需要获得拷贝或复述这些材料的许可,并承认使用了它们,这可能是个非常漫长而且有时会花费很大代价的过程。你也应记住,即使要复述的材料未受版权保护,也要向拥有这些材料的图书馆支付许可费。尽管这些材料对于学生和学术刊物是免费的,但你还是要经图书管理员正式批准才能使用。要了解英国版权立法的详细信息,请登录 www.ipo.gov.uk/查阅;有关美国版权立法的详情,请登录 www.copyright.gov/查阅。

四、批评标准

现今,尽管颇具争议,但大多数评论家趋向于认为文学批评应该纯粹依据艺术标准。我们应该为了在主题或技巧方面有所突破而在所有文学中探寻,还是应该仅仅通过考察某些作品是否在某些方面取得成功或是否是一个流派的典型来判断其好坏? 历史上,甚至当今一些时候,文学的鉴赏常常依据非文学标准,例如,是否符合宗教正统或政治正确性。然而事实上,非文学标准在评判儿童文学作品时,比在评判成人文学作品时用得更多。比如:这本书(或电影,或游戏甚至漫画)有没有教授孩子什么? 这本书是否适合某一特定年龄段(或性别、阶层、种族)或所有儿童? 也就是说它是否包含不适合儿童的"成人"内容。至少到 20 世纪中叶,即便某本儿童文学书是明显非道德化的流派,如童话故事、奇幻或冒险故事,其中的道德因素仍可能是成人评判儿童文学作品最主要的考虑因素。如今,这个问题或许不再那么明显,但事实上可能一点都没变。现在很难想象一个作者、出版商、图书管理员、书商,或父母会接受一本赞扬欺凌弱小的行为,或公开鼓吹种族仇恨的书。儿童书籍曾经可能出现美化战争和诋毁和平的内容,但现在我们更倾向于歌颂和平和丑化战争的书。准确地说，道德的内涵可能变了，但道德本身依然是最重要的。

作为一个儿童文学评论家，考虑这些标准是你工作中至关重要的一部分。可能你想研究儿童文学作品评判随时间或文化的变化而转变的方式；可能你想特别考虑反潮流或可能引起争议的文本，比如传达自杀、吸毒或挑战政府权威的矛盾情绪。但是你也应该思考自己评判儿童书籍时用了什么批评标准。当你选择一个主题，并评估原始材料时，你是在单纯考虑文学或艺术价值吗？或者你想要将其当作一种惯例吗？这些术语是什么意思？或一般说来，你是根据它的教育能力来评估文学作品的吗？假设你分析一个文本在教导儿童如何同情别人或者如何培养更积极的自我形象上的成功之处，你其实是把它的教育力量作为一个标准。或许关于一个文本的恰当性问题对你很重要，无论是在目标读者的年龄方面还是在道德、宗教或政治方面；或者你试着完全不去对文本的恰当性进行评定，而是将其作为一个原则。你该选择怎样的评判标准这一问题没有正确的答案。你评判儿童文学作品使用的标准取决于研究课题的性质、你所处的学科领域以及你自己的看法。重要的是你要清楚所采用的标准，并思考这些标准是否最适合你的研究，以及是否能取得成功。

问题和练习

1. 挑选并阅读一篇已发表的关于儿童文学的学术论文，思考这篇文章在现有学术研究中该如何定位。文章作者的态度是谦虚的还是轻蔑的？文章是独立完成的还是合作完成的？新的研究是如何和早期研究相联系（如果有联系）的？

2. 思考你自己会如何基于在练习1中选择的文章写一篇相关的研究论文。

3. 设计一个研究课题（真实的或假设的都可以），并使用本章给出的模板制定一个研究计划。

4. 根据你在练习3中制定的研究计划来处理原始文本，考虑如何选择最适合的方法来分析、阐释和评估它们。

5. 思考你潜意识中针对练习4中所选文本的批评标准。例如，你是否对文本的审美价值、教育潜力或其对目标读者的适合程度或创新程度感兴趣？

第二章　儿童文学档案、收藏和资料

对于所有艺术、人文及社会科学领域的研究来说，查找原始材料和次级材料是必须进行的最重要的任务之一。但是，由于某些原因，在从事儿童文学研究时，你或许需要采取一系列特定的策略。下文这些实用的建议将指导你找到最相关的材料，并就如何处理这些搜集到的资料给予你启发。

第一节　利用学术图书馆，档案馆和收藏
艾莉森·贝莉

在这一节，我将讲述如何有效地在主要的学术图书馆、档案馆和收藏中查找相关的直接原始资料。这些直接原始资料包括 18、19 世纪面向儿童所印制的书籍、手稿以及艺术品。尽管其中许多资料已有现代编辑版或数字版，但我们仍有诸多理由去查阅其原稿。比如，你手捧一小卷有所磨损的书籍，某个曾经拥有它的小朋友在上面涂过画过，对它或是喜爱，或是厌恶（通过书边批注和书籍被悉心对待的方式可以看出），这时，你更能体会到与这些真实的孩子以及他们的书本亲密接触的感觉。在正文部分的前页或者后页常常会看到真情流露的涂鸦、签名和诸如此类的标记，而它们在数字复刻版或缩微胶片版中甚至都会消失。许多这些早期书籍的尺寸之小和封面之薄可能会令人惊讶，提醒着人们有很多被赏读的副本都已破损，没能幸存下来。除了这些最终得以出版的文本，档案馆通常还藏有相关的手写资料和短期存在的资料。通过草稿、初始设计、信件以及涂鸦，你会知晓作者或者

插图画家的意图和他们的创作过程,然后将其与已经出版的作品相比较。此外,许多资料在编入儿童文学藏集时并没有编目分类,或者编目分类不够细致,因此仍有很多内容有待探索和发现。

　　上述这些,或许就是你想要或者需要在档案馆或主要学术图书馆从事研究的一些原因。要想有效率,就要做好充分准备,要知道怎样利用这些机构,怎样处理你将接触到的材料。下面是一些指导你尽可能充分利用图书馆、档案馆之类机构的实用指南。为避免不断地列出这些组织机构,如图书馆、档案馆、博物馆、美术馆等,我选取了"机构"这个词来代指任何可能藏有与儿童文学研究相关材料的组织机构。此外,我用"材料"和"藏品"来代指出版书目、手稿和其他档案材料、艺术品,以及诸如通俗读物、报纸、期刊和录音之类的短期内有时效性的出版物。尽管主要着眼于英国和美国收藏的出版材料,但我会尽可能地让我的结论和建议一般化,使其适用于各种情况,同时我也会列举一两个特定例子来阐述要点。最后,为与本册书的标题保持一致,我选择了"儿童文学"一词,这一表述有些不恰当,因为许多儿童文学藏品囊括了各种不同的印刷品,包括纸玩偶、玩具剧场、纸牌、图版游戏和与书有关的商品等,所以其实用"面向儿童出品的资料"一词来描述儿童文学领域内研究者所接触的那类物品更为准确。

查找材料: 目录、索引、文献和网上搜索

　　从基础开始,如果你知道自己对哪个机构感兴趣,那就很可能会发现网上便可以免费获取其目录,比如苏格兰国家图书馆目录、美国古文物学会目录和在慕尼黑的国际青年图书馆目录(有英文版本)。然而,你应该意识到,尽管许多机构都已对他们在过去数十年内收集的材料创立了在线目录,但更久之前的藏品可能只会列在已出版的目录中,甚至是内部目录或类似的目录之中。所以虽然在线目录很有用,尤其是在你距该机构很远时,但它通常只能部分体现某一机构中收藏的出版材料。手稿和音频材料也很可能单

列目录。这些目录通常会附有关于其覆盖范围的说明文本——可能位于网页上的"关于"或"帮助"页面中。另一点需要记住的就是有些目录会有意地排除儿童文学作品，尽管其通常仍会包含像丹尼尔·笛福和罗伯特·路易斯·史蒂文森等作者的作品记录。在查找次级材料（见下文第一章第五节），以及利用目录来查看某一机构藏有什么相关主要材料时，你需要灵活选择方法。

如果你已经列出了所想要参考的条目，想知道哪些机构藏有这些条目，这时你可以从检索联合目录（union catalogue）入手。联合目录列有大部分出版书目，并会指出哪些机构藏有这些书目的副本。你应该牢记上面所列目录的一般说明，且要明白并不一定能够完全确认这些目录所描述的是出版物的哪一版或哪一期。但是，对研究者而言，检索联合目录会获益匪浅，因为这样可以同时检索几个机构的目录。许多在线联合目录都是免费的，如 COPAC 和《英国简明目录》（*English Short Title Catalogue*，ESTC）。它们或专注于某一特定区域内的机构（比如，COPAC 列有英国和爱尔兰境内大学和国家博物馆的材料），或专注于某一学科领域（比如"文学图书馆网上期刊数据库"（the arlis. net peri-odicals database），列有英国和爱尔兰境内机构所藏有的艺术品、建筑物和设计期刊），亦或专注于某时间周期（如《英国简明目录》（ESTC））。这些目录内容翔实。《英国简明目录》（ESTC）涵盖了 1801 年前英国所有的出版材料，以及在此之前于不列颠群岛和英国附属领地所出版的其他语言的材料。某些目录还会提供关于其所列书目装帧的详细信息，比如 1760 年版的《斑斓小书》，这一条目就含有关于其插图、扉画色彩印制和价格的信息。其他联合目录则为只对订阅用户开放的数据库，如《19 世纪简明目录》（*the Nineteenth-Century Short Title Catalogue*，NSTC），它涵盖了 1801 年到 1919 年间相关领域内的材料。你可以通过你所就读的大学访问这些数据库。

《世界目录》（*WorldCat*）就属于联合目录，它既可以免费访问，又可通过订阅获取（两者功能不同），两类资源均呈现在英国国家档案馆（The

National Archives，TNA)的网页上，在某种程度上被用作英国所藏档案材料的联合目录。《国家档案登记》(*The National Register of Archives*)对与英国历史相关的手稿和历史记录进行了简述，此外还有《档案获取》(*A2A：Access to Archives*)，它涵盖了约 30％英格兰和威尔士境内的藏品。加上个人所收藏材料的网页，这些会帮助你找到某个作家或插画家的稿件，亦或某个出版社的档案。《美国国家手稿藏品联合目录》(*The National Union Catalog of Manuscript Collections*)和《档案探索》(*Archive Finder*)类似，都涵盖了美国的档案。《英国档案：英国档案资源指南》(*British Archives：a Guide to Archive Resources in the United Kingdom*，2002)也很有用，该指南(仅小小一卷)主要以地域编目，以广泛而有序的索引全面列出了英国档案资源，并提供了许多检索点。

尽管在线目录的应用已经使研究调查有了转变，但许多机构的出版目录仍然值得去参考，这些目录可以让你快速浏览某个特定作者的一系列作品。多伦多的《奥斯本藏集》(*the Osborne Collection*，St John，1975)的出版目录就是个很好的例子，它一直被视为该领域内的标准参考之作。该藏集可以通过《多伦多公共图书馆目录》(*Toronto Public Library Catalogue*，其列有 1910 年前的出版物)进行查阅，至今仍未被在线目录所取代。出版资源和在线资源相互补充，便呈现出能在该图书馆找到的一切信息。由普林斯顿大学图书馆所编的、已出版的《科特森儿童图书馆目录》(*Catalogue of the Cotsen Children's Library*)仍在不断完善，与普林斯顿大学图书馆(PUL)的在线《主目录》相比，该目录提供了更多的书目信息。展览目录(Exhibition catalogues)有时能为用户提供关于某机构收藏范围内精选藏品更为详细的信息，最有名的当属《快乐与智慧》(*Be Merry and Wise*(Alderson and Oyens，2006)，它展示了纽约皮尔庞特·摩根图书馆(Pierpont Morgan Library)中早期儿童作品的瑰宝，总结了近期的研究成果。

许多儿童书目收藏仍几乎没有、亦或是根本没有在线目录，甚至可能没有出版目录,但这些都是你需要去查找的很重要的资源。关于这类收藏的信息能够在儿童文学的标准出版参考书中找到。在《国际儿童文学百科指南》(*International Companion Encyclopedia of Children's Literature*,2004)第2版中,凯伦·尼尔森·霍伊尔就全面综述了全球范围内的这类收藏,注明了将儿童文学读物汇编成集的图书馆、专注于某一特定研究的机构,如日本的大阪儿童读物中心(Osaka Children's Book Institute),以及藏有特殊藏集的机构,如堪培拉大学图书馆(the University of Canberra Library)的澳大利亚儿童文学陆里斯档案(the University of Canberra Library's Lu Rees Archives of Australian Children's Literature)。《牛津儿童文学百科全书》(*The Oxford Encyclopedia of Children's Literature*,2006)第4卷中含有一小部分主要的儿童文学藏书,大多是北美洲的。同时,标准的出版物也会提供访问机构资源的普通主题索引或是藏品索引,如《英国特种图书馆和资料馆协会信息资源目录》(*ASLIB Directory of Information Sources in the United Kingdom*,2008),又如美国的《主题概览》(*Subject Collections*,Ash and Miller,1993)。这些出版物的最新版本在各大公共参考性图书馆和学术图书馆中都可以找到。与之最为相关的出版物便是美国图书馆协会(the American Library Association)出版的《儿童文学特别收藏:国际指南》(*Special Collections in Children's Literature*:*an International Directory*,Jones,1995)。尽管最新版本第3版还是在1995年发行的,但它仍是国际上特别专注于儿童作品合集研究的唯一出版物。该书提供了很多关于儿童文学收藏(大部分是出版的)的有用信息,尤其是对于美国儿童文学作品的收藏,至今仍无可取代。同样的,美国的手稿收藏信息则较完整地编录于弗雷泽的《儿童作家与插图画家》(*Fraser's Children's Authors and Illustrators*,1980)一书中。

英国相关特别收藏的部分信息可在《英国和爱尔兰珍稀书目及特别收藏目录》(*A Directory of Rare Book and Special Collections in the United Kingdom and the Republic of Ireland*,Bloomfield,1997)一书的第2版中

找到。但是,《儿童书籍信息来源》(*Sources of Information about Children's Books*,Chester,1989)一书则更为全面地介绍了英国各机构中所收藏的有关于儿童文学的出版书目、手稿和短期内存在的材料。尽管这本珍贵的出版物历史悠久,但在历经各种大胆尝试之后,依然没有被其他出版目录或在线目录所取代。

关于作者、插图画家个体或出版社的出版作品也能为查找相关材料提供大量信息资源。霍伊尔(Hoyle,2004:729)指出,在杜尼出版社(Twayne)作者系列作品中就能查到相关手稿和印制材料的收藏地。还有更多参考书目也可提供大量的信息。纽博尔特(Newbolt,2005)亨蒂(Henty)书目研究提供了藏有上述作品副本的英国各图书馆和私人收藏地的名称,埃林顿在他的梅斯菲尔德(Masefield,2004)著作目录(包括档案广播录音)中,更进一步援引了他在英国和美国各图书馆查阅的关于梅斯菲尔德出版作品特定副本的排架号,为许多相关档案材料的研究者提供了参考。

列有18、19世纪专门研究儿童书目的出版商所出版作品的专题书目指出了哪一版本收藏于哪个地方,但世事易变,所以在去之前要再次确认。这些出版商包括约翰·纽伯里(John Newbery)、达顿家族(the Dartons)、本杰明·塔巴尔(Benjamin Tabart)和约翰·哈里斯(John Harris)。比如在《达顿家族》(*The Dartons*,2004)中,劳伦斯·达顿就指出由达顿出版社(The Darton publishing firms)所出版的副本在英国、美国和加拿大的哪些地方有幸得以存留,哪些能够查阅。吉尔·谢夫瑞(Jill Shefrin,2009)的补充性研究记述了达顿家族的非书籍材料(包括教育印刷品、拼接地图和游戏拼图、游戏、写字卡片和字母游戏),并列举了部分材料的存留地点。

如上文所述,尽管查阅原始资料有诸多好处,但有些时候原始资料却难以找到。这种情况下,就值得去调查一下你所感兴趣的材料是否有替代品可供查阅。现在,通常都可以从网上查阅到那些很难找到的儿童书目的电子文本,这些电子文本一般都收录于更为综合的文献收藏之中,如"在线文学"(Literature Online,订阅数据库)和"古腾堡计划"(Project Gutenberg

（免费））。带有评注的主要神话故事的电子文本是"在月亮上面"（the SurLaLune）计划的一部分。无论是印制的、微缩拍摄的、微缩平片的，还是数字电脑的影印本都要优于改变了原文编排的电子文本，因为你能由此更好地体会到文献的大小以及文本与插图间的联系，或是所缺乏的联系。"国际儿童数字图书馆"（International Children's Digital Library）、"鲍尔温图书馆儿童文学数字收藏"（Baldwin Library of Children's Literature Digital Collection）和罗汉普顿大学（Roehampton University）的"儿童文学数字收藏"（Children's Literature Digital Collection）都是得到了最为广泛应用的免费数字资源。霍克利菲计划（Hockkliffe Project）提供了霍克利菲收藏（Hockliffe collection）中早期儿童书目的数字影印本，这些书目归英国贝德福德郡大学（University of Bedfordshire）所有，同时导读文本和参考书目也一并列于其中。美国印第安纳大学（Indiana University）的莉莉图书馆（Lilly Library）将部分材料进行了数字化处理，如简·罗素·约翰逊为教家中小孩儿读识所手写的字母卡片。"数字化历史儿童读物"（The Digitalisierte historische Kinderbücher）载有德国儿童书目的图片。

此外，还有几个主要的与儿童文学研究相关的资源，均为仅可订阅。这些资源包括"早期英国书籍在线"（Early English Books Online（EEBO））和"18 世纪藏集在线"（Eighteenth Century Collections Online（ECCO）），它们收录了 1801 年前在不列颠群岛、英国海外殖民地和美国所印制的作品的数字化复制版。现在，越来越多的 19 世纪发行的期刊（包括那些儿童文学评论）能够通过可订阅资源在线查阅，如"19 世纪总卷"（19th Century Masterfile）、"19 世纪英国期刊"（19th Century UK Periodicals）和"大不列颠期刊"（British Periodicals）。18 和 19 世纪的报纸可通过"大不列颠报纸 1600—1900"（British Newspapers 1600 – 1900）和"美国历史报纸"（America's Historical Newspapers）进行查阅。

你或许还能找到一系列商业性的微缩印刷品，其中有一部分，如"18 世纪"（The Eighteenth Century）就是现在所用的数字复印本的前身。对于英裔美国儿童文学研究者而言,奥佩早期儿童文学书刊收藏(Opie Collection of early children's books(1990))的微缩版或属这类资源中最为重要的。图书管理员将会告诉你在其机构中哪些数字资源或微缩资源可用,许多机构会在他们的网页上列出其所提供的可直接访问(或通过密码访问)的电子资源。

前往研究机构进行查阅

你已经确定了自己想要前往的机构的名称和地址,清晰而准确地编写了希望能在那里找到的参考文献目录——更理想的是你已经通过该机构的在线目录或出版目录查到了这些材料,记下了图书排架号和编目号——那么,现在最关键的就是要做好首次到访前的最后准备工作。下文会讲述你出发前需要考虑的各个事项,介绍你到达后可能会面临的环境。像其他任何事情一样——参加某个社会活动,筹划某个假期,从事某项工作——事先做好准备会让你前往图书馆或档案馆的查阅资料之行更为顺利。人们总是更倾向于直接前往某个机构,这样做确实会令你在一开始感到轻松愉悦,但是你却要冒着浪费金钱和时间,把自己置身于不必要的焦虑之中的风险,尤其是在你需要长途奔波的时候。

几乎你计划前往的所有机构都会有一页或一系列网页来标明其地址、开放时间、登记或进入条件和程序等基本信息。看完这些基本信息,如果你还有更多或更特别的问题,你应该通过各机构通常都会公布的联系方式进行咨询。在出发之前,你需要搞清楚诸多事项,无论是通过网页还是咨询,这儿有几条关于这些事项的建议:

● 机构的哪一栋或哪个地址可以查阅到你感兴趣的材料?许多较大的机构都分建于多个地址,且各地址间相距较远。比如,伦敦的维多利亚和阿尔伯特博物馆档案(Victoria and Albert Museum Archives)就收藏于靠近奥林匹亚(Olympia)的那个馆址,而不是在南肯辛顿(SouthKendington)的主馆址，其中就包括比阿特丽克斯·波特藏集（Beatrix Potter Collections）。

● 你所查阅的材料需不需要特别预约？这主要针对特殊的藏品而言，比如，与某个特定作者或插图画家相关的收藏材料、手稿、档案或音频材料。

● 开放时间是何时？每天是否都一样？不同类型资料的开放时间是否一致？可供查阅特殊藏品的阅览室的开放时间通常要短于那些一般的阅览室。许多图书馆周日并不开放，在节假日开放时间也会有所调整。比如，圣诞节期间英国很多大学图书馆都会闭馆，假期内图书馆的开放时间通常也会短于学期间图书馆的开放时间。英国的银行假日（Bank holidays）（英格兰和苏格兰亦会有所不同）、北美的公定假日以及欧洲大陆的宗教假日都会影响各机构的开放时间和公共交通的常规运行。

● 有什么入馆或登记要求？大多数机构都会要求携带至少一份可证明自身身份的材料原件，或许还需要一份居住地址证明。有些机构可能会要求你提供在读证明、课程性质证明、导师介绍信以及一份你想要查阅资料的清单。没有这些材料，也许就不能查阅这些你为之长途奔波的材料。

● 去之前你能预定材料吗？许多机构中有些材料是不能阅览的，其收藏在只有馆员才能进入的地方，有时会是完全不同的地点。这类材料转藏于阅览室供查阅的时间不定，但均不少于 24 小时。

● 每天你可以查阅多少藏品？许多机构会限制查阅资料的数量，或者限定预定时间。如果你正在从事某项文献研究，需要查阅大量藏品，但却只有很短的时间去阅览每份材料，你可以去咨询下能否延长时间限制。这也适用于很短的儿童书籍、漫画和绘本。

● 对有残疾的学生有什么规定？各机构会提供入馆和馆内设施的相关信息，包括放大设备、电磁感应圈、文书助理配备等。

一旦顺利到达，在进入阅览室之前你很可能需要把外套和大的包具锁入储物柜或寄存。注意，阅览室中的温度与室外温度并不一致，比如，在炎炎夏日，里面可能会偏冷，这是为了有益于资料的保存，而并不是要给研究人员制造不便。为了保护材料，大部分机构都不允许携带食物和饮料（包括瓶装水和口香糖)进入阅览室。

如果你带了笔记本电脑,你可能还需要带把锁,这样就可以将电脑安全地锁在桌子上,同时,工作人员可能还会要求你不要进入阅览室中专为未携带笔记本电脑用户而指定的区域。许多机构会要求你在阅览室中使用铅笔(不是钢笔)做笔记,可能还更倾向于让你使用活页纸,而不是笔记本。如果你是在查阅手稿、档案材料或是珍稀书目,有些机构会要求你带上白手套(工作人员会提供),但有些则不作要求。各机构也可能会提供看书架和特别设计的重物来固定藏品,确保打开时不会损坏页面。

许多机构都会提供复印服务,但出于版权和材料保存的考虑,并不保证所有材料都可复印,这需要你同机构确认清楚其所提供的服务及可能的花费。有些机构允许你使用自带的数码照相机,有些则不允许。在有些机构中,你可以使用他们的设备来扫描材料(这时你或许需要提供数据线和内存卡)。复印设备可能会在阅览室关闭之前就被停用,而且其通常会在即将停用之时极度忙碌。如果你打算重现所复印的材料(比如在某一出版物中),则需要同该机构商量并得到其允许(亦要考虑到版权,见第一章)。在第三章第一节中,桑德拉·L.贝克特会讲述更多关于如何在图书馆中利用和复制视觉材料的建议。

请记住,无论计划地多么仔细,你仍可能查阅不到一些之前想查阅的材料。藏品可能会由于这样那样的原因无法查阅,比如,可能另一个研究人员正在使用,可能正处于展出中,或是可能正在进行修缮等。然而,如果你能够利用那些可以查阅的资源,提前计划,就应该可以将失望最小化。

前往较远图书馆的花费并不少。一小部分机构会在你使用他们的资源时提供奖助金,帮你承担费用,尤其是在北美。比如,普林斯顿大学的图书馆会提供短期研究补助,来促进其所藏研究文献的学术利用,其中包括颇有影响力的科特森儿童图书馆(Cotsen Children's Library)。这类补助通常面向研究生,主要用于支付其来馆的交通费以及一个月左右的住宿费。遗憾的是目前并没有这类奖助金的目录清单,如果知道自己将会用到某个特定的机构,那就值得去查一查他们的网页,看是否存在这类补助计划。

第二节　实例研究——查阅英国图书馆
艾莉森·贝莉

　　我考虑用英国图书馆(the British Library)这个具体案例来简略地讲述其部分收藏、目录和其他设施。

　　英国图书馆成立于1972年,是英国国家图书馆,集合了诸多先前成立的机构,其中就包括成立于1753年的大英博物馆图书馆(the British Museum Library)。英国图书馆的藏品有手稿、出版书籍、短期内存在的出版物、报纸、期刊及录音资料。要想查阅那儿的材料,你需要登记一张阅览证。你可以登录其网站查看关于应携带文件材料的详细说明,以及关于预定、馆内设施、开放时间、藏品等更多信息。

　　得益于"法定送存"(legal deposit)制度(英国图书馆可收录英国和爱尔兰境内所有出版物的某版副本),英国图书馆已经构建起了广博的关于儿童文学出版物的收藏体系,且仍在不断地补充与完善,这就意味着英国图书馆是查阅英国出版的原始材料和次级材料的良好源泉,各地(尤其是美国和欧洲大陆)出版的精选次级材料也涵盖其中。此外,还有一系列的特殊藏品,如"威廉、克鲁尔·戴西和梅厄·里昂廉价书集"(the William and Cluer Dicey and Henry Mayor Lyon chapbook collections)及巴里·奥诺的"小恐怖故事"集(Barry Ono Collection of "Penny Dreadfuls")(有单独印制的目录)。"已命名印刷材料藏集"(The Named Collections of Printed Materials)的网页会提供相关的有用信息。

　　"搜索我们的目录"是查找、预定英国图书馆所藏印制材料的主要途径,而且是在线免费的。许多数字化材料目录仅可供注册读者当场查阅,其中包括很多19世纪英国图书的图像。有些近期收录的1801年前英国材料的附加记录只能在《英国简明目录》（ESTC）中查到，《19 世纪简明目录》中有关于精选的 1801—1900 年间印制藏品的更为详细的目录记录。印制材料的供查阅时间不定，建议提前预约，只要你已经办好了阅览证，现场预约或远程预约均可。

对于专注于儿童文学研究的人来说，他们感兴趣的手稿（见下文第二章第三节）包括与查尔斯·勒特威奇·道奇森（路易斯·卡罗尔）、拉迪亚德·吉卜林、J. R. P. 托尔金和埃莉诺·法琼相关的材料。作家协会（Society of Authors）和皇家文学基金（Royal Literary Fund）档案也有丰富的资源，记载着作者及其作品的信息，此外还有出版商档案，其中最为著名的当属与麦克米伦和他的公司（Macmillan and Co.）有关的档案。

许多有关这些手稿和收藏的简介都可于在线《手稿目录》（*Manuscripts Catalogue*）中找到，通过英国图书馆网页可以免费检索该目录（目录的"关于"页面有其覆盖范围的信息）。通过印制出版的目录和《英国图书馆手稿索引》（*Index of Manuscripts in the British Library*）可以查找到更多的信息，这些资源在英国图书馆和许多其他机构都可使用。在你前往图书馆之前，你需要提供由学术上的同事或导师所写的书面推荐信，以便查阅某些特定的目录，推荐信应包括你的学校、研究领域及手稿参阅经验等详细信息，这是独立于一般登记程序的。手稿应在手稿阅览室中进行查阅，有些手稿的借阅会受到一定的限制，所以你或许仅可以得到一份替代品。比如，对于《爱丽丝地下探险》（*Alice's Adventures Underground*），也就是卡罗尔的《爱丽丝漫游仙境》原稿，你可以首先通过英国图书馆网页上的"翻动书页"（Turning the Pages）系统查阅它的数字版。你还要记住，许多手稿可能正在展出，因而无法参阅。

英国图书馆的音频收藏包括作者、插图画家以及图书行业内成员的录音。相关的收藏包括"图书行业轶事"，这是"国家生活故事"项目之一。音频可通过搜索"我们的目录"获取。许多材料可通过声音伺服器现场听阅，但仍有很多音频需要你与视听服务部（Listening and Viewing Service）预约才能听取。

英国图书馆还有一系列电子杂志和其他资源供现场参阅，如"18 世纪藏集在线"（ECCO）、"大不列颠报纸 1600—1900"、"在线文学"。网页上有资源列表，相关的当前出版的电子杂志（补充英国图书馆收藏的大量覆盖全球的出版杂志）也能在这儿找到。许多商业化的微缩印制系列版本也收于馆中，其中就有"罗伯特·怀特廉价书集"（Robert White Collection of Chapbooks），原版藏于纽卡斯尔大学图书馆。

拓展阅读

1. Chester，T. R.．Sources of Information about Children's Books［M］．Stroud：Thimble Press in Association with Westminster College，Oxford，1989.

2. Chester，T. R.．Children's Books Research：A Practical Guide to Techniques and Sources［M］．Stroud：Thimble Press in Association with Westminster College，Oxford，1989.

3. Hoyle，K. N.．'Libraries，Research Collections and Museums' in P. Hunt (ed.)，International Companion Encyclopedia of Children's Literature，2nd edn（London：Routledge，2004），pp. 722 - 730.

4. Jones，D. B.．Special Collections in Children's Literature：An International Directory，3rd edn Chicago，IL；London：American Library Association，1995.

5. Freely available websites（all accessed on 26 October 2009）：免费网站（2009 年 10 月 26 日均可访问）

6. A2A：Access to Archives. http://www. nationalarchives. gov. uk/a2a/

7. American Antiquarian Society. http://www. americanantiquarian. org/

8. arlis. net periodicals database. http://www. arlis. net/

9. Baldwin Library of Children's Literature Digital Collection. http://www. uflib. ufl. edu/UFDC/UFDC. aspx? c = juv

10. The British Library. http://www. bl. uk

11. Children's Literature Digital Collection（Roehampton University）http://studentzone. roehampton. ac. uk/library/digital-collection/childrens-literature-collection/

12. Children's Literature Research Collections at the University of Minnesota. http://special. lib. umn. edu/clrc/

13. COPAC. http://copac. ac. uk

14. Digitalisierte historische Kinderbücher. http://papinga. bis. uni-oldenburg. de/retrodig/

15. English Short Title Catalogue (ESTC). http://estc. bl. uk

16. The Hockliffe Project. http://www. cts. dmu. ac. uk/Hockliffe/

17. International Children's Digital Library. http://www. icdlbooks. org/index. shtml

18. International Youth Library in Munich / Internationale Jugendbibliothek

19. München. http://www. ijb. de/Jane Johnson MSS. (Indiana University). http://www. indiana. edu/~liblilly/lilly/mss/html/johnsonj. html

20. The National Archives (TNA). http://www. nationalarchives. gov. uk/

21. National Library of Scotland. http://www. nls. uk/

22. National Register of Archives (NRA). http://www. nationalarchives. gov. uk/nra/default. asp

23. The Nineteenth Century [Catalogue]. http://c19. chadwyck. co. uk/

24. National Union Catalog of Manuscript Collections. http://www. loc. gov/coll/nucmc/index. html

25. Princeton University Library Main Catalog. http://catalog. princeton. edu/cgibin/Pwebrecon. cgi? DB = local&PAGE = First

26. Project Gutenberg. http://www. gutenberg. org/wiki/Main_Page

27. SurLaLune fairytales. com. http://www. surlalunefairytales. com/index. html

28. Toronto Public Library. http://www. torontopubliclibrary. ca/

29. WorldCat. http://www. worldcat. org/

30. Subscription databases: 订阅数据库

31. 19th Century Masterfile (Paratext)

32. 19th Century UK Periodicals (Gale/Cengage Learning)

33. America's Historical Newspapers (Readex)

34. Archive Finder (Chadwyck-Healey/ProQuest)

35. British Newspapers 1600 – 1900 (Gale/Cengage Learning)

36. British Periodicals (Chadwyck-Healey/ProQuest)

37. Early English Books Online (EEBO) (Chadwyck-Healey/ProQuest)

38. Eighteenth Century Collections Online (ECCO) (Gale/Cengage Learning)

39. Literature Online (Chadwyck-Healey/ProQuest)

40. Nineteenth-Century Short Title Catalogue (NSTC) (Chadwyck-Healey/ProQuest)

41. OCLC WorldCat (OCLC Online Computer Library Center，Inc.)

第三节　利用手稿研究儿童文学

露丝·康诺利

许多对于儿童文学研究者而言颇有价值的材料可能会以手稿的形式存

留下来,手稿在这儿被定义为任何手书的文本。在中世纪和近代早期,手书是一种很重要的出版和传播文本的途径。甚至在15世纪晚期印刷技术诞生后,文本依然会以手稿形式进行编辑、传阅和复制。尽管手稿材料通常被认为是书写在上等皮纸(对于中世纪手稿而言)或是普通纸张上的,但面向儿童所书的手稿也会利用其他材料。文本可能会书写在卡片上,或雕刻、涂画于诸如木制品、犄角等更耐久的材料上。

埋首于现代印刷文本的同学们也可能会在查阅原始材料时遇到手稿。信件、日记、出版商档案以及其他珍贵的材料都曾经是以手写形式被记录的,或许现在仍然是。数十年前,大部分作者还是以手稿的形式编著书籍的草稿,并用笔进行修改校正。当然,现在很多作者仍是如此。通过对比同一文本的手稿和印刷版能够了解某一印刷版是如何得来的。手稿依然有其自身的显著特点,为儿童文学研究提供了新视角。

手稿代表着一种更为个性化的写作形式,这不仅因为作者的删减、校订和疑惑都可能体现在页面上,还因为这些手稿可能是为某一特定读者而创作的。比如,《爱丽丝漫游仙境》的初稿就是以手稿形式写的,是卡罗尔为他的朋友爱丽丝·莉迪儿所作,许多不知名的文本也是这样诞生的。事实上,由父母或老师为教育、娱乐孩子而自己编写的文本颇为常见,其中有许多得以出版,而更多的则没有。因此,手稿文本对于任何一段儿童文学历史的价值都应是显而易见的,尽管直到不久前这一点依然为人们所忽略,因为人们没有意识到这些作品的显著特点。

以手稿形式创作是一个开放式的过程,这一过程由特定的阅读语境所引导,可进行经常性的修改与润色,与打印稿相比,其受到构建一个稳定的文本权威的影响较小。比如比阿特丽克斯·波特的小故事《灰姑娘》的文本史就是个例子,它展现了由开放式的手稿文本向稳定的印刷文本转换的尝试。波特的档案中有多种手写草稿,这些草稿中包含大量描写性的细节以及有关上下文的细节,但在其去世后由波特学者莱斯利·林德(1971年)所出版的版本中,这些细节均被删减。只有主动认识到手稿自身具有独特性,而不仅仅只是把它当作书稿付印前的垫脚石,《灰姑娘》的手稿材料的恢复和文本重新编辑的前景才能实现。要做到这一点,掌握手稿学(对手稿书籍的研究)和古文书学(对较早之前笔迹的研究)的知识对于研究者而言将是很有必要的。

阅览手稿并做笔记

一旦你确定了想要参考的手稿,第一步就是要查阅档案馆的目录,它或许会呈现在网上,或许会以纸质形式藏于陈列室,查到相关信息后,应记下手稿的编目号码,抄下目录上对该手稿的描述。这些记录通常都是由专业档案管理员草拟的,记载有每一份手稿的物理特征、内容简介以及出处说明,所有这些方面的内容都可能对你的研究至关重要。看到这份手稿后,你要自己编写一份关于该手稿的完整记录,对上述信息加以补充,你在整理参考文献时将会用到这份记录。D. C. 格里瑟姆(D. C. Greetham)在他的《文本考证学》(1994 年)一书中详细列举了应该记录的有关手稿的特点。下面列出相对那些基本要求更为简洁的版本:

● 手稿的标题、排架号、其所属的文集及所藏的图书馆。比如,关于比阿特丽克斯·波特所作的《灰姑娘》草稿的完整参考记录应是"《灰姑娘》:1、2、3 章早期草稿,比阿特丽克斯·波特档案,维多利亚和阿尔伯特博物馆档案,伦敦,英国图书馆 1190(LB1190)"。

● 如果你所参考的手稿是装订本或活页本,则应记录下它的总页数。如果档案材料是由卡片、插图衬板或如角帖书之类的文本构成的,这些都应被视为单独的藏品,且也应记录下总数。

● 手稿或藏品的物理特征包括由什么材料制作而成(纸张、木材、犄角),是否有横格、水印、插画或雕刻图案,是什么颜色,用墨水还是铅笔书写,是否是由手写注释的打印文件组成等。

● 手稿情况:是否有任何撕裂或损坏? 墨迹是否褪色? 是难以辨认还

是易于识别？每页有多少行？当你抄写手稿时，了解这一点可以帮助你避免不小心跳行或漏行。

- 列出文本内容，记录标题，如果没有标题，则记录下文本的第一行。如果你所抄写的是诗歌，通常应记录下诗歌的第一行和最后一行，同时还有标题。对于任何插图的简述也应列入其中。

- 任何能透露写作日期和写作地点的信息。

- 有关该手稿历史的内容，也就是任何有关前任收藏者及图书馆或档案室如何收录该手稿的信息，包括前任收藏者的姓名、藏书签等。

利用手稿最难的一点还是对其进行阅读。许多人需要努力阅读不熟悉的笔迹，有时这些笔迹会因奋笔疾书而显潦草，有时会拥挤地书写在页边的空白处。在比阿特丽克斯·波特的《灰姑娘》手稿中，有些行透印到了下一页，有些行写得过于密集。早期的手书可能会与现代字体有所不同，近代的作者可能会有不规范的书写，很多古文书学指南可以帮助你阅读这些识别起来有困难的文档。由英国国家档案馆提供的指南当属最周详的指南之一，该指南着眼于1500—1800年间的手稿，但其一般性建议对于阅读各个阶段的手稿都有所帮助。① 编写一份你所阅读手稿的作者字体的字母表就是一条有用的小建议。利用这类快速参考会帮助你轻松地识别作者的字迹，阅读他们的文字。如果你是在努力阅读某份特定的手稿，你或许需要指南中更多的建议，在这种情况下，更好的做法是去找三个学者得出的关于该手稿的结论，然后借鉴其中达成一致的两份。

誊写是一个缓慢、细致的过程，你也许要多次浏览、修改所抄写的文本，或者要多去几次档案馆才能完成一份满意的副本。你所做的誊写应是"仿真誊写"（diplomatic transcription），也就是说页面上每一个符号都要记录在你的抄写中，包括所有页边的批注、删改及插入的内容等。单词的誊写应与手稿中的拼写一致，不应添加标点符号。完成这类誊写的方法有很多，迈克

---

① http://www. nationalarchives. gov. uk/palaeography/where_to_start. htm

尔·亨特在其所著的《编辑近代早期文本：原则和实践引论》（*Editing Early Modern Texts：An Introduction to Principles and Practice*，2007）这一指南的附录中阐述了四种不同的方法。难以辨认的部分应在你的誊写中进行标注，可用"×××××××"或类似的符号来代替这些模糊的字和行，这样读者就能或多或少地感知到该副本较之原稿省去了多少。

你的誊写本需要标明手稿的标题和排架号，以及相关的页数或页码，同样的，当你在誊写手稿并对誊写内容进行修改和再次核对时，都应记录下日期。将主要记录制成电子数据表也是很有用的，可以记录下你曾经参阅和抄写过的手稿的排架号和标题。

关于某份手稿的写作日期常常并没有记录。有时图书馆的目录会提供一个日期，但对于部分材料而言，你需要自己估计一下文档是何时所作的，尤其是那些较旧的材料。这儿给出几个建议：

● 文本内部可能会有迹象显示出某个可能的日期，在这个日期之前，该文本是不可能创作完成的。比如，文本可能涉及某个特定的历史事件。

● 文本的物理特征可能会帮助你确定日期，包括它的装订形式和所用纸张。水印和其他区别性特征，包括粘贴的邮票，也十分有用。许多带水印的目录都能显示出文本制成的大致日期。

● 手稿之外的证据可能会有所帮助，如作者写给出版商或朋友的信件，收藏者的记录，以及在更大档案馆中的日记和注释。将手稿与档案馆中有日期的文本进行对比，其共性也能帮助你确定日期。

手稿研究最重要的一点就是要充分意识到手稿是一个灵活的媒介，不像印刷文本那样。作者可能会写出若干可选结局，或者提出一系列改正意见，却又不指明他更倾向于哪个结局或如何改正。仔细誊写的手稿副本也能体现出这种意图的多重性。因此，手稿文本通常更为开放，更为不稳定，进而较之印刷文本能更显著地透露出某作者的习惯和意图，或某特定读者的品味及兴趣。

第四节　实例研究——走进"七个故事"档案馆

诺兰·达尔林普尔

"七个故事"档案馆是一座儿童书籍中心,坐落于泰恩河畔的纽卡斯尔,是当前英国唯一一家仍在积极收集与儿童书籍产品相关材料(类似的藏品散见于其他地方,尤其是美国和日本)的组织机构。"七个故事"档案馆收藏有各种各样的材料,包括作者和插图画家的作品,编辑和出版商的作品,以及图书管理员和收藏家的藏品。其中有作者手写或打印的草稿,记录想法的笔记本、草图、插画、信件,以及编辑进行过标注的副本,更不用说还有各种各样的书籍了。

如艾莉森·贝莉所述(见第二章第一节),在首次前往某个档案馆之前就应对调查研究过程有所计划。她和露西·皮尔森(见第二章第五节)给出了能帮助你查找材料的一般建议。该个案研究的目的就在于找出一些策略和方法,在你面对可能藏于某个档案馆中各种各样的材料时给予你帮助。我尤其关注研究的方向和研究得出的评论文章是如何不可避免并无疑地受到某人所找到的文档性质,以及他查找文档的方式所影响的。尽管该个案研究基于查阅"七个故事"档案馆中所藏的材料,但运用到的策略通常也适用于查阅其他类似藏品。

我在"七个故事"档案馆做的档案研究主要着眼于罗伯特·韦斯托尔藏集,包含了20世纪英国著名儿童作家的文选集。韦斯托尔是我博士论文中主要的个案研究对象,我的论文所要论证的问题是现代儿童小说中的地域性特征。因此,我的论文所研究的核心问题是"韦斯托尔是如何将其土生土长的英格兰东北部的特征写入小说中的",这决定了我所要查阅的档案材料。

要参阅一份包含了近700个条目的藏集,对材料进行压缩是很有必要的。我的第一条筛选标准就是与我研究项目的相关性，对任何研究者而言，这都是首要标准。决定材料与研究项目相关与否是个艰巨的任务，尤其是在我研究的初期，藏集并没有进行编目分类，我只能利用每一箱材料的粗略的简明参考目录进行取舍。在参阅与儿童书籍相关的藏集及相关文档时，这类情况并不少见。

即使找出了那些似乎与地域性特征这一课题相关的藏集，仍有相当数量的材料需要参阅。在研究某个主要项目的初期，很难确定什么材料可能在长期的研究中有重要意义。笔记本中记录的看起来似乎并不重要的细节和随意的引文，带有注释的草图及新闻稿件等都有可能成为整体研究中的一部分。在调查研究达到我所谓的"转折点"之前，这就是难点所在，突破了这一点，材料本身就会让你明白该怎样在档案馆中进行查阅。只有在研究过程中克服了这个难点，哪些材料将有所帮助才能一目了然。当然，所有的文献研究在某种程度上来说都会历经这样一个阶段，但当面对大量档案文档时，你仍会特别强烈地感觉到其中很多档案都可能与你所研究的材料（该案例中指韦斯托尔的出版小说）没什么明显联系，或者即使有也很小。

这种情况下，出版材料和未出版材料之间的区别就成为我所要分析的缩减参阅藏集数量的第二条标准。我把可能对课题研究有意义的藏集进行了等级分类，将那些与出版作品相关的材料划入较高等级，通过参阅这类较高等级的材料，我感觉能更明确地抓住韦斯托尔作品的显著特征。简言之，我查找了草稿间的联系模式及小说出版前的准备材料，然后将之与未出版作品中的内容进行交叉对照。许多没有出版的材料并非没有价值，恰恰相反，它们常常会揭示很多，比如，我发现人们很早便将非专业的小传视为对英格兰东北部的生活景象的反映，这些景象会成为我后续研究的重心。

仅仅参阅出版材料也让我可以有更多的时间去研究小说出版过程中涉及的文档，即编辑和出版商所注释过的打印稿及相关的信件。我就曾在"旁注"中读到过韦斯托尔和编辑及出版商之间有关他对泰恩赛德描述的对话，其中有很多关于他年轻时在这里的回忆。这就成为了那个"转折点"，它的重要性和早期未出版材料相同,就是这些发现引导我去进一步分析韦斯托尔在小说中对英格兰东北部的描述,并得出结论。意想不到的是,通过这种方法对韦斯托尔文集进行筛选让我的研究意外获得了一份完全不同的参考资料——他的编辑米利亚姆·霍奇森的信件。从某种意义上来说,我通过这种途径删减材料实际上拓展了我可以参阅的材料,现在我更明确地知道该怎样处理韦斯托尔的材料,该怎样在档案馆中进行查阅了。我想这是我在第一次儿童文学档案研究中学到的最重要的东西,包括等级管理、分类、对材料进行仔细的筛选,以及文档本身对研究过程的引导。当档案馆的藏集对课题研究的计划和方法有所影响之时,就是该研究开始真正有意义之时,即上文所说的"转折点"。

第五节　查阅次级材料

露西·皮尔森

　　文学研究的过程总是离不开参阅各种次级材料,包括作者和插图画家的传记信息、批判理论、相关的社会和历史研究及其他资源。查找相关的次级材料是学术研究中很重要的一个环节,大多数从事研究的学生对此也颇为熟悉。然而,采取有效策略查找这类材料并非易事,尤其是在面对一系列迅速变化的在线资源和数字资源时。这些困难存在于各个学科的学术研究中,因此探索一些有助于进行文学研究和提高信息素养的一般准则是很有必要的。许多高校图书馆提供的研究培训也是很有价值的。随着时间的推移和机构及机构间的变化,要做到与各种可利用的研究工具俱进并不简单,所以即使你曾经在其他地方参加过类似的培训,认真对待这类培训依然是值得的。图书馆中最有用的资源便是学科馆员,他们了解相关的研究工具,并能够教你如何使用。在设有儿童文学课程的大学中,学科馆员还可能掌握了该领域的专业知识,不过这只是个例,并非一概如此。

查找儿童文学研究的次级材料会遇到许多特别的挑战,这主要是因为该领域具有多样性。尽管儿童文学被视为一门独立的学科,但事实上其跨越了各个流派和历史时期,涵盖了图画书、诗歌、漫画、漫画小说、新媒体以及散文小说。儿童文学作品主要面向的是青少年读者,因此,年龄问题、成长问题、教学法问题及相关问题也有可能出现,尤其是对于那些关注青少年反应的人而言。正是由于这个原因,很多关于"儿童文学"的次级材料几乎不可能汇编成册,这就意味着常常在其他相关学科的文献中包含着更多的儿童文学材料。比如,从历史角度研究儿童文学经常会被视为是某一阶段研究的分支,所以18世纪一篇关于儿童阅读习惯的论文既可能刊载于某一专注于儿童文学的出版物上,也有可能出现在某一以18世纪文学为主题的杂志上,当代儿童文学研究则常会发表在图书馆和教育杂志上。出于同样的原因,各图书馆也会将儿童文学书籍摆放在几个不同的地方,比如,在杜威的十进制图书分类法中(Dewey Decimal System),文学被归入800目录(文学目录)下,而民俗传说则被划入了300目录(社会科学目录)下,这就意味着童话书籍会跟那些儿童小说书籍分开放置。一本书通常会有不止一种可能的分类,所以检索目录并前往各个藏点查看是很重要的。

一般性参考著作

通常,很多有关儿童文学的一般性参考著作都会同有关英语文学的其他一般性参考著作放置在一起,且这一数量越来越多。这些一般性参考著作对于在研究初期(尽管核实出版日期之类的细节总是明智之举)确定关键因素,弄清文脉有着重要意义。盖尔出版社(Gale)的出版物《儿童文学综述》(*Children's Literature Review*)是一份优秀的材料,概述了当代儿童文学作家和插画家,并辅以评论性的上下文,如果再对北美的相关领域稍加关注就更完美了。这一丛书每半年发行一本,不仅涵盖了著名作者和插画家的传记信息,还包括了他们所出版作品的目录以及精选的批判性回复和往期回顾。在面对非当代的材料时,这些回顾就特别有用。这一丛书始发于1972 年,所以早期的卷本也能让人们一览儿童文学的历史发展趋势。

有关儿童文学更详尽的材料可以在杰克·宰普斯(Jack Zipes)所编的《牛津儿童文学百科全书》(*Oxford Encyclopaedia of Children's Literature*,4 卷,2006)和彼得·亨特(Peter Hunt)所编的《国际儿童文学百科指南》(*International Companion Encyclopedia of Children's Literature*,2004)等著述中找到。两本书都涵盖了有关儿童文学的历史和评论,还刊载有一系列内容充实的理论性文章。对于那些对儿童文学历史感兴趣的研究者来说,弗兰西利亚·巴特勒(Francelia Butler)于 20 世纪 80 年代所编写的《儿童文学杰作》(*Masterworks of Children's Literature*)这一丛书就是不错的资源,该丛书共分 8 卷,有大量原始资料和有价值的附带文章。这一丛书已经绝版,二手的仍可以买到,价格也较为合理,但同上文所提到的其他书卷一样,这些都是适宜于图书馆陈列保存的版本。汉弗莱·卡彭特(Humphrey Carpenter)和马里·普里查德(Mari Pitchard)共同编写的1999 年版《牛津儿童文学指南》(*Oxford Companion to Children's Literature*)更为物美价廉,书中不仅记述了童年传说和儿童文化,还列有主要的作者、角色以及文本。该书首次出版于1984 年,适当修改后于 1999 年再次出版,它着眼于儿童文学领域内重要的历史节点,因此至今依然很有参考价值。维克托·沃森(Victor Waston)编写的《剑桥英语儿童书籍指南》(*The Cambridge Guide to Children's Books in English*,2001)和柏妮丝·卡利南(Bernice Cullinan)、黛安·G. 皮尔森(Diane G. Pearson)编写的《儿童文学百科合集》(*Continuum Encyclopedia of Children's Literature*,2006)两书也很有参考价值,而且价格合理,在内容上也更广泛、更贴近当代。《儿童文学百科合集》(2006)更是力求收录全球范围内的儿童作品。《牛津儿童文学指南》(1999)、《剑桥英语儿童书籍指南》(2001)和《儿童文学百科合集》(2006)三本书是互为补充而非相互排斥的,尽管会有所重叠,但每本书都有不同的立场,因而收录材料的侧重点也有所不同。

　　由于该领域具有多样性，所以要整理一份全面的儿童文学综述并不简单。但是，有很多出版物都对该学科有所概述。本章会在拓展阅读中列出从中精选的文本，其中许多文本采用主题法来编录该领域内的讨论和动态，其他的或从历史角度入手进行研究，或列出了主要的学派。当然，所有这些文本都有自身的观点，也反映了其作者和编辑的倾向。因此，我建议要多读些材料来入门，并对影响这些材料编写重点的因素加以考虑，如作者的研究兴趣或这些材料所编入的丛书。一般而言，最近的学术成果倾向于聚焦该学科内的某个点，而较早之前的作品则试图从儿童文学整体出发进行研究。两种方法都很重要，像约翰·罗·汤森（John Rowe Townsend）所作的《写给孩子们》（*Written For Children*，1965，2003 年第 6 次修订版）这类书既有学术价值，又对儿童文学研究发展有突出贡献。这类一般文本大多数都有术语表和主题参考文献（thematic bibliographies），这不仅会对那些刚从事儿童文学研究的研究者们有所帮助，也可作为反复研读的参考资料。

杂志和期刊

　　在过去的十年中，涌现出了一系列儿童文学研究的学术成就，有关该学科的学术杂志不断增加就体现了这一点。《儿童文学教育》（*Children's Literature in Education*，1970—）是早已得到广泛认可的杂志，近年来几种新发行的刊物也加入了该行列，如 2003 年发行的《澳大利亚报》（*the Australian Papers*）及 2008 年发行的国际儿童文学研究学会（the International Research Society for Children's Literature，IRSCL）的杂志《国际儿童文学研究》（*International Research in Children's Literature*）。正如《儿童文学教育》这一刊名所示，许多儿童文学杂志不仅仅只是关注于该学科的文学方面。图书馆杂志、教育杂志和儿童发展杂志都涵盖了与儿童文学相关的研究成果，许多杂志都刊载有对新批评文本的评述、访谈，关于儿童与阅读的材料，以及有关青少年读物的评论性文章。同研究课题最为相关的材料常常会刊载于与儿童文学毫不相关的杂志上，比如关于民间传说和童话的材料可能会出现在人类学杂志上。

杂志能够覆盖各个领域的研究，因此它们通常是有关某特定主题次级材料的最为重要的来源。杂志也是查阅最新研究成果的不二之选，在很多学科领域内，大部分研究人员都会将其研究进程中的一小部分发表于杂志上，即使他们打算随后以书本的形式对研究成果进行出版。随着因特网的普及，查阅各种杂志变得更为便利，大部分杂志既会发行纸质版，也会在线刊登，或者仅发行在线版来替代纸质版，且在线杂志的目录和摘要都可免费阅览。大多数高校图书馆都订阅了一系列电子期刊，通常可以在家中和校内对其进行访问。学科馆员会就哪些杂志可以阅览及怎样阅览给予建议。

各高校通常仅会订阅那些通过了同行评审的杂志（也就是说杂志已通过该领域内专家组的审查并获得认可），在阅览其他杂志时，看其是否通过了同行评审是确定该杂志可靠与否的最佳途径之一。大部分杂志都会刊印出其编辑部人员的名单，查看这一名单可以帮助你确定所阅览文章是否已通过了该领域内专家的评估。随着儿童文学研究受到越来越多的关注，鉴定次级材料的可靠性也变得日益重要，因为有许多杂志是由业余爱好者所发行的。虽说如此，但由爱好者所发行的杂志并非总是没什么参考价值，一般反而是书籍收藏者，而不是专业学者时常会写出有关儿童书目的最为全面、最具开创性的文章。儿童文学的很多方面现在都被高校的文学评论家和历史学家忽略了。

尽管同行评审对于评估杂志可靠性十分重要，但仍有很多优秀的儿童文学期刊是面向更广范围的读者发行的。这些读物也许并没有经过同行评审，但其中常常包含着高质量的研究成果和许多吸引着儿童文学学者的其他材料。学校图书馆杂志和青少年图书馆杂志会对儿童和青少年文学进行评述，英国出版物《收藏家双月刊》（*Books For Keeps*）和美国出版物《号角书评》（*Horn Book*）亦是这类杂志。国际儿童读物联盟（The International

Board on Books for Young People, IBBY)发行有《书鸟》(Bookbird)这一季刊,旨在紧随世界儿童文学的主流发展,内容涵盖了相关奖项、最新研究和阅读项目。面向一般读者的期刊通常很容易识别,它们更多采用非正式的写作风格,且与学术类杂志相比配有更多的插图。对于学术研究而言,刊载于这些未经过同行评审的杂志上的文章并非是十分可靠的资源,专业学者也可能会对其提出质疑,但是,阅读这些更为普通的杂志可以有效地帮助你了解儿童文学研究的最新出版物和当前问题。这些期刊也经常会刊发一些有关某一主题的书单,这些书单可以指导你快速锁定某个特定主题的主要参考书目,比如战争主题、暴力主题,或是针对某一特定年龄群体的参考读物。

文献检索和电子资源

浏览一般出版物和杂志可以帮助你从总体上了解儿童文学研究的学术成就,但是要查找某一特定研究课题的次级材料则需要更为有效的办法。儿童文学研究的多样性使查找相关次级材料变得异常困难,因为这些次级材料可能会编入那些表面上与儿童文学并不相关的学科的索引中,或者根本就不会编入索引目录。不过,从大型书目数据库入手去查询某一特定主题的研究是个不错的选择,这些数据库以书目和期刊文章的关键词为依据编写索引,易于检索。西文过刊全文数据库(JSTOR)和缪斯项目数据库(Project Muse)就是艺术和人文领域内最大的两个期刊数据库,可以用它们对大量期刊进行全文检索。文学在线数据库(Literature Online, LION)将文学作品、参考工具书和评论性文章编入索引,也有很多全文检索资源。许多订阅了文学在线数据库(LION)的用户也可以访问现代文学协会文献索引(the Modern Literature Association(MLA) Bibliography),当然也可以单独订阅它。这一文献索引收录了与文学、语言学及民俗传说相关的书目和期刊文章,但是并不允许用户直接访问其编入索引的任何资源。这些数据库及其他类似的数据库均提供订阅服务，高校图书馆通常都会订阅数个这样的数据库，并可能会配有允许你同时对多个数据库进行检索的网络站点。如果你无法进入某个高校图书馆，地方图书馆的资源也值得一览，现在很多公共图书馆也订阅了 系列在线参考资源。还有很多优秀的数据库和资源网站可以免费访问，最著名的当属 Intute 搜索，它涵盖了科学、社会科学、艺术及人文领域的资源。此外还有教育资源情报中心（the Education Resources Information Centre，ERIC）的网站，它可提供许多全文文献检索，且收录了更多其他的资源。这两个网站都会提供一些研究培训，Intute 搜索的虚拟培训程序就特别详尽地介绍了如何查找在线资源。最后，著名的搜索引擎谷歌（Google）也有学术资源的专业索引，即谷歌学术（Google Scholar），其搜索结果会显示很多有用的信息，如某篇文献的引用次数和引用人，这不仅可以让用户明确地找到最可靠的资源，还有助于其查找其他可能会有所帮助的材料。

人们都倾向于去利用最大的数据库，但通常更为有效的做法是从检索最符合你需求的数据库开始：利用文献数据库可以将你的搜索范围限定在那些发表于学术刊物上的、与所研究学科相关的文章，进而节省了你浏览不相关搜索结果的时间，这是其最主要的优势之一。出于同样的原因，选择明确的检索词也很重要：每个数据库都有其独特性，当你所搜索出的内容寥寥无几时，你应该换个检索词，比如，检索"青少年文学"，而不是"儿童文学"。当从历史角度检索材料时，该策略十分有效。

因特网提供了很多查阅次级资料的资源。现在所有大型电子数据库都可在线访问，大部分杂志也均以各种形式呈现在网络上，有些甚至完全在线发行，如《窥镜》（*The Looking Glass*）。所有主要的儿童文学机构也都有各自的网站，如国际儿童文学研究学会、儿童文学协会（the Children's Literature Association，ChLA）和国际儿童读物联盟（International Board on Books for Young People，IBBY），其中大部分网站还含有访问其他相关资源和查阅当前印刷出版物列表的链接。这些网站是查询儿童文学相关期刊和其他儿童文学网站的最佳选择，如儿童文学协会就提供十分完整的文献目录。对于印制资源，不应仅局限于特定的儿童文学网站，还要想一想你研究的哪一部分内容可能会被编入其他学科。

基础拓展：扩展你的策略

图书馆是次级材料的主要来源，并能为研究提供支持：所有高校图书馆和许多公共图书馆都会提供一系列的资源以及专业图书管理员的帮助。如艾莉森·贝莉在上文讲述与主要材料相关的内容时所提到的（第二章第一节），很多专业图书馆和档案馆的藏集都是儿童文学研究者所感兴趣的。

这些藏集可能包括珍稀的出版书籍，手稿、信件和艺术品等原始材料，玩具及游戏，还有如漫画这一类的出版物。很多藏集对致力于英语儿童文学历史的研究者们很有帮助，如多伦多公共图书馆（the Toronto Public Library）收藏的《奥斯本藏集》（*Osborne Collection*），它收录了大量 1910 年前出版的儿童书籍。其他如位于慕尼黑的国际青年图书馆这类机构则可供研究者查阅来自全球的儿童书籍，并会提供研究补助。

此类专业的藏集收录了主要材料（儿童文学作品，而非与该学科相关的著述），也可能会包含部分参考文本。它作为一个整体，可能会成为次级材料的重要组成部分，比如，通过查阅这些藏集可以弄清某一特定作品和流派的来龙去脉，而其中的目录和相关的研究文献则可作为次级材料。"七个故事"档案馆索引目录和儿童读物中心（the Centre for Children's Books）索引目录不仅列出了其所藏的原始资料，还阐述了相关藏品之间的联系，并提供了馆内所收录的精编人物传记。

在查找恰当的次级材料的过程中会遇到许多困难，因为可能什么也查不到，如上文所述，儿童文学研究的学术成就并未触及与研究可能相关的领域。这种情况下，就需要采用更富有创造性的研究策略。比如，近期有关儿童文学中自我伤害和进食障碍的研究鲜有可供参考的学术成果，然而，儿童文学领域却存在大量从社会学角度展开的研究。同样的,儿童图画书中的插图绘画技巧研究相对而言并未受到足够的关注,但有关绘画和插图的一般著述都可能会与这类研究相关。在有些案例中,文献研究所遇到的挑战可能恰恰相反,像J. K.罗琳所著的《哈利·波特》系列丛书这类众所周知的主题就催生了一系列出版物,既有学术的,也有通俗的。在这类情况下,利用更为明确的检索技术才能锁定最有用的材料。此外,从学术角度对与这一主题有关的作品进行鉴别也很重要,比如,选择那些通过了同行评审的文本。

查找儿童文学研究的次级材料同其他学科领域内的文献研究并无明显区别,尽管儿童文学研究有自身的独特性,但将其视为更广范围研究的某一分支不失为明智之举。然而,要克服在儿童文学领域内查找恰当次级材料的其他固有困难,还需儿童文学研究者们采取更为有效、更为有创造性的研究方法,并将其与更广范围的学科相联系。

问题与练习

下列练习要利用到马克·吐温、G. A.亨蒂、L. M.蒙哥马利、A. A.米恩、爱德华·阿迪卓恩、罗尔德·达尔和安野光雅的作品:

1. 对于上文所提到的每一位作家或插图画家,至少有一个档案馆藏有他们的作品。这些档案馆分别位于哪里?怎样入馆查阅?它们对研究者有何帮助?

2. 列出上文所提到的任何一位作家或插图画家所作的全部儿童文学作品。

3. 查找六份记述上文所提到的某位作家或插图画家的次级材料,且这些材料都要通过同行评审。如果可以的话,确保其中至少有一份是过去三年内出版发行的。

4. "一旦有了想法,就要迅速发表出来;那些草草而就的初稿几乎不需要作重大修改。"将这句话应用于上文所列的任何一位作家或插图画家身上,你怎样证明其真实性?

第三章   视觉文本

不同于文学研究的大部分领域，儿童文学有着重要的视觉要素，包括以下几种形式：有插图的书、图画书、绘本、艺术家的书、漫画、日本漫画小说以及其他形式的故事重编。在新技术的影响下，研究的动态区正在迅速地演变。事实上，漫画小说目前是出版界发展最快的领域之一。对一些绘本、艺术家的书、漫画和漫画小说而言，叙事完全依靠画面，这对于更熟悉文字叙述的学生和学者而言，可能造成了一些问题，因为处理视觉材料也要有不同的技巧和策略。本章旨在为视觉文本研究提供最基本的指导，包括选择和分析材料、复制图像，以及为你的研究工作需要而去获得复制图像的许可。

第一节   给研究者的实用性建议
桑德拉·L. 贝克特

一、确定和收集图像的策略

图画书和其他形式的视觉材料在大学图书馆的馆藏中是少见的，想像其他形式的儿童文学作品一样通过馆际互借来获得并不容易。相比之下，公共图书馆则是图画书、绘本、漫画书的主要来源。一些大学的图书馆重视收集有插图的儿童作品，例如英国纽卡斯尔大学的图书信托基金会（the Booktrust Collection at Newcastle University），普林斯顿大学的科特森儿童图书馆（Cotsen Children's Library at Princeton University）。对更老的材料,或许有必要咨询版权图书馆或者致力于儿童书籍的特殊馆藏,如多伦多的《奥斯本藏集》(*the Osborne Collection in Toronto*)和伦敦的《雷尼尔藏集》(*the Renier Collection in London*)（详见第二章）。

获得非英语的其他材料,不仅对大多数比较和翻译项目（见第五章第四节）而言非常重要,对其他类型的研究而言也很重要,例如对于非研究者所在国的某个作家或是插画家的调查,或者致力于正在发展中的某种文学流派,如日本漫画的研究,都提出了更大的挑战。新书和二手书有时可以通过在线书店购买,但是经常也有必要到国外的特别馆藏去查询其他语言的材料。对研究者而言,研究其他语言的材料的最有价值的途径就是去慕尼黑的国际青年图书馆（International Youth Library）查询,因为它是目前世界上最大的国际儿童和青少年文学图书馆。

在过去的 400 年中,有超过 50 万本儿童书籍出版,这个数字每年还在增加。如果要研究日本或是其他亚洲国家的图画书、绘本和漫画,一个重要的来源是大阪的国际儿童文学研究所的收藏,它在大阪东区的大阪府中央图书馆里面。这种类型的收藏品可能是艺术家书籍的唯一来源,通常十分昂贵,在大学和公共图书馆中不易获得。

还有大量与视觉文本相关的未出版的文档,可以在博物馆、图书馆和个人收藏中发现它们的作者、插画家和创作过程,但是找出并研究这些材料,经常要进行大量的调查工作。一些专门馆藏,如 Kerlan[①],Wildsmith[②],Eric Carle[③] 和"七个故事"[④],它们都在发展自己的目录和电子界面,因此,要进行很多种与图画相关的研究,以及在线浏览完整的文档和图像已经越来越容易了。

[①] http://special.lib.umn.edu/clrc/kerlan/index.php

[②] http://www.metm.co.jp/english/eindex.html

[③] http://www.picturebookart.org/

[④] http://www.sevenstories.org.uk/home/index.php

对于某些课题而言，插画家和艺术家也是信息的一个非常有价值的来源。作家们和插画家们通常很乐意讨论他们的工作，甚至也许愿意提供给研究者一些他们作品的电子版本，这些电子版图像是研究者无法通过其他途径获取的。与视觉材料创作者的私下接触会为研究增加有价值的维度，经常能催生出意想不到的和有独创性的研究课题。吉恩·佩罗（Jean Perrot）的《插画家的通行证》（2000 年）就是一个例子，他研究的是插画家的笔记本。在这个案例中，佩罗在这一创造性过程中添加了有价值的信息，而这种创造性的过程是隐藏在个体创作中的。

研究者如果想和国际同仁们合作，可以在自己的机构内部进行，或者通过一些组织，如儿童文学联合会（the Children's Literature Association）和国际儿童文学研究会（the International Research Society for Children's Literature），后者大约有 50 个会员国，或者通过致力于个体艺术家创作的许多社团。这样做极大地方便了研究者收藏许多国家的视觉材料。意识到下面这一点很重要：很多英语的材料都被日本等国的博物馆或档案馆收藏了，而美国和英国意识到儿童插画家和图画书创作者的重要性则相对较晚。这种联络的长期效益是促进国际间的合作和交流，对篇幅较长的小说来说，视觉材料领域的交流要容易些，因为最困难的语言障碍已经减少了。

二、扫描和收集图像的技术

假如你已经找到了想使用的视觉材料，却又不能经常查看这些馆藏资料，那就需要在研究课题的进程中找到合适的方法来研究它们。科学技术带来飞速的变化，要给你们提供详细的建议也不实际，不过，在归还你已经用过的高质量的视觉材料之前，要做一定准备，这样就可以在研究过程中随时查看。去研究型图书馆时，有必要带上笔记本电脑，如果可能的话，还可以带上一台便携式扫描仪。如果没有扫描仪，一台数字摄像机也可以，尽管在没有特殊设备的情况下，要从书上拍下高质量的图片实际上不太可能。

在藏馆中,通常不允许使用笔记本电脑、扫描仪和照相机,因此你最好先跟管理人员确认清楚(见第二章第一节)。

目前,有些图书馆允许研究人员自己扫描或是照相,不过,版权法的规定不断地改变以适应新技术的发展。些容易破碎的老资料图片,也许能从档案馆中获得,档案馆里有经验的员工可以按要求扫描或是拍照。如果是这样,你可能要为复印图片及获得使用权而支付一定的费用,哪怕你只是在会议陈述中使用,或是在论文中使用,而不是拿来出版。但是,如果这种材料的电子版能在网上找到,就没有必要这么做了。关于版权使用的一般信息会在下文中列举,但是也要注意与图像使用的相关版权法的变更保持一致。请注意,对于大多数学术论文而言,没有必要为申请查阅和复制图像而支付费用(尽管你可能得为图像本身付费)。费用通常都与出版物有关,但是相关的规则因不同的国家而存在差异。如果你的作品要出版,杂志社或是出版社会为你提供有关所需许可证类型的详细指导。

图像通常都是相当大的文件,因此把图像整理归档需要大容量硬盘。U盘是在外旅行时保存图像的最便利的方式。设置好扫描仪,确保扫描的图像是想要的格式(通常是 JPEG 或 TIFF 格式)。扫描完成后,在处理图像时,很多程序会提供不同层次的复杂操作。要确保扫描仪已设置好,以便在程序里打开扫描的图像,这样当图像在扫描的时候,就可为了编辑的目的,自动打开程序。

图画书和绘本的纸张通常都比常规的 8.5″×11″(22 厘米×28 厘米)的扫描仪大,这也是一个问题,因为更大规格的扫描仪更贵,也不容易找到。因而,跨页的插图通常需要扫描成单页然后装订在一起。这项技术也可以用来做更大页的单面插图。三维立体图书,如弹出式的和许多艺术家的书,扫描起来就更困难了,虽然一个好的平板扫描仪能扫描一本三维立体书的图像。使用照相机的时候,要注意通常只有高端的数码照相机拍出的照片才适合打印,也就是说,照相机至少要有 300 点(每英寸点数)的分辨率,这是很重要的。

要想在屏幕上显示图像(如电脑屏幕或演示 PPT 的大屏幕),可以将图像存为 JPEG 格式。JPEG 格式通常用于需要传输的文件,因为它具有高压缩的特性,但是压缩的完成有赖于丢弃一些形成图像的数据。基于这个原因,这种格式不适合进行图像的打印。要将图像保存成 JPEG 格式的时候,请选择更高质量。若将图像文件归档后很难再获得,那最好花时间把它保存成 TIFF 格式。经验之谈是,如果你希望出版社在某个时间段出版你的作品,你应该保证你的图像尽量有最好的质量。如果出版不成问题,你就应该使用占内存少的格式。同样,如果要使用 PPT 来演示材料,扫描图像需要被调整为"拇指甲"大小的形状,否则文件会过大,可能会引起计算机崩溃。从网上下载的图像通常不需要调整大小,因为电脑程序会自动完成这一过程。

三、处理供出版的图像

学术文章或书籍的作者通常会为获得再生性艺术而负责,出版商则不会为此负责。出版规范因出版商不同而异,也随着技术革新而改变,因此每当你把艺术作品交给出版商去出版时,咨询出版商非常重要。大多数出版商仍旧接受图像的硬拷贝,这些图像以黑白光面照片、幻灯片或者原始艺术作品幻灯片的形式出现(不接受复印本)。有些出版商可能更喜欢处理艺术作品的扫描件。但是,现在大多数艺术作品都是以电子版的形式交给出版商的,因此,如果你计划出版你的作品,一定要知道出版社所要求的格式。要迅速获得新格式的图像会费时而又费钱,因此提前计划好很重要。按照出版商的要求给你的图像文件贴好标签也很关键。

通常而言,插画会推动视觉材料的研究。正如前文所言,对于未出版的演示文稿和论文,一般不用去寻求和获得复制图像的许可。学生可能会认为不值得在插画上面花费额外的时间和金钱,除非顺利完成答辩的论文需要重新写作以便在更大范围内出版。但是,在有些国家,学位论文会在一定的学术范围内自动出版,这种情况需引起注意。

首先,一定要和你的导师讨论插画,并与可能有助于你出版的出版商先签订合同。你可以考虑以下方法:在印刷出版的文本中,图像可以嵌入文本中(尤其当图像是黑白时),或者包含在光面插页中,这样的插页是按 8 页一组来增加的,例如,一本书可能有 16 页或是 32 页光面插页。印制视觉材料是相当昂贵的,出版商通常不愿意印制有颜色的图像。要确保在合同中详细明确地说明图像的数量和类型(彩色或黑白)。即使图像要嵌入书籍的文本中,图像也不应该夹在文本文件中。图片文件应该单独提供,不包含在主要文本中。书中插入的任何图像都必须配有合适的标题和必备的出处。有时,研究者或许能从使用图片的机构获得资金资助,这有助于减少出版视觉材料的费用。有些国家的有些组织有专供出版学术材料使用的资金,例如,英国的现代人文科学研究会的出版基金,以及由加拿大社会科学和人文研究会主管的学术出版物项目的资助金。

四、视觉材料的出版许可

如果你的研究成果要出版,就需要获得复制视觉材料的版权许可。除非你和出版商签订了明确的合同,否则你就有责任获得复制视觉材料的许可,并向版权拥有者支付复制费用。世界各国的版权法律都有所不同,因此有必要了解所在国的版权法(详见第一章第二节),还需要仔细调查确认复制权的拥有者,它可能属于插画家、艺术家或是出版商,各国情况各异。说到图片问题(如原作被许多图画书拙劣地模仿了),复制权的所有者可能是一个博物馆或一个美术馆。另外,不是所有的出版商都认为有获得复制封面许可的必要,但是还是建议你这样做。

出版商通常会提供一封记录有文本和艺术品使用许可信息的标准函件。如果出版商没有提供的话,用恰当的措辞来咨询出版商就很重要。例如,某个版权只是英文版的非专属权,是只用于该版本,还是也能用于将来的版本,是用于布面装订本、平装本还是电子媒体等等。当处理其他语言的视觉材料的时候,有必要用版权所有者的语言来与之取得联系。例如,如果用英语给日本出版商写信,可能会因为语言障碍得不到回复。

获得视觉材料的许可通常是一个费时的过程,应该在上交手稿的数月前就启动。版权所有者往往会有指定权限的措辞,那是要被严格遵守的。要准备为你的封面图片获得书面许可,所有用于书套和封面的图片都要求获得许可,这不同于书中使用同样的图像的许可权。版权所有者通常会因为他们的作品被用于外部设计而收取更高的费用,或者可能要求标注一个不同的图片作者来源附注。要保证你或出版商会为封面图片付费。版权所有者如果知道出版的目的是学术性的,或者出版商为大学出版社,或是由作者而非出版商付费的话,也许会减少或免除费用。

第二节　个案分析——《小红帽》

桑德拉·L.贝克特

为了给本领域的研究者们提供一些关于视觉材料数量和范围的提示,我以一个童话故事为例,编写了一些例子,这些例子致力于展现视觉材料的形式、格式及媒介,它们都是在创编、复述的过程中被使用的。虽然大多数例子出现在 20 世纪晚期和 21 世纪,但它们往往参考了许多更早期的作品。为了收集这些材料,我使用了上文列举的各种方法,其中,到研究机构留驻研究和个人接触的方法都特别有效。因为我接触的插画家们来自许多国家,我往往不会说他们国家的语言,所以有时跟他们联系很困难。我在上文中列举的网络资源非常宝贵,在许多国家,个人接触促进了彼此的交流,如果无法直接联系到本人,可以联系代理人。不过,我发现如果事先做好充分准备,也有介绍,插画家们经常会非常慷慨地抽时间见我。

当你做好了准备,对准备出版的内容有了更深的了解,且内容也已完成得差不多了之后，这些拟出版的内容就成了能证明你自身实力的介绍形式。在出版之前，给作者、插画家或代理人看看你所写的内容，这是很好的实践。如果你是学生或为大学工作，这或许是出于道德需求（参看第一章有关"伦理"的部分），可能也是山版的要求，如果你所写的东西是积极的，可能会促进获准出版的过程。下文要展示的是我对供儿童观看的《小红帽》的视觉版本研究中的精华部分，希望这些案例能让你们明白基于文本的视觉元素的研究会具有怎样的多样性和灵活性。

在 20 世纪 90 年代，我开始收集各国对《小红帽》的重述版本，大多数版本都包含有视觉材料。我是慕尼黑的国际青年图书馆和大阪的国际儿童文学研究所的会员，这便于我研究一大批国际馆藏。我最初准备写一本儿童文学中故事再生的书，这是有关童话的一章中的一部分，后来，它最终演变成了两本完整的书：第一本是《"小红帽"的再次应用》（2002 年），这本书中包括了 62 张黑白插画；另一本书是《所有人的"小红帽"：跨文化语境中的童话偶像》（2008 年），书中包括了 32 张光面彩色插图和 23 张黑白图像。

这个古老童话为案例分析提供了一个很好的例子，差不多每一种艺术媒介都在视觉上对它作出重新解释，包括科技时代的媒介。这些种类在 2004 年法国圣德尼省的书展（儿童图书和杂志展览会）中有较好体现，这次大型展览会的主题是"在狼嘴里"，它完全是以《小红帽》为中心的。参加这次展会的有许多重要的插画家，包括古斯塔夫和罗伯特·英诺桑提，展会以来自各个大洲的近 2000 位年轻艺术家的佳作为特色，他们都是这两年一次的国际插图大赛的参赛者。评审委员会选出的供展览的作品以各种艺术媒介来表述这个童话，还极富想象力地将不同媒介混合在一起，例如墨汁画、蜡笔画、钢笔画、铅笔画、木炭画、彩色粉笔画、水彩画、赛璐珞画、油画、拼贴画、混合画、立体画、果皮画、植物画、染色布画、纱线画、刺绣画、木刻、版画、单版画、丝网印刷、照片，还有图像处理增强印刷，数码印刷，电脑绘图和交互式媒体。展会目录对出版的、未出版的《小红帽》提供了视觉诠释，不要忽视展会目录，它或许是除此之外无法获得的原始材料的丰富来源。

　　我收集的许多童话故事的复述本是以复杂的无字绘本形式呈现的。克里斯汀·布吕埃尔和尼科尔的独特的法语图画书《小红帽的狼》(1997 年)打开后成了两本并列的书,一本写的是小红帽,一本写的是狼。这两本书的跨页插图上都包含了两面,一面是彩色插图,一面是钢笔画。这种多样化的版式要求多重阅读方式,这两本书的书页能同时或是随意翻动,这样图画就会混合搭配,创造出大量不同效果的图画来。这个故事复述本的另一种不同寻常的版式是让·路·克莱伯的《小红帽行动了》(1997 年),里面剪切的书页能让读者重构出 121 个不同的故事。图书左页的插图和右页的文本被分隔成上下两部分,这两部分可以让读者任意组合或混搭,读者在阅读这种非线型的、多层图书时,可以发挥积极的作用。反复出现的电话和路径的主题提供了串联这些片断的唯一连接线。这两本 1997 年出版的绘本中交互式的、非时序的特征尝试整合了现代信息技术的一些特点。

　　《小红帽》的故事激发了一些令人兴奋的、创新的美学实验。拉瓦特于1965 年在巴黎出版的法语版《小红帽》是一部前卫作品,瑞士的艺术家称之为"图像画"或"目标图书"。除了扉页上的传说,这本手风琴书是无字的,即仅用"绘画的语言"来复述童话。基于颜色和形式的基本代码把小红帽描绘成了一个红点,把狼描绘成了一个黑点。拉瓦特的图像引发了许多有趣的多媒体创作项目,包括 6 部数字图像系列电影以及 1 张互动光碟。

　　一种特殊媒介,例如木版画,可有效地用来颠覆这一经典故事。在伊莎贝尔·凡德纳比创作的黑白木刻《小红帽》(2003 年)中,仅有的颜色就是鲜红色,这起到了非常戏剧化的效果。故事中年轻的女主角非常喜欢红色,杀死大灰狼后,她手里拿着一把血红色的巨斧,鲜血在祖母家的门口流淌,流进了池塘里。

　　摄影是另一种媒介,可以激发原始复述。莎拉·莫恩把佩罗的故事转换到一个现代城市背景下,在这一背景下,小红帽和狼的故事变成了 21 世纪一个穿无袖女装的女孩和一个开一辆大型车的隐形司机的邂逅故事。当莫恩的书在 1984 年获得博洛尼亚儿童书展拉格兹奖时,引起了巨大争议。

这本书成为许多图书馆的禁书，尤其是在美国。是什么让这个人人熟悉的故事变得如此让人害怕呢？那就是这个年轻女孩鲜明的、戏剧化的黑白照片，它们如同惊悚片或纪录片中的片断，凌乱的床单是那令人不安的最后意象，让读者体会到佩罗故事里的暴力和性感觉。

许多插画家使用一些著名艺术家的总体风格和特定的作品来复述《小红帽》的故事（详见第三章第三节中罗斯玛丽·罗斯·约翰斯顿对视觉互文性的讨论）。许多当代儿童图书中提供了所模仿插图的参考文献。大多数年轻读者不能理解纯艺术的非常复杂的典故，因为它的目标读者是有修养的成年人。法国出生的艺术家克勒克就使用"古典的绘画"来讲述佩罗的故事。她的单板画《小红帽的故事》（1986年）就把故事移植到了威尼斯文艺复兴时的维托雷·卡尔巴乔的《圣母的诞生》中。这幅插画运用了两幅卡尔巴乔的不同画作元素的蒙太奇手法，在这两幅画作中，两间卧室叠加起来了。在《圣母的诞生》画作中的床上，狼外婆代替了耶稣的外婆，但是细节却来自《圣乌苏拉之梦》。

伊万·波马特的《约翰·查特顿侦探》（1993年）在布局和插图上全面地借鉴了这本漫画书，他还借用悬疑小说流派来复述这个童话故事。在这个故事中，狼把小红帽抓为人质来威胁她妈妈，以便得到它想要的一幅画——《白色背景下的蓝色狼》，来完善它所收藏的狼的画作。一张引人注目的跨页插图上描绘了许多风格各异的、关于狼的艺术收藏品。有文化的参观者可以在展室里四处观赏那些贴着标签的模仿品，包括马格丽特的文字图像，贾科梅第的《行走的人 II》（《行走的狼 II》画作中狼的坚定步态也是模仿了打电话的狼的姿态）。狼的艺术收藏品在读者中非常流行，于是波马特又创作了一些藏品在图书馆巡回展览（他给了我一些作品的照片，这些照片提供了有趣材料的例子，可以通过跟艺术家的私下接触获得这些材料）。

有一些插画家是通过有意识的复述方式来讲述这个 19 世纪的故事的。意大利出生的贝尼·蒙特雷索所画的《小红帽》（1991年）是对古斯特夫·多雷的致敬，古斯特夫那著名的雕刻品激发了人们对插画的关注，特别是封面上那幅描绘床上场景的图画。插画家同时提供了一种独特的视觉上的复述，通过使用声波图来描绘了这样的情景，微笑的小女孩安详地躺在狼的肚子里，如同一个婴儿在母亲的子宫里等着出生。蒙特雷索捕捉到了这个经典童话故事的神秘力量，同时又用当代心理分析的模糊性来充实它。

元小说式的戏剧，如同互文的典故一样，在复述《小红帽》的时候也是一种常用的技巧。约翰·席斯卡和莱恩·史密斯的《臭奶酪人和其他相当愚蠢的故事》（1992 年）从封面上就公开标榜其作为小说的地位。史密斯为《跑步健将小红短裤》所画的诙谐图画明确地强调了这一事实：杰克作为一个讲故事的人，从来没有把控好他的叙事。《跑步健将小红短裤》和《狼》拒绝再讲述这个故事，而是声称叙述者在简介中已经讲过了，史密斯描绘的两个主要角色，抛开了惊慌的叙述者，朝着书页的左边跑去，想离开这本书，他们的足迹回到了反面那页，在这一页上，被挖掉的狼和小红帽的空白图像表明他们不在自己的故事中。

在非常滑稽的法语连载漫画《一张毫无经验的处方》（1970 年）、《一只遗传性素食的狼的悲剧》中，法国的幽默大师戈特利布完全颠覆了狼作为肉食动物的传统形象。在 8 张一系列的连环画中，他刻画出了一只饱受折磨的狼的形象，这只狼告诉了医生它的梦魇，在梦中它是故事角色的受害者，是《小红帽》中那只恶狼的形象的受害者。在最后一张画中，这只大腹便便的、打着饱嗝的狼退出了医生的办公室，因为它已经接受了医生的处方，那就是它应该加快从一只素食狼变成一只食肉狼的过程。

阿兰·高瑟画的《我的小红帽》（1998 年）中，这个故事成了一个色情的、夜间发生的故事，带有他本人海报艺术家的特点。这种超现实主义的插画是一种真实的创作，巧妙地混杂着天真和复杂。他的插画是抽象而有象征意义的，呈现出了一个神秘而又梦幻的世界。在这个世界里，那些神秘的、反复出现的符号被用于探求故事的心理深度。在 1969 年到 1971 年之间，阿尔瓦萨的绘本画家汤米·温格瑞尔创作了一系列的 12 张儿童海报。《小红帽》的海报在 1969 年出版，描绘了狼和小女孩在森林中相遇这一关键场景。狼是好色的，而微笑的小女孩从她的花束中拿出一枝花给了狼。温格瑞尔在 20 年前画的这幅海报包含着明显的性暗示。在这幅画作中，他描绘了一个体态丰满的小红帽，戴着一顶红色的帽子，穿着长统袜，把她的红色短裤晾在晾衣绳上，这只好色的狼洗着她余下的红色内衣裤。这暗示着儿童文学近年来已经从严格的道德禁锢中解放出来，开始允许插画家们探索这一著名的童话故事中包含的性欲意识。

我收集到的《小红帽》的图像已经被用于许许多多类型的研究课题和介绍陈述、课堂教学中，请记住，此处讨论的例子仅代表了其中一小部分，这一点很重要。为了和罗斯玛丽·罗斯·约翰斯顿关于怎样研究图像的观点保持一致，我在这里使用了一系列的方法，包括互文性的、叙事学的、社会与文化的、思想的、女性的和历史的方法。我希望关于《小红帽》重述的这一小例子可以为更多视觉材料的研究提供一些思想上的启发，并且为研究提供极大的可能性。视觉文本组成了儿童文学中一个丰富且有益的领域，在图像时代，它会迅速地发展。

第三节　分析视觉文本——工具和术语
罗斯玛丽·罗斯·约翰斯顿

在儿童文学研究中，最让人兴奋的领域之一就是对作为文学的视觉文本的研究。在某种意义上来说，除了布莱叶发明的盲文，所有的印刷文本都是可视的：编辑和出版商对视觉效果作出决定，包括字型、字体的大小、书的形状、扉页的安排等等。实际上，诗歌也是从视觉上排列的。在大多数情况下，我们单纯从书的封面来看，就能猜测出一本书的类型，或这本书是为谁而写的。

将视觉作为文本的想法可以追溯到几千年前，古代美索不达米亚地区简单的象形文字和更复杂的埃及象形文字以及中国的甲骨文。中世纪，欧洲出现了纸,印刷机的发明出现在 15 世纪中期,这都为书的工艺带来了革命性的改变。不久之后,印刷技术例如平版胶印代替了凹版印刷,也给插画带来了革命性的改变。从传统上来说,在旁边配有文字的图像集通常都具有教育意义。供儿童阅读的早期书籍之一就是这种形式的教科书或是初级读本。捷克的作家约翰·阿摩司·夸美纽斯(1592—1670)在 1657—1658 年间写的书《世界图绘,用图画描绘世界》是用拉丁文写成的。创作这本书的目的就是教儿童认识这个世界,因为图片是这本书的重点,夸美纽斯创作了 150 幅木刻版画或者说是"静态画面",这项工作持续了两年的时间,创作这些图像是一个相对耗时的过程。艺术家们一直致力于简化合并视觉要素的过程,让这一创作过程更富于弹性,通过使用色彩和增强电脑清晰度的制图方法来促进创作过程,这些都有助于为儿童们出版故事图书。对少年儿童出版业早期状况的重大发展进行基本概述,有助于我们理解视觉文本是如何运作、发展的,以及文本和图像之间的关系。

在 15 世纪,文本和插图是刻在同一块木头上的。到 16、17 世纪,铅字印刷和图像印制成为两个独立的部分,雕刻铜版和蚀刻版画代替了木刻画,因为木刻画不耐用。不过,在 18 世纪晚期,英国木雕艺人托马斯·比威克革新了一项工艺,这样能制出更耐用又更精细的木刻版画。这是一个变革的时代,与此同时,平版印刷术(又称石板印刷术或化学印刷术)开始使用。在 19 世纪晚期,照相制版工艺技术代替了这些技术,改良了印刷机和打印技术,插画可以画在特殊的纸上,再通过一种印相法转换到石版上(后来是金属制版),后来这种印相法又发展成为旋转的平版印刷术。这一发展使制作大量的插画书、杂志和连环画成为可能(见后面的章节)。如今,数字媒介补充并开始取代传统的印刷形式,但是插画家对于结合文本和图像来叙事的方式作出了很大贡献,打印机于 19 世纪末 20 世纪初开始使用。

虽然不是出版儿童读物的唯一渠道,但儿童图书为艺术家和插画家们提供了一个广阔的施展才华的舞台,随着图书日益流行,他们开始展示自己独特的风格。受篇幅所限,此处无法对个人作品进行充分讨论,不过,如果你对某一领域感兴趣,而且这一领域又对你的研究影响颇深的话,你就需要读一读本节末尾的拓展阅读书目中列出的一些作品。尽管无法对视觉文本的所有形式和版式的发展展开详细的讨论——正是这些形式和版式对儿童读物的视觉特征作出了极大贡献,但是我会对流行文化中的三个领域(漫画、漫画小说和日本漫画)的发展提供一个概述。这三个领域有助于在视觉叙述中建立起语言的关键因素,把它们包含进来也很有用,在某种程度上这是因为它们经常在图画书和绘本的研讨中被忽略,同时也是因为我要在案例分析中提到它们,并以此作为本节的结尾。我再次建议你们阅读拓展书目中的书籍,因为它们会有助于你深入了解这一创新领域。

一、漫画、漫画小说和日本漫画

漫画是一种固有的视觉媒介,需要进行特别探讨。漫画的发展是一件国际事务。第一本漫画通常被认为是《黄皮肤的小孩》(1896 年),为理查德·芬顿·敖克特所创作,人们认为是他发明了在气球形状的空白处说话的惯例。在这一媒介的发展中有贡献的人还包括:鲁道夫·托普夫(瑞士)、威廉·布什(德国)、乔治斯("克里斯朵夫")、科洛姆(法国)以及安吉洛·阿戈斯蒂尼(巴西)。很多国家都有漫画,但它们的表现方式因地区差异而大有不同。在英国,"漫画"这一术语表明,人们认为它们是一种轻松的、琐碎的叙事方式,但在其他地方,它经常得到高度认可,它的目标读者也不同。许多国家已经为这种英语中以连载漫画形式出现的作品创造了自己的术语:意大利人称它们为弗美蒂(意思是烟圈,指的是漫画对话框的气球形状),在法国,它们被叫作班德·德赛(条状的图),日本人则称它们为"芒加",而葡萄牙人则把漫画命名为"小方块中的故事"。在不同的国家,漫画的长度、主题和发展形式等方面都各不相同,但是这些基于图像的叙事方法则是大体相同的。

漫画现在已经发展出一些常见的手法和风格:图板作画、在独立的文本框中叙事、气球形状的对话框（从说话者嘴里冒出来）、思想泡泡（从人物的头上冒出来）。有时，行动是通过气球状对话框中的语言来表达的，例如，"打哈欠"、"叹气"以及"喘气"。但是，还是有一整套完善的识别符号，它们代表着各种各样的反应，例如，问号是暗示有些东西没能理解，感叹号则代表兴奋。漫画往往强调行动，因此，各种各样的行动标志逐渐产生：速度用短线来代表，有时也用喷出的阵阵烟雾来代表，虚线可能代表着要走的路，直线和曲线的混合则可能代表一次进攻或反弹的位置。还有临时的简单语言，经常与场景设置或时间的改变有关（如"第二天……"）。正常情况下，一个画框代表着行动时的某一时刻，画框可能被画成不同形状和大小。通常情况下，更大的画框代表着某种高潮或是特别重要的时刻。黑体字和大字体的使用可能代表着响亮的声音，柔软的线条和小字体代表安静。

20 世纪 30 年代开始，漫画出现了一批冒险的角色，著名的男主角有弗兰西·戈登、迪克·特雷西、泰山和超人。日本漫画"芒加"（意为"古怪的图片"）最近已经从日本传到了西方世界。它们是这种流派的一种高度程式化、专业化和复杂化的发展，深受成人和儿童的喜爱。日本还出现了日本漫画咖啡馆，人们可以在这样的咖啡馆里喝咖啡、读书，如果愿意，可以整晚待在那儿。现代日本漫画可以追溯到二战后，它们受到了日本艺术和文化传统以及美国占领时期（1945—1952 年）文化的影响。有趣的是，现在出现在美国的日本漫画叫作美式日本漫画。最著名的两部日本漫画之一是手冢治虫的《铁臂阿童木》，它引入了电影技巧，如慢镜头和快速缩放，另一部是长谷川町子的《海螺小姐》。随着市场的扩大，少年漫画的目标读者是青少年，少女漫画的目标读者是少女，青年漫画的目标读者是年轻人（目标读者会在封面上清楚标明）。

视觉文本的又一个发展就是漫画小说，例如澳籍华人陈志勇的作品《抵岸》。克莱尔·布拉德福德将在第五章第六节中从后殖民文学的角度来讨论该书。漫画小说是绘本（见下文）和连载漫画的混合体，尽管它们有着高度的视觉性,但还是欢迎读者从解码文本的意义上进行阅读:图像都是视觉符号,如同字母表中的字母。在《抵岸》一书中,一条条小插图拼在一起,画中都是一些看似凌乱的物品,这些画被置于一幅更大的插图中,以它们的放置来表示意义,就如同许多字母放在一起以一个单词的形式来表示意义一样。这样的书被当作文学作品来阅读而非作为艺术作品被人研究(尽管它们当然是艺术作品),这一点具有启迪作用。漫画小说的实质在于:它是小说,在讲故事,有情节、人物、背景和主题。漫画小说的一个令人兴奋的变体是在有意识的视觉模式和文本模式之间移动的作品,如布莱恩·塞尔兹尼克的获得凯迪克童书大奖的作品《雨果·卡布雷的发明》(2007年)和陈志勇的《来自郊区的传说》(2008年)。虽然本节是通过审视带图画的书来展开讨论的(无论它们是文本占主导地位的插图书还是图像和文本的地位同样重要的图画书),但漫画小说在形式上更接近于绘本,绘本是于20世纪晚期开始占据视觉文本的主导地位的。

二、绘本

绘本就是把文字和图画结合起来创作的文本。图画不仅仅具有装饰性,也是语篇的一部分,是叙事的一部分。如果没有这两个元素,故事就不完整。佩特·哈群斯的名著《罗西的散步》创作于1969年,书中的狐狸创造了视觉张力,但没有得到认可;约翰·伯宁罕1977年创作了经典之作《离水远一点,莎莉》,这本书中的视觉文本描写了小女孩莎莉头脑中没有讲述出来的冒险经历;还有艾伦·贝利和简·坦纳写于1991年的《德拉克和小精灵》,在这本书中,主角的语言文本创造了一个和视觉文本中的后院截然不同的地方。这一切都证明了这种故事叙述的独特性。视觉模式和文本模式这两种模式一起创造了文本,通过将图像和文字用创新的、复杂的文本互动形式并列出来而产生意义。

三、技术和术语

儿童图书中的插画可以用以下艺术术语来讨论,如颜色、形状、形式、比例、纹理、构图、向量、设计、排版、影像,图像、操作、使用的材料(例如,水彩、油画颜料、图纸、蜡笔、拼贴画、钢笔、铅笔画和木版画)、边框、阴影、纹路、轮廓、色彩、色彩的密度或者浓度(明亮或混沌)和色调变化(浅或深)。但是,因为在讲述故事过程中文字和图画的紧密关系,所以在绘本的范围内进行阅读和研究,仅仅采用艺术术语和艺术历史学家及批评家的方法是不够的。研究者们需要考虑以下问题:

● 如何对图像进行时间编码、季节编码、地理编码、阶级或社会编码、文化编码、国家编码? 这样编码改变了故事讲述的顺序了吗? 如果改变了,是怎样改变的呢?

● 构图的组织原则是什么? 是按照地点、时间,或是人物的行为活动来构图,还是按照外部事件的影响来构图的?

● 我们从哪里开始看? 是从什么人或物的角度来看? 我们看事物的焦点改变了吗? 是如何改变的? 为了取得什么效果? 我们被放置在哪里? 是从内部向外看还是从外部向内看? 我们是被放置在一个特定的位置上好让我们对所见所闻产生一种特别的感受吗? 有暗示我们没有看见或听到的事情发生吗?

● 图像是自然的,还是超现实主义的,或是两者的混合体? 它们是虚幻的图像吗? 如果是,那么在想象中有某种已知的图像吗? 它们和真实的世界或最初的世界的联结是什么呢?

● 哪里是图像的中心? 哪里是图像的边缘? 从哪里进入又从哪里出去呢?

● 光线来自哪里? 又是何种光线(内部或外部,柔和或刺眼,日光还是夜光)呢?

● 画中描绘了什么类型的关系？它们是怎样描绘的？（例如，插画家朱莉·维瓦斯通过描绘柔和圆润人物的重叠和接触，隔着书页向对方伸手等方式来表达人物关系；陈志勇通过快节奏的工业社会的图像来表达人的内心深处的想法的时候，通常采用矮化和压迫人物形象的方式。）

● 这些图像如何通过暗示或明示描绘了图像之外的世界？又描绘了什么？图像外的世界又投射了多少在图像中？图像外的世界的投射是如何影响（改变、夸大或贬低）图像的？这有什么影响？

● 这些图像的目的是什么？是为了扩大文字文本，还是为了否定它，或是为了使之问题化？

考虑好这些问题之后，思考作家和插画家所使用的艺术材料的种类是很有用的——关于插图的这些方面的信息经常可以在出版信息中查到，或者它们有时会出现在书的封底或艺术家的网站上。可能也有必要询问需要通过什么类型的文化图式（关于世界的知识）来理解文本，再想想作为读者的儿童可以接受的传统手法，例如，一个二维的平面图形事实上代表着一个三维的立体图形，或者扔进窗户的球是从其他地方抛来的，还有，动物是否真的能说话。

研究视觉材料的时候，要注意背景和空间的使用。这有赖于语境，大块的白色空间可以表示自由或是空虚，或是普遍性；而黑色的空间则代表黑暗、孤独、害怕、神秘或是舒适，这是一个好的做法。与这些元素相关的是线条，这些线条可能暗示控制、障碍、包围、排斥、联系、关系、边界。序列提供了视觉的语法，表明一种元素怎样引发了另一种元素。因果关系（是原因和结果的暗示或明示），比较关系（例如，把同样的东西放在比它大的东西旁，会显得小）也需要受到重视。你还需要注意图表、标签、时间线、地图、数字和表格怎样提供叙述的顺序、衔接、时间和地点感、连续性、变化、准确性、真实性、主观和客观的角度。

正如上文列举所示，绘本是一个复杂的媒介，研究者不仅仅需要批判性工具来探究它们是如何运行的，而且也需要用批判性的语言来描述它。本章末尾的拓展阅读部分有些重要书籍能提供帮助,这样的书籍会有助于澄清并定义一个理论化的开端,使得后续研究更有见地、目标更明确。后续研究包括电子搜索、采访作者和插画家、课题、行动研究(在现实语境中的交互式、合作研究)。

四、视觉文本的批评方法

无论研究何种类型的视觉文本,研究者都必须要尽力理解几个重要观念,尤其是有关"语言"和"阅读"这两个术语的。本章的讨论中已经清楚地说明了,"语言"是基于字母和字母表(它们本身当然也是可视的)的交流的传统意义,已经极大地扩展到了其他领域,其中包括手势和"肢体语言"等,如果你是在一个与其他语言使用者合作的领域研究儿童文学,那么,"语言"的意义会扩大到副语言特征。"语言"也可以指图形语言,这是上文探讨过的一种非语言的视觉交流。同样,我们探讨的是图片是被"阅读"而非被"观看"的。在任何研究中,需要仔细考虑图片所代表的意义,问题可能包括:读者反应理论有助于研究吗?(详见第五章第三节)叙事建构的流程是怎样的? 我们如何"阅读"图片?

要想回答最后一个问题,可以参考巩特尔·克莱斯和范李文的著作,这非常有用。他们证明了西方读者采用从左到右的阅读方式,强调了载体、对立和动力等元素,将普通术语与动词"doing,being,having"联系起来,而将容积和质量与参与者相联系。他们还注意到视觉元素能用于建构历史、作品甚至思想(进步的思想,帝国思想)中的权力关系,还可以通过地址、凝视、画框的尺寸、社会距离、角度、水平和垂直角度来确定观看者位置的能力,与此相关的是模态——图像的可靠性和它所描绘的事物离人们理解的"真实"有多远的距离。正如他们在著作中所述,致力于视觉文本的研究者需要考虑文本的文字被安排在书页中的语用学方式。澳大利亚出版的《狐狸》(2000 年)是玛格丽特·维尔德和罗恩·布鲁克斯利用视觉语法思想创作的绘本,读者需要将书翻转甚至倒置来阅读该书。这不仅鼓励读者用不同的物理方法来阅读文字,也鼓励读者用不同的物理方法来欣赏图画,它挑战了克莱斯和范李文所认定的传统的创作方式。

图像可以被视为语言,图片可以被阅读,这样的认识有助于理解对视觉素养的日益重视,理解从视觉语言中挖掘意义和价值的能力。我们必须要涉及的第三个领域是意义,这非常复杂,任何一个特定的交流、语言或视觉的含义,不仅取决于交流本身的语义、句法和语境,而且还取决于每位读者个人、社会、文化各方面的语境。不同的读者会发现不同的意义,同一个读者在不同的时间会读到不同的意义。因此,研究者必须考虑到文化符码的多样性。重要的是要承认,人类行为的所有表现形式都在写作和阅读中进行了文化编码和社会编码。没有这种认识便会造成严重误解,一些早期的澳大利亚文本就批判性地描述了原住民,因为他们没有眼神接触。可是,正如特拉金指出的那样,强烈的眼神接触在土著社会中是对隐私的侵犯,他们的交流不是"眼球对眼球",而是"心对心",以及"思想对思想"(2000:78)。

最后,研究者需要完全理解同时运用于故事叙述的文字思想和图画思想(语言和视觉文本)。有一种非常简单的方法来检测它们的运作——把插图盖上,只读文字,想想这些文字告诉了我们什么样的故事?像这样再做一次,这回把文字盖上,只读插图,想想这些图画是否讲述了同一个故事?文字和图画在何处产生交集,又是如何交汇着来讲述同一个故事的(如果它们做到了的话)?它们的分歧在何处?它们在何处扩展这个故事?视觉文本质疑了文字吗?它可能会建构一个不可靠或可疑的叙述者的想法吗?这些可以在安东尼·布朗的《动物园》(1992年)一书中找到答案。在这本书中,山姆把一只动物称为"悲惨的家伙",因为它不愿表演。布朗的插图讽刺地将这放大为真正的悲惨场景,一只被关在笼子里的动物的行为显示出它比讲故事的男孩更有尊严。

当你开始研究时,要仔细考虑所有这些思想,并进行广泛检索,不仅检索儿童文学领域,还要检索其他领域的书或文章,例如阅读、英语和英语教学、知觉和认知、现象学、文学和文学理论、历史、符号学和艺术。你要激发自己的思想，并考虑将其运用到自己的研究主题中。一旦你已经完成了研究中的这部分，开始阅读的好起点（也是设置文本和读者关系的空间）是法国文学理论家杰拉德·热奈特所称的"内文本"，意思是视觉外观和组件是一本书设计的组成部分，但并不总被认为是实际叙述的一部分，它们包括标题页、致谢、印刷的建议、出版商的广告、网页等等。（相关的术语"外文本"则是用来指公众的或者私人的元素，它们与书籍相关，但实际上并不出现在书中，比如评述、信件、作者的采访、日记等等。外文本和内文本组成了副文本。）

关于出版动机、目标读者的年龄和兴趣、作品流派以及社会人口统计学，内文本提供了明显的线索；这些可能反映在书籍的尺寸和形状上——比阿特丽克斯·波特坚持说她的书要"小"到孩子的小手可以拿住。内文本也是按自身惯例来建构的，这种惯例是可以由作家和插画家创建的，如《狐狸》一书出版信息的印刷上有旧打字机打出的明显错误，这是为了配合语言文本中故作幼稚的印刷模式。绘本《保罗·列维尔的半夜骑行》（2001 年）是以亨利·华兹华斯·朗费罗那首著名的诗歌来作为语言文本的，克里斯多夫·宾在画中"既采用了雕刻又采用绘画"的方式。这种描述造物主的作品的方式激发了作者在插图和建构过程中的直接兴趣，增强了本书"历史"和"真实"的内文本材料的感知力，这进一步暗示了美国文本重视对过去的崇尚。

除了别的信息之外，内文本还传递了关于读者或插画家和他们"被听到的权利"的信息，以及信息发布者想传播的与自身有关的信息。所有这些都代表着取得丰硕研究联系的机会。来自澳大利亚、美国和加拿大的本土故事，越来越多地传递着故事的文化拥有者的信息和许可，往往还伴随着简短的历史概述和位置图。更多的隐含信息还包括内文本越来越认同环境责任，因为许多书是用再生环保纸印刷的。

当一个文本中的视觉和语言的参考文献催生了另一个文本，并赋予了它们自己的意义，要寻找的另一个元素就是"互文性"。互文性的关系可能与故事和叙述类型有关，如同童话故事的复述；与引用有关，蒙克著名的平板画《呐喊》就是一个例子,盖里·克鲁和陈志勇1999年的《纪念品》从视觉上引用了它;还与主题参考文献有关,比如苏珊·希尔和安吉拉·巴雷特1993年的《当心》。同样有用的是"符号学",这是符号的科学,也是解释事物如何代表意义的科学。例如, 一栋烟囱冒烟的房子的图片是房子里看不见的火的符号标志,也可能代表着温暖、壁炉、食物和归属的意象;它也可以代表非常不同的东西——排斥或恐惧。在某些时候,当某一部分指的是整体,或整体指的是某一部分,或者特殊指的是一般,或一般指的是特殊的时候,我们可以用内涵或一种"视觉提喻"来思考符号学。

分析绘本的时候,考虑"视觉的时空性"也很要紧,其所指一方面是人和事件的关系的表征,另一方面是在绘本艺术和插画中的时间和空间(参看约翰斯顿,2002)。这个概念基于米哈伊尔·巴赫汀(1981年)将时空性运用到小说流派中的做法,它有助于识别语言和视觉文本所提供的时间和空间,以及文字和图片之间产生的复杂过程和相互作用。绘本有语言和视觉的时空性,它们有时相互匹配,有时则不匹配。语言的时空体有可能与故事的实际时间和地点有关;视觉的时空体可能有助于让这个故事不再发生在特别的时空,而是进入一个更普通的时空,其主题暗示要强于实际的语言文本中的人物和事件。有时,不同的时间代码被表现出来,例如,珍妮·贝克在《森林在哪里遇见了海洋》(1987年)中,通过白色线条的使用,将未来叠加到了现在之上。正如这个简述所说,绘本有诸多方面,事实上大多是视觉文本,需要你牢记在心。下文对《小岛》的解读,利用了一系列工具和技术来分析文中列出的视觉文本。

第四节　案例分析——阿明·格瑞的《小岛》

罗斯玛丽·罗斯·约翰斯顿

这本书用微妙的方式将语言的视觉和文字模式结合起来,讲述了一个非常有力的、高度政治化的故事。封面上的插画是一堵陡峭的、完全垂直的黑色高墙，建造这堵墙的目的是让人无法再找到这个岛。视角是从高墙底部往上看，其不可攻击性及由此带来的无助感同时得到夸大。卷首和卷尾页的纸张质量良好，封底的内页列出了图书简介和在欧洲所获的奖项等文本外延要素，表明该书品质极高。该书的扉页上是一片汹涌暗沉的大海，这标志着不可逾越的距离和隔离性，插画的背景上有一个昏暗的红色光晕，代表着日出或日落（时间在不断流逝）或是一个即将到来的事物的可怕征兆。插画的视角来自木筏上的一个未现身的人，只能在书页底部看到他。

该书的第一页上就画着一个破烂的木筏，文字文本也对其进行了描述。图书的右页（打开图书后右边那页）只有一片空白和一个裸体男人的形象，他身后有一片模糊的影子，仿佛这是他唯一拥有的东西。在图书左页的底部，有一段单独的文字文本写着"他不像他们"，不过，图上这个全裸的人，还有他的阳具以及所有一切都让读者很快意识到，他确实像他们。格瑞在书中一直让此人保持全裸的状态，以此加强了讽刺性。本书的语言和视觉元素尽管一起开始，但后来开始分开，把故事置于另一个空间中，构造了一个复杂的文本，这有赖于两者的相互影响。

翻开书页，视角仍然来自这个陌生人，书上描绘了黑乎乎的一群好战的、贪食肥胖的人拿着耙子和干草叉，这些工具有符号学的意义。大多数人背对着这个观察者，不过，从书的左页到右页，能让人感到一种初始的威胁，只有渔夫（他的船后来起火了，他也许受到了迫害）试着去帮助陌生人。通过采用克雷斯和范·鲁凡的视觉设计原则，这种通过书页（载体）表现出来的行动，强调了过程以及动词的动态和紧张状态，如 doing、being 和having。这种视觉场景在书中一直不停向前推进，直到倒数第三个开场，此时，读者成了旁观者，而那群暴民则叫嚷着："把他弄到木筏上，推到海里去。"

这个视觉文本允许从岛上人的视角来看这个不受欢迎的外人，由于岛上人的恐惧，外人成了危险的、令人怀疑的和丑恶的。从互文性的角度来说,可以从视觉上参考爱德华·蒙克的《呐喊》(也叫《尖叫》,不仅要深入了解被复制的插图,也要了解艺术家对绝望和忧郁主题的关注)。威廉·戈尔丁的《苍蝇王》里也有暗指儿童欺凌的图像,而被箭射中的鸟儿则让人联想到赛缪尔·泰勒·柯尔律泊的《老水手谣》(在文字文本中提到的"鸬鹚"属于和信天翁相同的门、纲、目和科)。

提到视觉和文字的时空体性,我们能看到,文字按照时间顺序来描述人物和事件之间的时空关系(一个地点、一个时间),图像则创造了一个完全不同的关系。比如,对二战时的毒气室、代罪羔羊、潜伏在正义者中的苍蝇王(合唱队,法利赛人)的视觉参照,让这个故事不仅发生在一个地点、一个时间,也发生在很多地方、很多时间。这不仅是一个寓言故事,视觉上的时空体性,用一种文字叙述所不能的方式,横贯已知的过去与当今的历史,将寓言和比喻的意义扩展成为对曾经和现在的可怕控诉。

虽然对于格瑞的令人印象深刻的文本还有许多值得探讨之处,但这个简要分析显示了如何系统地询问在本节中提及的各种问题,并关注视觉文本的功能如何既启动原始阅读,又支持以增加文本分析权威的方式进行讨论,从而帮助你完成大部分研究。

附:

我想借此机会感谢我的几位研究助手:维拉迪亚·贾斯科维,克里斯汀·麦戈文,琳赛·克拉克,卡林·托马斯,他们对我的视觉文本研究作出了宝贵的贡献。

拓展阅读

1. Dalby, R., The Golden Age of Children's Book Illustration (London: Michael O'Mara Books, 1991).
2. Doonan, J., Looking at Pictures in Picture Books (Stroud: Thimble Press, 1993).
3. Eco, U., A Theory of Semiotics (Bloomington, IN: Indiana University Press, 1979).
4. Martin, D., The Telling Line: Essays on Fifteen Contemporary Book Illustrators (London: Julia MacRae, 1989).

5. McCloud，S.，Understanding Comics：The Invisible Art（New York：HarperCollins，1994）.

6. Moebius，W.，'Introduction to Picturebook Codes'，Word and Image 2. 2（1986），141－158.

7. Muir，P.，English Children's Books 1600－1900（London：Batsford，1969）.

8. Nikolajeva，M. and Scott，C.，How Picturebooks Work（New York：Garland，2001）.

9. Nodelman，P.，Words About Pictures：The Narrative Art of Children's Picture Books（Athens and London：University of Georgia Press，1988）.

10. Saraceni，M.，The Language of Comics（London and New York：Routledge，2003）.

11. Sipe，Lawrence R.，'How Picture Books Work：A Semiotically Framed Theory of Text-Picture Relationships'，Children's Literature in Education 29. 2（1998），97－108.

12. Styles，M. and Bearne，E.（eds），Art，Narrative and Childhood（Stoke on Trent：Tretham Books，2003）.

13. Watson，V. and Styles，M.（eds），Talking Pictures：Pictorial Texts and Young Readers（London：Hodder and Stoughton，1996）.

问题和练习

1. 请选择一个桑德拉·L. 贝克特讨论过的《小红帽》的外语版，并完成以下任务，假定你要把它用于一篇即将发表的文章或章节中：

1）找到一家你可以阅读此书的藏馆；

2）在互联网上找到此书的图像，将这些用于你的 PPT 演示文稿中，确保压缩图像（用缩略图），以占用较少空间；

3）确认图像版权的所有者，找到获得复制许可的方式。

2. 选择一本你感兴趣的绘本，解释说明它为何是"绘本"而非"图画书"。

3. 用同一本绘本来解释视觉和文字的共时性关系，然后在"术语和术语学"条目下列举要点，记录下这些因素对表达意义有何帮助。这时，你应该能够解释你是如何理解绘本中的文字和视觉元素之间的关系的。

第四章　历史研究

历史研究有两种含义,要么让历史材料接受分析,要么使用所谓的历史主义方法。这种"历史主义方法"不是晦涩、理论高深的方法,而是我们大多数人熟知的方法——研究语境以便更好地理解文本。在实践中,这两种历史研究形式常常结合在一起:考察前当代材料的研究者常常以调查其出现的语境为开端。不过,并不一定总是如此,研究者完全有可能对历史材料进行形式主义分析,例如对《睡美人》或《爱丽丝漫游仙境》,或者对任何书籍、电影、玩具或任何形式的文本进行分析时,纯粹从它本身的角度来分析,而不考虑它的语境。而且,通过将现代书籍或动漫、网站读作其历史条件下的产物的方式,研究者完全可以让当代文本接受历史主义分析。

本章分为三节,在第三节中,大卫·鲁德详细研究了历史主义批评,诠释了它的价值,展示了这种方法是如何揭示,甚至也许是重构政治结构和权力关系的。在此之前,文章还探讨了从事历史研究的一些挑战。第二节讨论了历史研究更具理论性的一些方面:我们该如何理解文本和语境之间极为复杂的关系,还有,严谨地说,应该调查哪些语境。最开始的第一节涉及更为实际的问题——如何利用旧材料进行成功的研究。

第一节　儿童文学的历史研究
M. O. 格伦比

说到文学批评,几乎没有哪位文学批评家会因为乔叟、奥斯丁和大卫·

格里菲斯的作品问世很早，建议我们不要去研究。不过，对于儿童文学来说，情况稍显复杂，并非人人都赞同儿童文学研究有必要研读历史。考虑到儿童文学的界定是以读者来区分的，所以，已经有研究者提出，如果儿童不阅读的书，就不能将其界定为儿童文学。这样一来，一些研究者（比如说，图书馆人员和阅读疗法专家，或教师）出于现实考虑，可能只会对当今（或未来）的儿童读物感兴趣。于是，其他批评家从一个更理论性的角度考虑，提出了如下建议：世界上有供当今儿童阅读的书籍，也存在着供过去儿童阅读的书籍，这两类书并不相同，所以应当对它们分别进行研究（如果后者确实需要被研究的话）。例如，彼得·亨特把儿童文学界定为只由"专为当今显然是儿童、有明显的儿童时期的儿童所写的"文本组成（1991：67）。按照这一论点，不被当今儿童阅读的文本不能称之为儿童文学。

亨特的研究成果自 20 世纪 90 年代出版以来，其中关于儿童文学"本身"和历史上的儿童文学之间存在区别的论点一直饱受争议，甚至引发了许多愤怒的回应（Flynn，1997；Gannon，1998；Nodelman，1992），目前这一论点并未得到广泛认同。绝大多数批评家认为，研究者有发表自己学术观点的权利，因为这有助于我们理解如何为儿童写作。从这个意义上说，儿童文学的历史绝对值得研究。不过，一些至关重要的实际问题，也因此出现在致力于调查历史文本的研究者们面前。

确定研究的选题应该不难，因为历史上儿童文学全景中的许多方面都还没有得到文学批评界的重视。本节对于基本研究技能提出了诸多建议，不过，学生们经常用于确定历史选题、并写出一篇高质量论文的一个方法便是去追溯一个他们感兴趣的，或目前正盛行的、当今儿童文学中的一个特别的形式、主题或动机。例如，要是你对当今青年文学中的吸血鬼主题感兴趣，你就可以去追踪这一超自然的生物是如何在过去的青年文学作品中呈现出来的，或者你还可以追踪儿童战争小说、巫师小说，代表印度超自然力量的小说或者"大溃败"小说（意为坠入地狱，如菲利普·普尔曼的小说《黑暗物质》）的鼻祖。

规划研究历史材料时，最重要的是提前确定你是否能获得你打算调查的文本。绝大多数前现代儿童文学文本都未存于世，甚至 20 世纪的英国或美国儿童文学作品也仅剩少量副本，散落在一些学术图书馆中，只有非常少量的书有重印的新版本。要找到更早出版的全球其他地区的儿童文学作品或者短期或非书籍类资料，比如漫画、电影之类的，更是异常困难。在第二章第一节中，艾莉森·贝利提供了许多关于如何找到旧资料的宝贵建议。她提到了许多重要的参考书目和商品目录，研究者可以用它们来标识历史文本，还有一些数据库，研究者不仅能在其中找到大量的历史资料，还能有机会真正阅读它们。其中一个例子便是"18 世纪藏集在线"（ECCO），它可以帮助研究者获得阅读历史儿童读本的机会，发现问题。ECCO 提供了 1700 年到 1800 年间出版的所有图书的文献记录和在线访问，还有当时各地出版的许多英文读物。这样一来，它就包含了成千上万页的儿童读本的图像，其中绝大多数没有得到学术界的重视。儿童读本的图像副本的最大好处是读者能欣赏到书中的插图和原来的版式。和大多数数据库一样，ECCO 是完全可检索的，所以人们可以通过它的目录来查找单个词汇或短语的出现率。不过，与许多数据库相同，ECCO 不是专为研究儿童文学的学者设计的，因此它也存在问题。首先，它收存的儿童读物并非十分齐全，在数字化处理哪些书籍或提供数字化图像的图书馆应该获得哪些书籍等方面，儿童读物似乎并未受到优先考虑。其次，研究者无法在数据库中只确定或检索儿童读物。既然没有令人非常满意的途径，就只好另想办法。例如，在 ECCO 中，也许通过使用通配符或"模糊检索"功能来搜索包含词语"儿童的"或"儿童们的"的书名，能限定搜索书名中带有的"儿童"或"年轻人"的图书。

一旦你找到了自己需要的史料，下一项挑战通常便是确定你阅读的史料的性质。你手中或面前的屏幕上或许有某本书的副本，不过，你需要找出它属于哪一个版本。有些图书的文本会一直非常稳定，这种书也许只出版过一次，不过，对于其他许多图书来说，在历经数年或数十年之后，会出现多个版次、不同的版式以及相互矛盾的版本。例如,玛利亚·埃奇沃思的著名儿童故事《紫罐子》于1796年首次出版,是一套3卷丛书《父母助手》中的一个故事。而它第二次出现在同样于1796年出版的3卷丛书中(这套丛书中增加了一个故事)。不过,在1800年出版的第三版丛书中它被撤掉了(这是一套6卷的增补版),原因是埃奇沃思把这个故事移到了一套新的10卷丛书中,这套丛书叫《早期教育》。以上提到的这些版本的图书如今都难以见到。《紫罐子》像是19世纪多种版本图书的代表,事实上,作为埃奇沃思最著名的儿童故事,《紫罐子》在她的各种作品集和各种儿童文集中都出现过,也有自己的单行本。在这些不同版本中,不仅插图有变化,文本也有不同之处。那么,你该使用哪个版本呢?

对于这个问题,务实的答案是你只有选择能够找到的版本。不过,一般来说,最好使用按照现代标准编排,由值得信赖的学者编辑,再由信誉良好的出版社出版的版本。以《紫罐子》为例,最好的版本是12卷的《玛利亚·埃奇沃思作品集》,这是皮克林和查托出版社于1999—2003年间出版的,研究埃奇沃思的专家玛里琳·巴特勒担任本套丛书的主编。对其他的儿童文学名著来说,企鹅出版社、牛津大学出版社、W. W. 诺顿出版社或广景出版社的版本或许是最佳选择。不过,常见的情况是以上出版社都没有出版过你要研究的图书,如果这样,你可以退而求其次,去寻找这本读物的早期版本。学者们通常喜欢使用最早或经作者本人修订后出版的最新版本。如果以上版本都找不到,不幸的是这种情况很常见,你应该选择一部后来出版的版本,并且确保它是未经删节的足本。最要紧的是你要记录好所使用的版本信息——出版日期、出版社名字和地址、插图作者姓名,并将这些信息清晰地呈现给你的读者们。

遗憾的是,儿童读物的文献信息通常都不完整,比如,你使用的版本或许没有注明出版日期,这种情况下,你应该在参考文献中注明"无出版日期"(有时可缩写为'n. d.')。不过,你通常能从一些参考文献或图书馆目录中发现书籍的大致出版日期。如果无法获得以上信息,那可以采用文献学者们找到的许多可以判断书籍大致出版日期的其他方法。例如,纸张上的水印就非常有用,它揭示了制造纸张的大致年代,书籍的出版年代不可能早于制造纸张的年代。同样,图书主人在书上记载的某个日期能提示该书应不早于此日期前出版。有的研究非常有用,它们记录了某些出版商活跃的时间段(Brown,1982;Maxted,1977),这些信息有助于你判定一本图书的大致出版时间。你一旦熟谙了史料,就能更好地从图书的外观来估计它的出版时间,尤其是当一本无出版日期的图书和另外一本相似的、但有出版日期的图书相比较的时候。不过,你不一定要知道图书的出版日期。如果你无法确定图书的出版日期,你可以在研究中用"circa"(意为"大约")来记录,有时还可简写为"c",例如,no date but c. 1796,或者,还可以用一个年代范围来表示,例如,n. d. but '1790 – 1800',或者用"不早于"或"不晚于"来表示。

详细地描述古籍需要专业技能,这门学科叫作分析目录学。这一学科的一个分支便是历史目录学,它关注的是书籍制作过程的历史(包括纸张制作、印刷技术、插图技法等);分析目录学的另一个分支是描述目录学,它对图书的印刷、校对、装订以及其他材料属性进行尽可能详细的外在性描述。描述图书的外在时会用到诸多专业术语,例如,图书的不同大小(对开、4开、12开),插图的多种类型(木刻版画、版画、凹铜版腐蚀制版)。对于书目术语和实践,有研究者给予了很好的指导(Greetham,1994)。这一切似乎离文本本身甚远,可是,正如我们所知,分析目录学能帮助研究者确定图书出版日期,找到文本的最佳版本。一般而言,要牢记文本的意义总是深受它从作者到读者的传递方式的影响,这种传递总是由一系列物理过程来实现的。你开始研究历史文本时,没有必要成为分析目录学家,不过,你应该清楚文本不仅仅存在于知识领域中,它们也属于实物,这些实物就如同别的商品一样,经过了生产、市场推销和使用等环节。

第二节　文本和语境

M. O. 格伦比

　　塞缪尔·约翰逊说过,"要正确评价一位作者,我们必须回到他的时代",这一基本的、明显常识性的设想支持了儿童文学领域和其他领域的许多史料研究(Johnson,1779-1781,3:170)。例如,显然,要想正确理解查尔斯·金斯利的《水孩子》(1863年),我们就需要了解查尔斯·达尔文所著的、比它早4年出版的《物种起源》一书,因为金斯利显然在钻研该书带来的启示。同样,要赏析罗伯特·科米尔的《巧克力战争》(1974年),我们肯定要知晓美国人对越南战争的感受。这种研究方法通常牵涉到串联的两个元素,其中一个涉及史料编纂研究,例如,通过阅读历史教材,试图理解产生出文学作品的事件和态度的母体;另外一个元素涉及对文学文本的认真研究,以便找出文学文本是如何与它的语境相互影响的。我们希望,这样能使研究者更充分地理解文本出现的原因,以及明白该如何理解并欣赏它。

　　这种研究没有什么错处,不过,在计划和实施研究时应该考虑几个难点。首先,要考虑作者对文本和语境之间关系的影响。没有哪个文本会直接反映它所处的环境,相反,一种创造性才智将在其中发挥作用(或者说是几种创造性才智,如果把插图者、编者、出版商等考虑在内的话,更别提制作电影或网站过程中牵涉到的诸多人等)。例如,要想更多地理解拉迪亚德·吉卜林的作品,也许有必要多了解大英帝国的历史,不过,这并不是说吉卜林的作品中只充斥着帝国主义思想,相反,他的观点和想象力将以有趣、模糊或冲突的方式来改变时代精神。认识到文本和语境间关系的这种断裂或许意味着有必要进行某些传记研究,不过,最重要的是,它应该促使我们在概括一系列的历史条件是如何促成一个文学文本或者一个文本是否直接反映了文化态度的时候更为谨慎。

第二个困难就是严格区分哪些语境重要。你的第一反应也许是去调查自己感兴趣的文本出版时的政治环境，因为文本出现时的政治气候总是重要的。不过，你也应该时常阅读一些社会、经济、文化及思想的历史，毕竟，达尔文的思想和社会上对扫烟囱的孩子的态度对金斯利的影响可能远远大于《水孩子》出版时的英国总理帕默斯敦爵士或当时的美国内战对他的影响。然后还要考虑人口统计学和人类学语境，包括关于不断变化的、对于童年时期的态度的重要问题（对此，最好先阅读下列论述：Cunningham，2005 and Heywood，2001）。单从对文本的影响来判断，出版环境是最重要的。一个特定文本瞄准的是什么市场？ 谁是委托人？ 谁是购买者？ 文本以何种形式出现？ 又如何分销？ 文本是否系列出版，是否遭到封杀或审查删减？ 显然，要想理解文本如何变成现在的模样，至关紧要的是研究它神秘的语境信息。例如，据可靠的研究表明，英国著作权法的某些深奥变化引发了 18 世纪末儿童文学的繁荣，当时，由于新的、更可敬的故事标题更吸引人，所以传统故事一下子就被"消灭"了(St Clair，2004：349 - 350)。另外一个显而易见的事实是，文本和插图的印刷、书籍装订过程中的技术改革对产生文本的种类有巨大影响。技术的发展对诸如电影和因特网等其他媒介的文本有更为深远的影响。

简而言之，要考察的文本语境可谓多不胜数，问题在于要选出其中最重要的，要确定这一点并非易事。阅读你所选的原始材料应该能在明确哪种语境研究会让你获益方面给你启发，不过，意外发现和你的直觉也可能成为重要因素。优秀的历史主义研究者总会把文本置于一个前人从未考虑过的语境下进行研究，不过这一研究却能开辟出文本新的研究领域。如今看起来有点陈旧的一个例子是艾萨克·克拉尼克的文章《儿童文学和资产阶级意识形态：对 18 世纪后期的文化和工业资本主义的观察》，这篇文章把《古蒂的两只鞋的历史》和其他英国早期儿童读物解读为深刻的社会经济变化的表现。浏览一本儿童文学的学术期刊的目录，我们会发现批评家们使用多种方法将文本置于新语境下，以便阐释文本，例如，从可预料得到的（依然有价值的)的选题,如伊莱恩·奥斯特里的《神奇的成长和道德教育:或说教书籍对维多利亚和爱德华七世时代儿童的幻想的影响》,到无法预料的选题,如诺埃尔·谢瓦利埃的《自由树和打人柳:政治正义、魔法科学和哈利·波特》(2005年),这篇文章试图把J. K. 罗琳的小说看作18世纪威廉·葛德温的激进政治哲学的表达。

关于"选择何种语境"的问题还有一个方面值得思考。毕竟,如果一个文本的生成语境非常重要,那它的接受语境也很要紧。某些情况下,作者和读者共处于相同或相似的环境中,调查其中之一也就意味着要调查另外一个。其他情况下,生成和消费的语境可能在时间顺序、地理位置或文化方面确实相差甚大。我们以英国作家玛丽·玛莎·舍伍德为例,她所写的福音作品《小亨利和他的仆人》故事发生在印度。她住在坎普尔(即现在的北方邦)时写下了这个故事,该书于1814年首次在英国小镇威灵顿出版。可以推断,作为一个在印度服役的士兵的妻子,她的生活环境必定截然不同于英国城镇中首批读者的生活环境。不过,随着这本书的流行,它的阅读语境变得更多样化、更不同。福音派基督教团体不仅在英国本土传播《小亨利和他的仆人》,还在印度教教徒、穆斯林、僧伽罗人、中国人及其他群体中传播,既在印度次大陆传播,也在大英帝国内部传播。此外,因为该书在整个19世纪都在不断被印刷出版,我们也许应该考虑在不同历史语境下接近它的读者——包括生活在达尔文进化论提出之后,印度民族大起义之后,以及工业革命之后时代的读者。

虽然,到目前为止,儿童文学批评多集中在生成语境而非接受语境上,但是针对读者的历史研究正在迅速兴起。研究者应该多思考变换语境导致不同反应的研究,这种研究跨越了时间和空间(实际上还包括年龄),既针对特定文本,也针对儿童文学这一整体。要做这一研究,研究者可能要在图书历史期刊中查找典型,而不是查找只关注儿童文学的期刊。谢尔夫·罗杰斯的《毛利人中的克鲁索》(1998年)就是一个很好的例子,这篇文章解释了鲁滨逊·克鲁索来到19世纪新西兰的原因和过程。还有几篇文章研讨了海伦·班纳曼的争议小说《小黑人桑博》被读者接受的历史，这些文章也能提供有用的模式（Bader，1996；Martin，1998；Sircar，2004）。

不过，在为历史研究提供新机会的同时，"语境"进一步分裂为接受语境和生成语境，这对研究者提出了新挑战。最根本的困难通常是缺乏读者反应的证据。例如，也许研究者需要概括罗伯特·刘易斯·史蒂文森的小说《金银岛》在加勒比地区的后殖民接受，要理解这些读者反应，可能需要研究加勒比地区的政治和文化历史。不过，研究者或许难以找到充足的证据来证明真正的读者，尤其是儿童们，对该文本的真实反应。我们经常得依赖毫无人情味的出版统计数据来判断人们对一本书的接受情况，例如，一本书出版了多少版，销售了多少册。不过，还有各种来源能提供有益的信息，从 18 世纪的最后几十年开始，主要的文学杂志上都会刊登童书评论，到 19 世纪，至少在英国，一些专业评论期刊会专门评论儿童图书（如《教育守护者》，1802—1806 年就有了）。日记、信件和回忆录也非常能启发人，尽管它们常常难于获得。前文已经提到，在线的"阅读体验数据库"中罗列了许多材料，该数据库收集了 1450 至 1945 年间读者对文本的体验。① 该数据库是一个合作项目，所有学者都应邀给它增加内容，其方式是学者把研究过程中发现的有关读者体验的证据提供给数据库。这就可能限定数据库只检索儿童读者的高级机制，也就是说，你可以检索罗伯特·刘易斯·史蒂文森的儿童阅读作品，限定范围是男孩或女孩，或者设置一个日期范围或阅读位置等。不出意料，记录自己对书籍反应的儿童远远少于成年人，因为毕竟写日记和信件的大多是成年人，对儿童时期阅读的记录也大多出现在回忆录中，也都是成年人凭回忆写作的，所以，这些记录的准确性和客观性都值得怀疑。获得儿童对书籍反应的另外一个渠道是书中的旁注，我们常常能在儿童的图书上发现这些旁注，它们是更直接的反应。学者们曾一度谴责和忽视儿童们在书上的涂写，然而，研究者现在意识到这些涂写是在与文本互动，无论写

---

① http://www.open.ac.uk/Arts/reading/

得多么凌乱，也能十分真实地反映出读者的态度。

还有，是否要考虑生成或接受语境，纵然存在这些困难，但毕竟我们已经推测出的文本和语境之间的这种关系本身是直线的。下列图表简要显示出语境是如何塑造文本或者如何被文本接受的，而它却只是间接受到制造者个体和消费者影响的。

也许这一模式过于简单化，但语境和文本间的关系应该被视为更相互依存、更互惠的吗？所谓"新历史主义"是20世纪90年代兴起的、定义松散的批评方法，它强调文本不仅反映语境，也创造语境。新历史主义提出，一切历史都是文本，因为如果历史不是由那些从古留存至今的文本构成的，那它又是如何构成的呢？这样，没有任何理由来区分"文学"和其他类型的文本。例如，金斯利的《水孩子》或许要比议会文件、报纸、教育书籍或其他任何我们创造历史留下的文献都更精妙、更难于理解，但研究者应该将它们放在一起研究，使用同样的工具诠释它们。如果你们赞同这一点，你们或许会看出《水孩子》不仅是基督教反驳达尔文的一种方式，也是帮助产生这一反应的文本。同样，你们可能把这部小说当作是反对雇佣孩子来扫烟囱的斗争表现，把它和《扫烟囱男孩的辩护者》等出版物或者"贫民儿童免费学校"的记录放在一起阅读。"贫民儿童免费学校"是在沙夫茨伯里勋爵的支持下为穷人建立的教育机构，他在1864年协助引导议会通过《扫烟囱者管理法案》，这一年是《水孩子》首次出版后的第二年。对新历史主义来说，所有这些文本都是同一"话语"的一部分。文本和语境之间的鸿沟已被根除。

文本创造语境的方式和语境创造文本的方式一样多，这些方式可以大致用第二个"反馈回路"图表来显示：

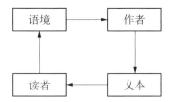

大卫·鲁德的文章更详细地讨论了新历史主义(见第四章第三节)。然而,无论你是否把自己看作一个新历史主义者,重要的是要记住文本和语境之间的关系从来都不简单。不过,更重要的是,这些关系总是那么有趣,值得探究。

第三节　历史、政治和儿童文学
大卫·鲁德

综上所述,每个阶段都有档案可查阅,还有文卷、记录、文件以及无数家谱,正义会不时召唤他回去阅读这些东西。总之,这永无止境。

劳伦斯.斯特恩《项狄传》

(2007：33)

对文学研究的研究不可能不借助于历史。即便是只涉及当代小说,这部小说也是各种历史和话语因素的产物,包括大大小小的互文联系到单个词语的词根。所以,如今的《哈利·波特》系列小说借助学校故事和童话的古老传统,还有经典神话中的一大群怪兽。这套书还极为依赖西方文化中神秘学被接受的传统方式的历史觉醒,它本身就用了其他小说中使用过的主题,它是一部以吉尔·墨菲的《最糟糕的女巫》(1974年)为前文本的小说。在微观层面上,诸如"魔法胶带"这样幽默的新词来源于英国用来粘贴的"透明胶带"。当然,许多年轻读者不会以这种方式来读《哈利·波特》丛书,对他们来说,这种历史将只在回顾(他们与互文文本再次相遇)时出现,此时,文本用后现代方式引导他们发表宣言,就像汤姆·斯托帕德《真实的东西》中的人物听完巴赫《G 弦上的咏叹调》后的评价一样:"无耻的乞丐……事实上灵感都来自普洛柯哈伦(英国 1960 年代摇滚乐队)(1982:77)。"

可是,除了每一本书中如同编码一般写就的明确历史外,还有一些更模糊的标记将图书与它所处的时代相连,我们在回顾的时候很容易注意到这种标记。因此,J. K. 罗琳作为一个作家在英国"新工党"执政期间出现就不应该被忽视。随着对她的认可,她创作的小说中对诸多当时价值观的态度也应该受到重视(Westman,2002)。在一个逐渐多元化的世界里,对英国风格的关注也可见诸于围绕着纯种的、混血的和泥巴种巫师的流行话语中,在其他人看来,这些会唤起有关纳粹德国雅利安主义盛行时期的黑暗回忆。最后,我们讨论《哈利·波特》时,也要关注作者罗琳展现自我的方式。她白手起家的故事显然有真实的一面,不过,她从一个在有暖气的咖啡馆里写作的单身母亲到世界名流的形象转变,也显然是被塑造出来适应我们讲故事的文化形式的。

本章节强调了任何种类儿童文学研究中历史的重要性:无论研究者感到历史问题本身有多么遥远,都不能回避历史,因为不联系语境而研究任何文本都会使你研究分析的质量下降。由此来说,研究有两个层次,其中一个相当简单,另外一个则较为复杂。

简单而明显的层次涉及通过查阅相关资料,找到对研究对象所处时期的感觉。也许最重要的是通过询问一些关键问题,理解当时的政治和经济形势。当时局势是相对稳定的还是动荡的?是否有某一团体(也许是某一性别、阶层、种族或宗教)的人感到在某种程度上受了委屈?当时的国际形势是否紧张?当时有什么新闻,例如丑闻、谣言、灾难,或名人吗?这些问题都是简单的提示,好让读者从特定语境和不同角度来思考一本书。为了让这些问题更具体,我们以肯尼思·格雷厄姆所著的《柳林风声》(1908 年)为例进行分析。从出版日期开始,我们注意到当时维多利亚女王的长期统治已经结束,她那位有争议的儿子爱德华七世——人们普遍认为他的执政方式与女王不同,更热衷于追求自己的利益,就像《柳林风声》中的那只蛤蟆。我们也许还会注意到,当时大英帝国的地位不再稳固——骚动已经扩散到失业率很高的英国本土;新成立的工党使工人阶级成为一股更强大的势力;革命即将发生(1905年,俄国发生了3次流产的革命),人们对无政府主义尤其担心;许多妇女不满于自己的社会和政治地位,发出了更多呼声。考虑到本书已经获得的文学批评界的关注,也许没有必要讲清楚这些知识是如何渗透到格雷厄姆的文本阅读中的,软弱的、默默无闻的野树林中的动物又是如何对河岸边享受田园生活的中产阶级——而且是属于男性的田园生活,构成了威胁的(Green,1959;Hunt,1994)。

如果说查阅政治经济史料有助于研究者总体上了解当时的情形,那么,阅读作者的个人生活材料毫无疑问会更丰富研究者的研究,尤其是可以洞察作者的意图(如通过信件、日记、期刊等)。不过,阅读作者传记时需始终谨慎,原因有二:其一,作者去世后一两代人之内所写的传记较大程度依赖于作者的朋友或家人的回忆,尽管从许多方面来看这是好事,但同时这样的传记也显得乏善可陈,有时甚至会把作者描述为圣徒。格雷厄姆的第一部传记便是一个明显的例子,这本传记是由帕特里克·查尔莫斯在格雷厄姆遗孀的密切监督下完成的(1933\1938),这位夫人热衷于在传记中将丈夫的天赋和他们的独子阿利斯泰尔(当时已故)的才能放到首位。第二个需始终谨慎的原因是,传记作家们会着重关注传记主人的创作成果,会将其作品中任何相关的东西都与他的生平联系起来。也就是说,传记作家经常逆向工作,把创造性的产出作为解开传记主人人生奥秘的钥匙,这会导致毫无意义的还原论。以格雷厄姆为例,据说实际上他的儿子阿利斯泰尔是个问题男孩,喜欢在汽车驶来时躺在路上吓人(Green,1959:234),这些事实对分析《柳林风声》一书中蛤蟆的行为并无多少帮助(正如同罗琳在咖啡馆进行写作一事对分析《哈利·波特》没有帮助一样),甚至还会使重心转移,因为这只是阿利斯泰尔个人的事情。

除政治和传记外,第三还需考虑当时的文化形势。当时的主流思想和运动是什么？当时的艺术领域还有什么事件发生？周围有什么发明和技术革新？在格雷厄姆的书中，可以清晰地看到汽车的影响是大众对英国乡村未来忧虑的一部分，机动车和没有教养的下层民众都威胁着英国乡村的未来。于是，人们会把这些担忧与"潘"这一形象联系起来，当时的许多书籍中都出现了"潘"（古希腊神话中，"潘"是半人半兽的牧神，是创造力、音乐、诗歌与性爱的象征，同时也是恐慌与噩梦的标志——译者注），它被视为赋予了英国乡村一种精神内涵，而达尔文的进化论曾削弱了这种精神内涵。书中还注意到其他的发展革新，比如19世纪末伦敦地铁的修建，还提到了相关文学作品的出版，如杰罗姆·K.杰罗姆的《三人同舟》。这只是一些无关紧要的琐事，不过，应该清楚这一点：书籍都是在特定的历史时刻被创作出来的，书中自然会提到许多当时其他地方正在发生的事情，哪怕被研究的书是一部幻想小说。不过，要告诫研究者的是，这样会把简单的讨论变成关于语境的更复杂讨论。

前文中我说过，考虑到如今研究者们的投入，从某些方面来说，今天的文献更难于分析。不过，还是有一个优势，那就是目前这一领域的研究者更能理解欣赏当今的潮流，更了解俚语和习语的使用。可是，正因为现在还没有完成历史书写，所以如果要假设过去就像是在地图上被标注清楚了，事件和它们的前因后果的联系已经就位，研究者仅需查阅相关文献就能绘出所研究的文本的坐标。这样的假设会是一个错误，因为历史的地形远不稳固，从互相矛盾的位置和兴趣到更大的思潮流变，都会引发变动。彼得·亨特（2001：xiv）尖锐地断言："任何历史……都能够（也应该）在每个点上受到质疑。"

以儿童文学为例，关于儿童文学发展的特定历史记录已占据主导，在许多流行记录中也能发现它们的踪迹，其中详细描述了"从教育到喜悦"的转变——此处借用了帕特里夏·德默斯的选集标题，该书是有关儿童文学历史的几部论著之一。换而言之，它们详尽介绍了叙事轨迹，这个轨迹十分切题地显示了从黑暗到光明的过程——从教育的束缚到想象的解放，或者借用 C. S. 刘易斯(1956：183)的说法，它们显示了"学期结束了：假期已经开始"。这一叙述范式仿佛要追溯到儿童文学的首批历史学家之一——F. J. 哈维·达顿(［1932］1982)，他和《水孩子》共同目睹了 19 世纪中叶英国发生的变化(1863 年)；紧接着是被大众誉为儿童文学佳作的《爱丽丝漫游仙境》(1865 年)——它引领了儿童文学的"黄金时代"。这是一个站得住脚的论点，不过，研究者应该明白这基于用一种非常特别的方式来解读历史记录，其方法是将特定的儿童图书定义为能给人"自发的快乐"的东西(1982：1)。

这显然不是一个中立的定义，事实上，它在许多方面都让人好奇不解，它似乎是在凸显儿童漫画之类人工产物的地位。公认的"优秀"成人文学所提供的是一个延伸的道德承诺而非即刻的满足，而儿童文学实际上优先化了这一承诺的反面。不过，除了达顿的术语外，更重要的是他如何形成这一观点，答案在于这一观点也是从政治斗争中产生的，浪漫主义的男性儿童的身影在斗争中开始占据优势。正如米兹·迈尔斯的全面评价所说："自然界里有远见的儿童，不善社交的男性"战胜了女性作家笔下的"有修养的社区儿童"，这些女作家的作品受到当时男性浪漫主义作家的嘲讽(Myers，1995：91)。

上文中出现了几个值得进一步关注的观点。一个是所有历史都是暂时的，总是在等待着有人来重新书写，重要的是，这一过程总是在研究了某些特定文本并且对之前的文献有异议后产生的，如同迈尔斯所做的那样，他发现玛利亚·埃奇沃思的作品内容远不止说教。第一点引发了第二点，因为如果把这些文本简单看作是对某一特定历史背景的映射，那就错了；相反，文本本身是与一些具体问题相联系的，并以这种方式构成了历史的一部分，格雷厄姆的作品就是例子，它们和批判性文学的联系也显示了这一点。第三点与以下观点有关：尤其要当心想对文学作概括的"宏大叙事"，例如，把文学分为教育性的和让人愉快的，或者努力把童话简洁地分为口头的和文字的。反之，我们很有必要认识到，所有文本都是不同模式和话语的组合，它们自身包含单个的词语(经常也有绘图编码)，尽管作家们能够调动文字，但他们永远不能掌控它们的意义。帕特里夏·克雷恩对儿童识字书的出色研究说明了这一点。她把一些 18 世纪的识字书描述为"微型文本图像的节日，在这些节日中，狡猾和破坏在作家的地盘上狂欢"（2000：83）。在另一篇文章中，她还说它们"前后矛盾，它们依靠和求助于高雅文化文学话语，可是，它们的印刷却和年历、宽版面报纸、廉价书、找工作的短期广告以及报纸一样劣质"（56）。克雷恩举了一个有关人体的识字书的例子，书中，人体被扭曲成了不同字母的形状。她提到一个人形被弯曲成字母 M，"这样一来，学生必须顺应这个字母的形体结构，以及粗鲁喧闹的暗示——他能光着屁股对着你"（89）。这便是要注意细节的地方，即使是单独的线条和字母，同时还要对历史语境以及文字和形象的结合的重要性有所认识，这种认识能揭示不同话语的多个线索是如何交织在一起的。

第四点要注意的是许多历史文献的目的论性质，假设我们现在站在历史的终点，已经发生的一切只是我们必然遭遇的一系列事件的一部分。声称"历史是由胜利者来书写的"（它本身与福柯所说的"权力和知识"有联系，下文将进行解释）是徒劳的。换句话说，凡是不符合当前意识形态的都会被忽略。我们已经在性别问题上发现了这一点，"his-story"一词盛行多年，直到出现了诸如迈尔斯这样的女学者开始进一步研究反传统的单词。同样，在种族问题上，我们发现有整个地区的文献都被忽视的情况（例如，桑兹·欧·康纳在 2007 年指出西印度文学在英国的情形就是如此）。最后，说到阶级斗争，茱莉亚·米肯伯格在《从左翼中学习》（2006 年）中揭示了与之相似的、在美国儿童文学中对种族传统的完全忽视，尽管它已经被证明为非常有影响力。

当代中心学说引发了两个相关问题，第一个与"当代主义"紧密相连，迈克尔·班顿把这个术语解释为"以当前的概念、价值和理解来看待其他历史时期"（1980：21）。因为我们不仅忽略了此时此地看不见的东西，还准备赞美我们当前的视角，就如同我们真的进入了文明社会，对着愚昧贫穷的过去挥舞着我们的火把。迈尔斯睿智地指出："幼稚的历史学家搜寻了大量被帝国主义或种族主义引用的文字,这招致了作家集体的强烈批评。"(1999:49)于是,我们发现了恋童癖引发的道德恐慌被轻率地用到了过去的人物身上,如路易斯·卡罗尔或 J. M. 巴里。我们现在需要的不是用这种"垂直"方法(即把历史看作如热线电话一样直通当代)看待历史,而是一种水平的视野,在这种视野下,人们对周围语境看得更仔细,能以当时的角度来看待那个时期(Robson,2003)。例如,说到警世故事,我们应该意识到,今天看待这些故事的视角是非常不同的(我们常视其为笨拙而不自然的作品),而它们当时的样子并非如此,当时这种宗教的世界观极为普遍,"神助假说"就是"精神装备"的一部分(Walsham,2002:184)。

当代中心学说引发的第二个问题与米歇尔·福柯提出的"真理效应"一词有关。作为一个有思想的历史学家,福柯关注的是某些话语是如何被视为反映了人民及他们所信仰的真理而被社会接受的。对福柯而言,这些对真理的声明一直让他感兴趣,它们总是与担保它们为真理的权威机构相联系。所以福柯喜欢不探讨知识本身,而探讨"权力和知识"(Foucault,1980)。例如,医学专家和心理学家对儿童的身体下了定义,他们认为某些表现是正常的,相应地宣称其他表现为不正常,这导致了许多儿童,尤其是在美国的一些儿童,被视为病患,如果不服用药物利他林来控制这种新认定的疾病——小儿多动症,他们就不适合接受学校教育。

为了让以上论点更直观,再举一个例子。有人指责伊妮德·布莱顿,说她绝对是种族主义者,她笔下的黑脸布娃娃就是明显的例子,人们认为它们"惯于扮演邪恶而充满威胁的角色"(Fryer,1989:81)。以现在的观点来看过去,也许很难把黑脸布娃娃看作是种族主义的象征,不过作为研究者应该更谨慎,要研究这个角色的历史,尤其要考察它和黑人之间的联系。权力和知识相连的明显之处就在于此,一些组织机构急于在所有表现形式中去除种族主义,毫不妥协(Racism Spotlight Group,1984),这种做法是可以理解的。然而,其他人认为黑脸布娃娃(一个最初由弗洛伦斯·厄普顿创造出来的角色)作为怪物有自己的历史,它是狂欢化传统与文化颠覆性相连部分的混合产物（Rudd，2004）。通俗词源学把它的名字和种族主义术语"外国佬（非白人）"联系起来，这样的说法同样是毫无道理的，这个词实际上起源于 20 世纪 40 年代的中东。即便是要把种族主义和黑脸布娃娃联系起来，弗莱尔认为布莱顿赋予这个词邪恶意味的看法也还需要实证支持。这一主张的真理效应基于一个意外但令人印象深刻的事例——4 个坏黑脸布娃娃抢劫了（这个词仿佛有点落伍，其实不然）诺迪（伊妮德·布莱顿小说中的主角）。不过，从她的丛书整体来看，黑脸布娃娃们却总是正面人物，事实上，坏泰迪熊的数量远远超过了它们。

毋庸讳言，研究者也应当重视所使用文本的版本。萨姆森·洛原来的"诺迪"丛书的当前版本就没有黑脸布娃娃的踪影，这些让人不愉快的角色已经被小妖怪代替了，可是，更让人烦恼的是，当前版本的书中没有说明这些改动之处，在翻译该书时这些问题会更加复杂。一位德国批评家会依据与布莱顿的小说完全无关的德国版的《马洛里塔》的续集丛书进行评论（关于如何"驯服"好斗的女孩）。在英国，批评家鲍勃·狄克逊和罗伯特·德鲁斯也用一本他们认为是种族主义小说的《小黑人桑博》（另一个常用于说明她是种族主义者的事例）来指责布莱顿。这本书讲了一个有关黑皮肤玩偶桑博的故事，别的玩具都不喜欢它（其中竟然包括一只黑脸布娃娃，不过我们还是不提它为好）。桑博逃走了，它受到一个小精灵的照顾，当然，桑博也帮助了小精灵，它是在一场雷雨中出来寻找药物的。雨水冲走了桑博身上的黑颜色，让它的脸变成了"最亲爱的、最粉嘟嘟的、最和蔼的脸"。于是，它重返幼儿园，不再与众不同的它被大家接纳了。"毫无疑问，它很高兴——粉红色的小桑博！"（Blyton，1944：72－73）

对于在 20 世纪 70 年代竟然还能出现这种故事，狄克逊无疑感到非常震惊。不过，后来他在 1976 年版的《绿色树篱边的故事会》中曾评价说，"为了给这个故事'美容'一番，作者进行了一次非常困惑的尝试"，使得"种族主义……缓和了"（1977：111—112），书中的玩偶最后又被其他玩偶重新涂成了黑色，那只黑脸布娃娃解释道：

"我们不是因为你是黑皮肤或是白皮肤而喜欢你……我们喜
欢你是因为你善良友好。你的皮肤是什么颜色都可以,我们不介
意。"(Blyton,1949:19)

　　不过,一些目录学的基本研究或许能省去尴尬。正如上面引文的出版
时间所暗示的,《绿色树篱边的故事会》还有更早的版本。正如德鲁斯所说,
它进行了"无声的修改",除了题目相同外,这个版本其实完全是个不同的故
事。事实上,在布莱顿更早的杂志《阳光故事》中能找到这两者(分别出版于
1937 年和 1943 年)。

　　因此,核查目录学的工作永远是值得做的,虽然对于儿童文学来说,这
种核查会非常困难,一方面是因为儿童文学历史短暂,另一方面是因为还有
许多基本的目录学工作尚待完成。尽管上文提到的故事确实能找到,但任
何一位称职的研究者都不会止步于此,他们还需把这些故事放在布莱顿作
品的更大范围的语料库中进行更客观的研究,这样才能揭示出她的许多故
事所表现出的差异性标志——那些可能被叫作"丑小鸭"的主题,肤色只不
过是她使用的一种象征手段。最著名的桥段是,玩具王国的居民们企图驱
逐诺迪,因为它们怀疑它不是一个玩具。

　　本案例研究指出了儿童文学中有关偏见辨识符号的更广泛问题,无论
这一偏见是种族主义、性别歧视还是阶级造成的。此外,考虑到上文对现代
主义的评论,还应该顾虑到其他问题,例如对待和消费动物的方式,或更多
的是有关环境的意识(Dobrin and Kidd,2004;Rudd,2009)。再来说说种
族歧视,有必要再次反思迈尔斯对于用现在观点来阅读的警告,例如,对一
位 18 世纪作家种族歧视的指责能和一位 21 世纪作家的一样吗? 正如其他
人所说,只要一回到 20 世纪 30 年代就会发现大多数英国作家都在诋毁其
他文化(Watson,1971)。此外还会发现更多问题:在故事中仅仅辨识出种
族成见就够了吗? 书中主人公所扮演的角色难道不重要吗? 当然,这些或
许会成为干扰这一模式化观念的依据,正如上面提到的悔悟的黑脸布娃娃

对黑皮肤玩偶所说的那样。我们研究性别歧视的时候,会产生同样的问题,一些批评家遇到"seminal"、"mankin"或"he"作泛指代词时,便发明了"sic tic"一词,这个拉丁词"sic"(意为"原文如此")很有用处,它暗示了一个人对某些明显错误的纠正释文,从如今这个开明的时代来看,这个词不应退化为一种暗讽的方式。

不过,应该留意整个学科对作为规范的、浪漫主义的男性儿童的概念要点的看法。玛杰里·胡里安(1997)对孤胆英雄的分析结合了种族主义和性别歧视的问题,揭示出这样的角色如何既战胜了他的敌人还战胜了大自然本身。可是,正如胡里安和其他学者所证明的那样,虽然男性的"他"在西方文学中占主导地位,但还是存在一些另类故事,书中的女性都是胜者,虽然父系社会习惯于忽略她们的存在。在这方面童话故事集是有益处的,如艾莉森·卢里的童话集(1980 年)。然而,即便是这些书也在背景中潜藏着父系社会的影响(如婚姻仍是人生目标),有时也会歌颂一个行为举止酷似男英雄的女性。因此,人们应该意识到角色性别的颠倒并不意味着性别歧视被消除了(吉恩·肯普 1977 年所著《顽童泰勒的动荡学期》是一个重要的例子,参阅 Pennell,2002)。在这方面,厄休拉·勒古恩在她的《地海传奇》系列的《地海孤儿》中有所修正并承认了自己从前的无知,这一点值得注意(Le Guin,1993)。

这个问题与上文提到的、有关种族歧视的问题相似:知道什么是重要的,还要知道如何界定它。仅仅以角色的性别来界定是不够的,尽管这是一个良好起点,因为行为才是真正重要的。从一段特定时期或甚至从儿童文学整体来看,有更多女性角色可能被确认为有职业的,其数量超过我们想象,不过,如果许多女性角色都是女巫或相貌丑陋的女人,仍难逃脱性别歧视的指责。同样,正如卢里所说,许多英勇的王子事实上都是面目模糊的无名氏,不同于他们所拯救的白雪公主或灰姑娘,这个事实从某种程度上调整了男女之间的权力关系。鲁思·波提海默对格林童话的研究方法更为复杂,她仔细研究了格林童话的语言,发现其中女性角色渐渐变得沉默无语——想法由旁人代言了。不过，她的研究仍然采用了内容分析的形式，侧重研究童话的文字，而其他研究者则认为童话中女性角色的呼声是隐喻式的，或者是基于心理分析的（Bettelheim，1976；Wilson，1983）。在凯特·伯恩海默的《镜子，墙上的镜子：女性作家们对最喜爱童话的探索》（2002年）一文中可以清楚地看到这一点，该文以另类的方式解读了投稿人儿时喜欢的许多童话。勒古恩没有研究《睡美人》的叙事闭合，而是评价它长久以来的形象，说它是"秘密花园，是伊甸园，是阳光下绝对的安然之梦，是永恒不变的王国……她独自一人，心甘情愿，不为外人所知。她在想：别叫醒我，别打扰我，任我安睡吧……"（206—207）

不过，回到关于语境的重要性这一话题会发现，我们现在视为原型童话的故事本身是与古老的、口头传说的浪漫主义观念密切相关的，简朴的农民们凭借口头传说来讲述他们的古老故事。正如伊丽莎白·哈瑞斯（2001年）所指出的，这本身是一个主要由男性作家完成的建构，格林兄弟也对这个建构作出了贡献，他们想奠定的是新德国的民族基础（Ellis，1983）。口头传说关联着一个更纯粹、纯真的状态，这样就不断增加了其与儿童的联系。在此过程中，夏尔·佩罗（17世纪法国作家，代表作有《小红帽》、《灰姑娘》、《睡美人》等——译者注）写了许多精妙讽刺、篇幅更长、结构更复杂的故事，而与佩罗同时代的成熟的女性作家却没有得到重视（如德奥诺依公爵夫人），但是哈瑞斯提到，这些女性作家的叙事手法与最近的女性作家的作品有关联。和上文一样，我们警示研究者要小心谨慎，要注意我们使用的概念工具本身不是中立的，它是知识和权力结合体的一部分，会产生自己的真理效应。

在这篇文章中，我已经提到了男性儿童的浪漫主义观念的巨大影响，这通常会导致这门学科中的非历史研究法，这个形象成为用于评价儿童文学的通用标准。杰奎琳·罗斯（1984年）有个著名的论点：这一建构的主流说明不可能存在真实的儿童小说，因为成人通常主宰着这一领域，儿童文学的写作、出版、评论和批评都是由成年人完成的。尽管如此，她仍坚持认为儿童文学确实是为儿童服务的,最佳图书(那些黄金时代的经典)抓住了儿童的本质,儿童通过阅读这些图书能够内化儿童时代的适度感觉,罗斯(1984:2)认为"如果儿童小说能树立起书里面的一个儿童形象,那么这样做的目的是为了争取到书本之外的儿童,他们不是很容易受它掌控的"。她对《彼得·潘》进行了个案研究,因为尽管它把重点放在一个永生儿童的概念上,但同时又在逐渐削弱这一想法。在追寻这一思路的时候,卡林·莱兹尼克·奥伯施泰因公正地斥责了一些批评家,因为他们随意引用了一些虚构的儿童形象,并自信他们准确地定义了"什么才是给儿童的好书"(1994:3)。

本章节没有具体讨论他们的意见(详细讨论见第五章,及 Rudd,2004和2007),不过,我在此处提到他们是为了展示浪漫主义儿童的韧性,对罗斯来说,儿童图书是危险的,就如卢梭认为它们违背了儿童的天性一样。讽刺之处在于这样一种方法放弃了社会建构主义视角可能会提供的优势。因此,这种方法没能提供细致的、关于儿童是如何出现在文本中的社会历史阅读,最终是在为普遍被动和孤立的生命而哀叹,永远也无法与成人交流自己的喜恶(Lesnik-Oberstein,1994:26,187)。如果读者真正地与社会和社会机构脱离,那么,毫不奇怪,就像彼得·潘一样,永远无法被人们了解,这就是我要在此推荐这种更具历史意识的方法的原因。

本节的开篇阐明了我一直想强调的观点:"文卷、记录……永无止境。"总会出现比现今更早的版本,更别提从过去的材料中找到的新发现。不过,除此之外,如果能从上文中提炼出一个核心理念,那就是永远不会有任何固定性,因为过去本身就永远不固定。不管历史书暗示了什么,过去和现在同样不固定:人们会继续辩论战争的原因和道德,法律的有效性,对待儿童的方式等问题。作为社会的一部分,儿童书籍不得不牵涉到这些问题中,哪怕是以间接的方式,正如我开篇时用《哈利·波特》举例所说的那样。此外,这种开放性只会由语言本身的价值负载和对话本质合成。

这不是关于自由相对论的讨论,远非如此,它只是强调了始终贯穿的一点:我们的概念性词汇不是刻在石头上一成不变的,而是一场持续性对话的一部分,其中包括"说教的"、"浪漫的"、"种族主义"、"性别歧视",还有"儿童"等术语,它们被置于显微镜下,让我们看到了它们经常缺乏必要的准确性。当然,这些术语帮助我们通过特有的视角来考察一个文本,不过,这些术语也时常作为结果而被重新定义(例如迈尔斯在质询18世纪晚期的儿童文学中的说教性时所揭示的那样)。换句话说,正如过去的文本在创造它们时代历史的时候非常活跃,我们的批评继续着我们时代的对话。

在本节中,我没有详细说明任何一种特别的理论方法,可是,其中的大部分研讨受到一种新历史主义倾向的影响,约翰·布兰尼根对这种倾向作了如下解释:"(它)把文学文本当作一处空间,权力关系在这个空间里清晰可见。"说到儿童的形象和儿童读者的文化边缘化,这种方法似乎能提供很多东西——尤其是它在避免简单的教条主义方面所作的努力,它让人意识到简单的真理常常引起相反的"真理效应"。简而言之,新历史主义承认儿童文学作品是历史上必然的一部分,正如我们所见,历史本身总是用故事叙述的,而且常常是从局部的角度来讲述的。

让我将新历史主义方法的要素恰当地整合起来,以结束这一章节。首先,我们必须承认我们不光是通过历史文本(包括照片、电影等)和人工产物(当然这是现代技术给未来的研究者们留下的缺陷,尽管现代技术拥有强大的存档能力,因为电子文本可以被修订,短期的电子邮件和短信能进行无声而短暂的交换)来了解历史。其次,我们应该避免人为地将文本从它的背景中剥离(也就是从其他文本中剥离),它们是共存的,而且彼此之间有潜在的相互影响(正如我们在探讨格雷厄姆的作品时所说,它默默地为如今关于女性和劳动阶级的辩论作出了贡献)。第三,我们应该尽量不带偏见地审视一个文本(比如不考虑它的声望),而是关注它产生影响的方式。换而言之,优秀的研究者需要观察权力作用于文本的一切方式,从阶层、性别、种族、国籍、殖民主义和缺陷等问题被阐述和分解的方式,到儿童是如何被建构为成年人的反面的过程。总之,正如《项狄传》中的项狄所说,事实上,这个领域是"永无止境"的。

拓展阅读

1. Brannigan, J., New Historicism and Cultural Materialism (London: Macmillan, 1998).

2. Crain, P., The Story of A: The Alphabetization of America from The New England Primer to The Scarlet Letter (Stanford, CA: Stanford University Press, 2000).

3. Harries, E. W., Twice Upon a Time: Women Writers and the History of the Fairy Tale (Princeton, NJ: Princeton University Press, 2001).

4. Hourihan, M., Deconstructing the Hero: Literary Theory and Children's Literature (London: Routledge, 1997).

5. Mickenberg, J. L., Learning from the Left: Children's Literature, the Cold War, and Radical Politics in the United States (Oxford: Oxford University Press, 2006).

6. Myers, M., 'Reading Children and Homeopathic Romanticism: Paradigm Lost, Revisionary Gleam, or "plus ca change, plus c'est la meme chose"?' in J. H. McGavran (ed.), Literature and the Child: Romantic Continuations, Postmodern Contestations (Iowa, IA: University of Iowa Press, 1999), 44 - 84.

7. Rose, J., The Case of Peter Pan, or the Impossibility of Children's Fiction (Basingstoke: Macmillan, 1984).

问题和练习

1. 有人说儿童文学研究应当只限于当今儿童阅读的文本,这样的说法有何局限?你是否认同? 如果儿童文学研究者将自己禁锢于不同时代儿童都在阅读的书籍中,儿童文学研究领域会有何变化?

2. 尽量使用出版或网络目录和书目,选取以下儿童文学作品中的一本,为它编写一份出版史:

莎拉·菲尔丁的《家庭女教师》(1749 年首次出版);

霍雷肖·阿尔杰的《穿破衣服的迪克》(1867 年出版);

G. A. 亨提的《在德雷克的旗帜下》(1883 年出版);

凯瑟琳·哈尔的《橘子酱色的猫——奥兰多》(1938 年出版)。

3. 选择一本流行至今的儿童文学作品,任意一本现代经典童书都可以,阅读该书的第一章,它是否让你产生了鲁德所说的"由衷的快乐"? 如果没有,这是否会妨碍当今的儿童欣赏该书?

4. 格伦比和鲁德都提到过一点:历史并非固定不变的,文本参与其中并且是这些改变的见证。请再次阅读上一题中所选的章节,留意它的语言、背景、描写、人物塑造和事件等方面,它们有可能告诉你作者写作该书的时候对一个特别主题的看法,例如,与童年有关的阶层问题,这样就是开始用历史主义的分析法来研究文本了。像这样做有关阶层的历史细节研究工作会非常耗时,不过,将该文本中所表达的这些想法和你对阶层在你如今所处的文化中的作用进行比较,这种比较将让你明白儿童文本是如何成为时间胶囊的,在这些胶囊中包含着来自过去的信息和态度,当今的读者以新方式激活了这些信息和态度。

5. 你是如何避免,或者说你是如何试图避免在阅读这部文本时采用"现代主义"方法的?

6. 选取一部与儿童相关的文本(书籍、电影、漫画等),列举出为了揭示文本的意义,你可能探究的语境,并考虑哪些资源是你可以获得用以做此研究的。

第五章　研究和理论

第一节　简介
金伯利·雷诺兹

儿童文学受益于文学批评在 1960 年代和 1970 年代在各大学的兴起，在此之前，人们认为儿童文学不属于严肃的学术领域研究范畴。近几十年来，大学师生们参与了数量空前的哲学、政治及其他的理论研究工作。"理论"一词原本大多只限于自然科学和社会科学研究领域中使用，渐渐地也开始用于结构主义、女性主义、马克思主义、解构主义和后现代主义等跨学科领域内大量涌现出的研究和写作中，这些领域不断发展，受人关注。受理论驱动的新研究着力于消除知识周围的阻碍，它关注人们是如何获得知识、使用知识、研究知识的。新理论挑战了人们长期以来对应该研究的对象的假设，并在扩大标准方面发挥了重要作用。学术界开始为一些新研究领域提供空间，如女性研究（这是和女性理论同步发展的）、后殖民文学、流行文化等，也包括儿童文学。这场学术革命是与学生运动紧密相连的，而人们又经常把学生看作是儿童文学名著（从《爱丽丝漫游仙境》《小熊维尼》到《霍比特人》）的忠实捍卫者，这一事实也有助于将儿童文学研究引入大学。或许是因为儿童文学借助理论浪潮的东风进入了大学的教学大纲，也许是因为它早期的捍卫者们认为有必要展示儿童文学也能经受研判推敲，儿童文学研究和教学也有与理论联盟的趋势。它们的联合并非总是一帆风顺的，常常引起争议。不过,现在,在儿童文学学术领域的漫长研究中,研究者们利用并发展了在文学、传媒和文化研究中采用的主要批判理论。

这本手册的简介中列出了儿童文学研究与其他学科相连接的方法,尤其是一些恰当的,为了某一目的或学科而发展起来的文学评论和理论方法,并将它们用于支持基于儿童叙事的思考和调查。因为儿童文学已扩展到不同形式、媒介和流派,儿童文学的作者不限性别,且既有当权者,也有受压迫者,许多儿童文学已经经历了媒介间的转换,所以儿童文学领域的研究实际上可能会需要用到任何研究工具或方法来进行。运用何种工具或方法由被研究的对象类型来决定,儿童文本的研究者们常常发现自己会使用或联合使用多种方法来创建独特的视角,并通过这样的视角来审视他们确定的材料,因为要顾及到诸如视觉元素、语境和读者等因素。

这种选择非常诱人,它会带来动态研究课题以及儿童叙事方面的研究的多样性。不过,值得注意的是,研究者们和儿童文学评论家们在文学评论思想及方法的特定主题设定方面并无太大建树。这一现象的例外是"儿童主义者"批评,以及彼得·哈林戴尔有关"儿童性"的研究,本节的首要贡献就是对它们进行了讨论。总的来说,本节着重介绍来自其他学科的、久经使用的理论和批评方法,它们尤其对儿童文学研究领域的学者非常有用。本节列举的理论和方法并非十分详尽,所选中者反映了在过去一直影响甚广的某些理论领域,例如建构主义和马克思主义,这些理论如今已经被吸纳进更为广阔的文学批评领域。早期研究方法的成果会在本节最后的拓展阅读所列举的某些文献中出现。研究者们仍值得在早期研究上花费时间,这些研究把批评理论与儿童文学结合起来,因为它们不仅揭示了诸多理论,还改变了近代对儿童文学的理解和研究方式。例如,佩里·诺德曼借用了爱德华·萨义德在1978年的《东方主义》中详尽地提出的一些想法,即在儿童文学中,成人是儿童和童年时期的殖民者,当然,这一想法值得探讨。这一早期研究带来的一些启示继续影响着当代文学批评,如何将后殖民主义方法以最佳方式用于儿童文学研究的思考已经随之发展成熟,克莱尔·布拉德福德将在第五章第六节中解释这一问题。

儿童文学研究往往会借助其他学科的批评途径和方法,这并不意味着儿童文学批评只是在拾人牙慧,其中一个很好的例子便是儿童文学研究者对于读者反应的研究(见第五章第三节)。尤其是教育工作者,他们成功地再次运用和延伸了这些帮助我们理解儿童从读物中收获了什么的研究成果,以研究成人文学和读者。对儿童反应的研究现在从作为绘本读者的儿童扩展到了儿童"阅读"电脑游戏时的相互作用方式(Mackey,2002)。

有争议的是,不断地求助于理论库的需要将儿童文学研究更多地放置在了成人世界中——既依赖又被动,更有甚者,可以断言说,由于缺乏被广泛认可的理论主体,儿童文学的研究误入了歧途。儿童文学如同莎士比亚的作品、中世纪文学、19世纪艺术和信件或者侦探小说一样,是一个整体。如果能把当今文学界和其他相关研究领域中被当作"儿童文学"进行研究的材料重新分配,那会是一件好事。如果这样,中世纪研究家将会审视中世纪的儿童文学,埋头于过去的殖民地文学中的研究者将把殖民地文化中为儿童创作且被儿童阅读的材料纳入自己的研究,直到为儿童创作的作品会进入学术研究的主流。

毫无疑问,这样的假设有些吸引力,尤其是因为这或许会提高儿童文学的地位,将目前对时代、人民和实践等方面的研究引向儿童文学方向。朝着这一方向的研究已经产生:塞思·勒若(2008年)已将自己在中世纪研究和语言学研究方面的本领用于辨别和分析前现代儿童文学作品上;尼古拉斯·奥姆(2001年)是不断壮大的历史学家群中的一员,这些历史学家已经认识到中世纪的儿童文学有研究价值,这些研究会揭示许多中世纪的生活场景——从戏剧和教育到幽默、法律和家庭结构;同样,对18世纪进行研究的学者们已经对那个时代为儿童进行的创作和教导儿童如何阅读的情况(无论教授者是母亲、传教士、教育工作者还是思想家)表示了很大兴趣,而维多利亚时代艺术和信件的研究者们,已经长期迷恋于儿童经典的小语料库和意象,以及能传播儿童或童年时期态度信息的思想。

尽管将儿童文学吸纳进学术研究主流的方式能让研究者受益颇多,但这也会产生潜在的损失,因为儿童文学的高质量研究需要好好掌握历史、流派的知识,而许多儿童文学要么缺乏成人文学的支持,要么完全演变为青少年文学,就如同没有意义的文章一般(Reynolds,2007),还要掌握它的视觉元素的使用,它对童年时期的跨文化和跨时代的建构,以及与之有关的、尤其是为了达到为年轻人写作的目的而特别采用的儿童文学风格元素。对这些技巧和叙事者用以吸引读者的所有策略的演进过程的研究长期影响了儿童文学领域。例如,儿童文学专业的学生需要留意一篇文章中是否采用了单一的或双重的技巧(Wall,1991)。最重要的是,许多儿童文本已经被遗忘多时或难以查找,因为它们在未编入目录、未充分使用的文集中衰落了,但要说儿童文学属于一个要被解体的专门研究领域恐怕为时过早。

至少现在儿童文学研究包括了对这一特定的学术领域内外的关注。基于此点,本章节一开始关注儿童文学研究者们所发展的理论,然后考量了在儿童文学研究这一学科之外的研究方法,以及来自开创性研究的、已完善的材料主体,这些开创性研究是通过引用和应用产生的。撰稿者们都着力于展示从事儿童文学研究的人是如何使用这些途径方法的,尤其考虑到了为隐含的读者或印刷过程而可能需要作出的调整。

尽管研究者们对理论有强烈兴趣,因为儿童文学的研究起始于大学的英语系,在为这一新领域而诞生的首批书中就有彼得·亨特的《儿童文学:文学批评的发展》(1990年),《文学批评、理论和儿童文学》(1991年),以及《儿童的文学:当代文学批评》(1992年)。但是应该强调指出,任何研究儿童文本者,不必要选取某一特定的文学批评立场。不过,儿童文学的一些特点使得理论特别有用,例如,因为从事儿童文本研究需要考虑童年时期(而且有时需要真正地接触儿童),所以这项工作有可能唤醒与个体的童年时期相联系的记忆和情感,并唤醒他们对儿童的认识。理论能对怀旧之情的诱惑提供有益的矫正,使研究者关注儿童文学的所说和所做,这有助于避免一种感伤或者颂扬纯真和创造力的倾向,仿佛儿童文学对童年时期来说是没有烦恼、与生俱来的。对于那些更关注儿童文学的文学和美学而非教育学、政治或社会学功能的研究者来说，在各种理论的指导下进行研究也许是一种展示儿童文学研究内容的方式，而非试图鼓励儿童广泛阅读并受益于阅读，或者让儿童社会化，使其接受主流文化的方式，卡林·莱兹尼克·奥伯施泰因曾经对这一领域的研究提出过两点异议（1994；1998）。事实上，诸如米歇尔·福柯的权力论（1980 年）、罗斯玛丽·杰克逊的幻想和颠覆理论（1981）都已非常有效地揭示了许多儿童文学创作中的叛逆、违法和颠覆能量，这说明将儿童文学的社会化功能提上议事日程绝非易事。

　　理论的目的是让读者从不同角度来看待文本，好让他们意识到文本是如何运作的，并注意到文本所要表达的要点。理论不是成年人的特权，记住以上几点非常重要。年轻的读者会在许多地方遇到源于理论的各种思想，尤其是在儿童文学领域。在过去的 20 年多年里，儿童文学作家不断介绍和研究了最初与批评理论有关的各种思想：来自女性主义的思想在安东尼·布朗的《朱家故事》中（1986 年）得到了集中体现，同样的思想也出现在许多童话故事的改编版中（Joosen，2008 年）；约翰·席斯卡和蓝·史密斯的《臭起司小子故事》（1992 年）充满了后现代自反性；加里·克鲁的《奇怪的物体》（1990 年）展现了新历史主义中关于文献、叙事和历史地位的思想，菲利普·里夫斯的《作家在这里》（2007 年）在描述性别的表现中提到了对于性别的理解方式的进展。然而，几乎没有学者留意到或研究儿童的批评性反应，也没有人理解是什么特质改变了相关文本，例如，从目标读者为成人到目标读者为儿童的、以复杂形式出现的后现代主义。这就是理论和作为批评者、读者的儿童以及作为环境的童年时期相关联之处，也是构成本章节内容的关于儿童文学的理论和研究的关系更详尽解释的开始之处。

拓展阅读

1. Hunt, P., Children's Literature: The Development of Criticism (London: Routledge, 1990).
2. Criticism, Theory and Children's Literature (Oxford: Basil Blackwell, 1991).

3. Literature for Children: Contemporary Criticism (London: Routledge, 1992).

4. McGillis, R., The Nimble Reader: Literary Theory and Children's Literature (New York: Twayne, 1997).

5. Maybin, J. and N. J. Watson (eds), Children's Literature: Approaches and Territories (Houndmills: Palgrave Macmillan in association with the Open University, 2009).

6. Rudd, D., 'Theories and Theorising: The Conditions of Possibility of Children's Literature', in P. Hunt (ed.), International Companion Encyclopedia of Children's Literature, 2nd edn, vol. 1 (London: Routledge, 2004), pp. 29 - 43.

7. Thacker, D., 'Disdain or Ignorance? Literary Theory and the Absence of Children's Literature', The Lion and the Unicorn, 24. 1 (2000), 1 - 17.

问题与练习

儿童在儿童文学中的地位是什么？对作为读者的儿童感兴趣的研究者们是如何研究儿童文学的？这些问题的答案之一是基于儿童视角的文学批评，它坚持儿童书籍是由儿童来阅读的，儿童对书籍的看法与成人不同。

第二节　基于儿童视角的文学批评
金伯利·雷诺兹

对于从事儿童文学研究的人来说，有一种批评方法特别适合他们的需求，那就是"儿童主义批评"，它最好的比较对象是女性主义批评的一个分支——"女性化书写"。女性化书写认为语言是男性创造的，因为语言大部分受男性影响，他们编纂了字典，编写了语法，制定了修辞规则，主导了一切公共形式的写作和表达，因此，根据男性的大脑和身体特点，他们创造和控制了语言的结构和功能。女性化书写的支持者力求找到另一种适用于女性的语言使用方式，尤其是在写作方面，比如说，通过力图表达内部思维过程，女性的身体节奏，以及他们认为代表女性特点的语言使用的其他方面来实现。同样，儿童主义批评也力求识别和注意儿童作为读者的特殊属性，包括儿童作为图画的读者，并将这些纳入到文学批评的讨论中。

从政治的角度来看，儿童主义批评很有价值，彼得·亨特说：

> "关心儿童文学的人们需要当心'文学'这一概念给我们设下的陷阱，（成人）文学标准宣称其为（或者说立志想成为）权威的……但如果我们重视儿童的话（他们是真正的读者）……我们必须保证他们是真正在自己的文化中阅读。"（1995：239）

儿童主义批评的特质渗透在一些重要的研究工作中，从进行历史性的尝试，复原儿童对过去文本的使用方式和反应（Gilbraith，1997；Grenby，2009），到分析一所法国学校让心怀不满的青少年大声朗读的效果，以及"读者权利"的形成（Pennac，1994）。艾登·钱伯斯第一个提倡"一种将儿童当作读者来研究的批评方法"（1990：91），他在其儿童文学研究中，尤其是在《聊书》（1985年）和《说来听听》（1993年）两篇文章中，谈到了给予儿童评论的机会，展示了儿童和成人阅读方式的不同之处。例如，在儿童还没有通过在校学习如何获得大量阅读机会及学会如何"正确"地阅读之前，儿童在阅读时和他们所阅读的文本之间没有多少障碍，所以，他们能增加很多成人或许认为简单的东西到文本中。这样一来，再加上他们在阅读一些成人认为简单无味的文本时所体会到的参与度和满意度，他们的阅读是对文本和自我的有效阅读（Ingham，1982：45）。尽管在使用儿童主义方法的研究和基于年轻读者的读者反应或接受的研究之间有明显的相似之处，但它们在方向目标上有根本的不同。儿童主义批评起源于尽量不代表儿童来进行判断的政治立场，而读者反应或接受理论收集并分析了来自儿童的对阅读的真实反应。

尽管到目前为止已经证实，使用儿童主义批评的研究是有局限性的，但是，理解从儿童角度进行的阅读，以及作为成年人重新进入儿童文学的种种尝试吸引着这个领域的研究者们。比如，玛丽亚·塔塔尔的《被诱惑的猎人》（2009年）大体上基于对"前儿童"的叙述，作为只能阅读童年时期图书的儿童读者,他们对此有着深刻的记忆。这些读者是如何进入并和儿童文学产生关系的,这是杰奎琳·罗斯在《以彼得·潘为例,或论儿童虚构文学的不可能性》(*The Case of Peter Pan, or The Impossibility of Children's Fiction*, 1984 年)中的主题。罗斯对儿童文学的不多的持续性评论对该领域这方面的研究产生了强有力的影响,尽管有时她的意见被人误解了。既然好多人都已经详细地讨论过罗斯的研究(Lesnik-Oberstein, 1994;Reynolds, 2007;Rudd, 2007),此处对她的主要观点作一个简单的总结便已足够。罗斯说,儿童文学中的"儿童"是一个幻影,是在成年人建构出来的他们心目中的儿童和童年时期的基础上产生的。儿童文学不是这种建构的唯一产品,但对罗斯来说,这是一个特别有影响力的范围,因为她是从受雅克·拉康极大影响的精神分析批评的角度来研究的,精神分析批评理论认为,本我是语言的产物。罗斯认定这意味着没有"儿童"这一基本范畴,只有刚开始学习语言并成为语言主体的新个体。既然语言是小说媒介的关键,青少年读者在学习和体验语言的过程中又是活跃的参与者,她由此指出了文学批评对小说中童年时期建构的重要性,以及她所发现的这些建构在成年人的需求和欲望中的来源。罗斯没有否认童年时期作为一个年龄组别的存在,不过,她质疑是否有能在儿童文学中被人所知、能够对话的"真正的"儿童存在。

罗斯的基本假设也得到了另外一项紧随其后的、有影响力的研究的证明——芭芭拉·沃尔的《叙述者的声音:儿童小说的困境》(1991 年)。沃尔对儿童小说的叙述者和读者之间的关系作了详细调查,得出结论:当作者们找到对儿童读者讲话的具体方法时,作为一个可识别体的儿童文学就诞生了。她认为,过去存在着包含儿童诉求的作品,但是它们并非专门为儿童所写,就如同童年时期是作为一个范畴存在,而不是被视为一组有关发育、行为和社会的特征。一旦童年时期的连贯思想形成了(罗斯对成人的建构很感兴趣),就能够在小说中与儿童对话。事实上,可以说儿童文学既明确又创造了与之对话的儿童。准确地说,同一系列阶段在作为"青少年"小说的作品主体形成之前就要出现，必须有被认同为青少年的读者存在，并为之创作，正如 20 世纪 50 年代的美国那样。小说在某种程度上是为这些早已存在的读者而写，并受他们欢迎，不过，这并不太以青少年为目标，也不太以青年文化为中心。

彼得·哈林戴尔的《儿童文学中的儿童性标志》（1997 年）没有罗斯的研究出名，不过，它对于那些关注儿童文学中成人和儿童关系的人来说，更为有用。在这个短小却颇有见地的研究中，哈林戴尔提出儿童和成人都能获得"儿童性"，"儿童性"的意思是"成为孩子的特质"。哈林戴尔指出，他们都能获得儿童性，不过，他们会以不同方式体会它，主要是因为儿童目前正在经历"儿童时期"这一阶段，而成年人则以往往是同时进行的各种方式来回忆自己的童年时期，并对自己内心曾经的儿童和未来继续存在的儿童所必须要做的事做出响应，也许还会按照儿童的方式对文本做出反应。这些一起组成了共享的"儿童性"范围，它的特征是一种可塑性，即读者远没有把自己视为完全的、并适应了成年时期的人，就像菲利普·普尔曼的《黑暗物质》三部曲中的人类的守护精灵进入了成年期那样，"儿童性"作为儿童图书的一种特质，无论读者年龄多大，它都鼓励读者在成长中认识自我，充满潜能。对哈林戴尔来说，儿童性是儿童文学最典型的特质，虽然在不同时代中，对儿童性的理解和描绘都在变化，不同文化下的儿童性也不相同。与那些认为在成年时期阅读儿童文学作品是在退化的人不同，甚至与那些只准备阅读"真正"的图书和由此衍生出的图书的儿童读者不同，哈林戴尔给予了它实际价值，尤其是它创造了成人与儿童互动空间的这种方式，人们可以在这个空间中共享儿童性。

出于哈林戴尔所解释的原因，又因为成年人作为读者往往更有经验，成年人的阅读方式不同于儿童，那些对儿童主导的研究途径感兴趣的人已经研究出一些有效的方法来了解作为读者的儿童。本章节之后的部分介绍了一些好方法的例子，随后是一些应用它们的练习，不过，如果你决定研究儿童本身，你会希望在下面的"拓展阅读"部分列举的文本中进行广泛阅读，并通过阅读罗斯玛丽·罗斯·约翰斯顿对读者反应理论的研究(详见第五章第三节)来拓展自己的思路。如果你的研究涉及真正的儿童,那么你还需要和导师讨论是否有必须处理的道德问题和相关程序(详见第一章第三节)。

进行儿童主导研究

在本章有关研究儿童文学的理论方法的其他部分的结尾处,你会看到一系列问题和练习。不过,儿童主导研究更多的是一种立场和态度,而非一种系统的方法。正如艾登·钱伯斯在《告诉我》中所言,这是"一种途径——不是一种方法,不是一套系统,也不是一个图式计划或一套严格的规则,而仅仅是一种特殊的提问方式"(1993:10—11)。在《告诉我》中,钱伯斯记录了他和其他人的工作实践,写下了他是如何看待儿童作为批评家的。同样,彼得·哈林戴尔在《儿童文学中的儿童性标志》一书中提供了有关使用儿童主义批评方法的实用性建议,以及一些阅读样本,这两本书是对面向儿童的研究感兴趣者的必读书目。简而言之,在鼓励儿童以文学批评的方式来谈论所阅读的图书时,钱伯斯鼓励建立一个阅读社团:读者们可以在其中分享阅读的激情,探讨他们遇到的困惑,识别文学批评的模式并建立图书之间的联系,从而获得儿童们阅读图书的体会。哈林戴尔解释说,对儿童性的建构方式的理解可以通过关注文学策略(如心理现实主义)、描述方法、情节的连贯和流派的偏好是如何表达儿童性的来实现。

所以,例如在亚瑟·兰塞姆的《我们不想去海边》(1937 年)中,哈林戴尔研究了这样一个时刻:当别的孩子熟睡时,"船长"约翰正在沉醉于自己掌控全船的权利,这时,约翰被塑造为一个处于成熟的临界点上的孩子,横跨于童年时期和成人期之上,而叙述者提供了一个完全属于成人意识之下的时间和体验的深度(1997:128)。这个成人和儿童之间的交换是以儿童性为特征的,在这个交换过程中,成人叙述者还记得儿童是什么样的,以及准备迎接成人期到来的儿童性格是什么样的。与佩里·诺德曼的原始材料的诸多样本(2008年)有关的想法已经得到了探究,尤其针对了儿童文学提供给他称之为"隐藏的成年"读者的审美愉悦。其他研究者,如玛利亚·塔塔尔,已经收集了成熟读者对他们童年时期阅读经验的回忆和反思,并用这些来假设儿童如何阅读如何创作,以及如何创造阅读经验等问题的答案,哈林戴尔则将这种阅读经验与儿童性联系在一起。这些不断增长的研究显示出儿童主导的方法是如何在重要方面对儿童文学研究产生了影响的。

拓展阅读

1. Applebee, A., The Child's Concept of Story (Chicago, IL: Chicago University Press, 1978).

2. Appleyard, J. A., Becoming a Reader: The Experience of Fiction from Childhood to Adulthood (Cambridge: Cambridge University Press, 1991).

3. Arizpe, E. and M. Styles, Children Reading Pictures (London: RoutledgeFalmer, 2003).

4. Chambers, A., Booktalk: Occasional Writing on Literature and Children (London: Bodley Head, [1977], 1985).

5. Chambers, A., Tell Me: Children, Reading & Talk (Stroud: Thimble Press, 1993).

6. Hunt, P., 'How Not to Read a Children's Book', Children's Literature in Education, 26. 4(1995).

7. Meek, M., How Texts Teach What Readers Learn (Stroud: Thimble Press, 1987).

8. Meek, M., G. Barton and A. Warlow (eds), 'Section One: The Reader', in The Cool Web: The Pattern of Children's Reading (London: Bodley Head, 1977).

9. Nodelman, P., The Hidden Adult: Defining Children's Literature (Baltimore: Johns Hopkins University Press, 2008).

第三节　读者反应论

罗斯玛丽·罗斯·约翰斯顿

也许是因为儿童文学研究的多学科性质,它往往将从事儿童工作的人和从事儿童文本研究者联系在一起，儿童文学研究中的一个重要部分涉及儿童在各种情况下对文本的反应方式的记录和观察。正如罗斯玛丽·罗斯·约翰斯顿所说，读者反应研究主要感兴趣的是读者对文本的态度，以及它是如何影响了他们的阅读方式的。读者对文本的态度随着时间而变化，随着他们在认知、社会、心理方面的成长而成长，成长的各个方面中尤其让人感兴趣的是有关儿童文学的隐含读者。此外，儿童接受教育时，老师教导他们按特定的方式阅读，这也影响了他们在课堂内外对文本的反应。多年来，读者反应研究主要集中在性别和班级等因素对年轻读者的影响上，越来越多的研究者在探寻理解年轻读者带给印刷文本阅读的新媒介知识的影响。通过查阅评论、图画和儿童留在资料上的其他证据或在阅读日记、期刊时留下的评论，或者从回忆录中收集到的反应等方式来看看过去的儿童是如何对他们得到的阅读资料做出反应的，这种方法既有可能性，也很有趣。无论是调查过去的还是现在的儿童的反应，对读者反应理论如何适用于儿童研究的这一讨论都为研究设置了语境并总结了策略。

阅读行为需具备三要素：读者、作者和文本。阅读行为的中心就在于语意的形成。那么，是什么人或者是什么事物生成了语意——读者、作者还是文本？读者反应论着重关注的是，读者在文学能力、经历、培训和教育、世界观和社会文化时刻等方面带给文本的事物是如何影响语意的。

读者反应批评理论植根于 20 世纪 60、70 年代，主要产生自美国和德国。这一理论尤其与斯坦利·费希和沃尔夫冈·伊瑟尔的著作息息相关。但是，它最早出现在路易斯·罗森布拉特的早期著述中。罗森布拉特于 1937 年把这一理论思想引进了文学教学中，她整个职业生涯都在致力于这一理论的推广传播。在《文学探索》(1938 年)一书中，罗森布拉特写道：那些文字和意象带给单个读者的特殊语意，尤其是潜在的关联，将在很大程度上决定这部作品给读者本人传递了什么信息。读者把自身的人格特征、过往记忆、现今的关注和需求、阅读当时的特定情绪以及特定的身体状况等要素带入了作品中。这些要素和其他很多要素不可复制地结合在一起，决定了读者本人对文本特有的贡献有何反应。

从上述解释中我们可以清楚地看到,读者反应理论学家把文学当作了一种创造性行为,依靠这种行为读者说明并创造了他们自己的故事。当然,作者的意图和文本仍是初发的事件,但包含多样角度和承载丰富历史的这一理论却给阅读活动本身以及读者的创作和自由这两者施加了更大的压力。对阅读(而不是写作)和读者(而不是作者或文本结构)的强调,在两方面转移了理论上的兴趣。第一个转移朝向读者构建文本的想法(即读者是如何阅读文本的),第二个朝向文本塑造读者的想法(即文本是如何塑造读者的)。因此,我们发展了如下一些概念:"隐含读者"(沃尔夫冈·伊瑟尔)——使用个人精神意象和经历转变文本内容的一类读者;"知情读者"(斯坦利·费希)——拥有语言、语意学和文学能力的一类读者;以及参考儿童文学发明的"嵌入式读者"(艾登·钱伯斯)——在文本构建中起到密切作用的一类读者。尽管其著述直到 20 世纪 60 年代才广为人知,俄罗斯评论家米哈伊尔·巴赫金却在 20 世纪早期就预料到了上述发展。他描述了一种他称之为"非常受话者"的人,其是"全部话语的本构面",并且其自身"绝对恰当的理解是假设的"(1986:126)。

"接受理论"这一术语有时候可以与读者反应论互换使用,尽管它倾向于涉及更多的文本如何被阅读和接收的历史,而不是一些实际观察或与真实读者的相互作用。一般说来,接受理论的起源与汉斯·罗伯特·姚斯有关。他致力于研究汉斯·乔治·伽达默尔的"理解的视野"这一概念,也就是说,文本最真实地被解读为个人如何依据自身的居住地和生存时间、性别、年龄、阶级及种族来认知世界蓝图的一部分。姚斯把研究提升到了一个新高度,他强调阅读是感性的,具有解释性和历史性。而他注重的是最后一项的"历史性"。姚斯想通过这一"历史性"强调一个事实——"当下"的读者水平必须要达到一定程度以重新构建期待视野,在此期待中文本被初步构思。也就是说,这些是该文本原始读者(意指文本刚出现时就一睹为快的那些读者)的期望。这类重新构建包含文化和文学两方面上关乎流派、风格、主题、道德和伦理的期望。然而，他们是通过自身现有的位置来做这一切的，因此任何此类的重建一直被他们自己的期待视野所影响。接受理论设想阅读和语意来源于阅读的积极协商和反对，它被诸如斯图亚特·霍尔这样的理论家运用到了文化研究中，并成为了戏剧和电影研究中的重要理论基础。

在儿童文学领域里，读者反应论有着非常特殊的地位，但它需要一点不同的思考，毕竟，这种理论强调了读者如何作用于文本，我们的目标读者群是儿童或者是一群低龄成年人——他们和成人没有相对稳定的关系，但却处于一种恒定的再造产出状态。他们的能力和文学经验或许非常有限，事实上，他们可能不会通过解码字母、创造单词和语意来进行"阅读"。他们的知识毫无系统性可言，年代顺序杂乱无章，整个一片混乱。非常小的孩子，大人只会给他们看阿尔伯格夫妇的经典绘本《皮布婴儿书》（1981 年）或《桃子、李子和梅子》（1978 年），他们甚至可能还没有足够的词汇量去理解单词，更不用说具备文学知识去认识《桃子、李子和梅子》中的互文参引及《皮布婴儿书》的历史引证。这一点我待会儿再谈。现在重要的是去关注这一事实——低年龄段读者深刻地影响了读者和文本动态。儿童书籍一直就不是一个简单的作者——文本——读者的集合体——这里面包含有另一种存在，一个成人媒介，即成人通过自己声音的语调来阅读文章，赋予文字确切的含义，并通过个人的理解评注解释和篡改书面文字。这些充当媒介的成年人是读者，但同时他们也是"阅读传递者"，也就是说，他们做出了自己的阅读反应并把这一反应传递给了孩子，如同加了一层涂料。

第二点相关的差异在于，一般的阅读或许是一种单独的行为，而儿童阅读却常是集体活动，和别人一起，在一个小范围内，或是在一间更大的教室里。这样至少会影响孩子对文本的认知，一个孩子的反应（欢笑、恐惧）会感染其他孩子，反应是具有传染性的。这就涉及了费希的"解释群体"这一最初构想，即社会文化语境深刻地影响了读者的阅读方式和阅读内容（1980：147—174），反过来这一见解又和哈林戴尔的"共同意识形态"休戚相关，"通过生活在我们自己的时代和地点……反思我们所遭遇的意识囚禁……"（1997：13—15；以下的第五章第五节中可见同类讨论）。

　　要提到的第三点是，儿童文学的目标受众（读者总人数），提供了大量丰富的机会去诊断读者是如何被文本构建的。例如，年轻人（YA）文学把它的读者设定为 20 世纪中期大量产生于某处的少年或青年，普遍认为他们的文学起源于霍尔顿·考尔菲德——这位 J. D. 塞林杰的代表作《麦田里的守望者》里的主人公。青少年读物和青年小说的发展是西方社会青年文化（和商业化）的一部分。这些书籍的识别特征在于它们的主人公运用个人的主观意识去描述事件、关系、认知以及感官和情绪。这些主观意识是青少年意识形态的一部分，这一意识形态通过历史文化被大众所接受，同时它又提出并代表了一种解释群体——这一群体像构建文本那样构建了读者。正值青春的主人公所信奉的观点并不为大众所接受，这些观点不值得信赖也不被看作是"正确的"。关键在于，作为文本构建的一部分，读者是潜在的，文本的解释群体创造了自身的现实；而为了获得文化认同，文本又被特别设计。

　　当我们重新回到《皮布婴儿书》和《桃子、李子和梅子》的例子时，思考罗森布拉特 1969 年的文章《论阅读的事务性理论》将会十分有用。该文章指出"诗歌就是在文本指导下，读者通过与文本相关的经验所经历的东西"（31—51）。这一想法在不同时期被那些在文本中寻找客观"真相"的人高度质疑。威廉·K. 文萨特和门罗·比尔兹利杜撰了"情感谬论"这一术语，把他们的所见描述成一种谬误，即错误地认为某个文本影响读者的方式是该文本语意的一部分（The Verbal Icon，1954）。但是，把文本当作是一项经验的想法是很有裨益的，并且这一想法在很多儿童书籍（尤其是针对低年龄段的儿童书籍）中得到了清楚的演示。比如说，《桃子、李子和梅子》可能代表了一个孩子和他的童谣人物谱中的某些人物的第一次眼或口的接触——诸如大拇指汤姆、哈伯德大妈、三只小熊等人物，而为之阅读的大人可能会停下来用自己认为适合的方式（他们自己的"韵律"）解释所有的这些人物。这样的话，该文本就为这种接触提供了初步的刺激，或者，如果这个孩子早些时候接触过这些人物,该文本就会基于他对这些人物已有的认知而构建起来。但是,该文本的这一经验被"阅读传递者(即孩子选择讲述的方式和内容)"和孩子的奇思妙想所介导。或许这个孩子看见了一个不同的有关这些人物的绘画作品(通过迪士尼),因此不得不弄清楚这个不同。或许他的混乱更多来自眼睛而不是耳朵,又或许该文本最大的影响产生于"传递阅读"行为之后——当这个孩子拿着书,随意地翻着,手指着那些人物,这样"阅读"的时候。

罗森布拉特的《读者、文本、诗歌》(1978 年)这本书谈到了文本可能经历的两种不同的方式——"输出性的"(在此读者只是为获取信息而阅读)和"美学的"(当读者对美学和他们自己的"文本经历"产生反应时)。像诗歌一样,当孩子大声朗读时,儿童书籍尤其具有一种强烈的听觉美感,它们以字音、有趣的发音、谐音和头韵为乐,像阿尔伯格夫妇在《桃子、李子和梅子》里所做的那样。因此,在这些书中,文本的经验或许没有制造许多语意,至少从传统意义上讲没有,但却着重寄托在文字的声音、形状、甚至外形的经验上,即这些你会认为毫无意义的东西上。

要使评论家和研究人员成为儿童文学的读者? 这种观点是哪里来的呢? 至少我们不是公开的目标受众。如果仔细研究"故事"和"论述"两个批评思想,我们可以在这个课题上收获颇丰。故事指的是发生的事情,它产生自对已发事件的阅读(读者的经验),人物的行为,以及邂逅的时间地点。具有讽刺意味的是,尽管"故事"是一本书的基础描述符号——即"它是关于什么的",但它却并没有实际出现在书本每页表面的黑色符号中。例如《野兽乐园》(Sendak,1963)这本书的故事可以概括成一句话:一个小男孩很顽皮,他被送到了他的房间,但他和一些野兽经历了一场奇异的(很可能是虚构的)冒险,当他回来时热腾腾的晚餐还在等着他。但桑达克没有像这样直接"讲述"他的故事,因此"故事"没有充分地描述原文中实实在在发生的事情,也没有描述书中故事的讲述过程,这涉及作者是如何在文字编排(语法)、文字字意(语义)、文字声音和造型(声图学)、叙述的组织、人物和事件的聚焦，以及模式或记录上进行选择的。桑达克在字里行间反常地合并了时间和地点：

> ……然后他夜以继日地奔赴海洋
>
> 然后一周一周过去了
>
> 然后差不多一年过去了……

这会使有经验的读者也感到迷糊，这为什克洛夫斯基(1965 年)阐述诗歌的"粗糙化"语言陌生化提供了例证，但孩子却会自己肆意编排意思。问题在于，我们说这本书"相关"的内容可能没有出现在文本表面。阅读行为是十分神秘的，因为其大部分是隐藏不见的。对于故事和故事讲述以及讲述过程之间的区别，不同的理论家给出了不同的名称，但最常见的就是热拉尔·热奈特(1980 年)，西摩·查特曼(1978 年)，佩里·诺德曼(1992：61—63)和约翰·史蒂芬斯(1992：17—18)使用的"论述"。

评论家和研究人员感兴趣的是论述，而儿童读者感兴趣的是故事。叙事既包括故事(读者从中取得的收获)又包括论述(故事被叙述的方式)。在读者反应论术语中，读者通过他们阅读论述的方式来制作、创造、协调、构建和解释故事。经历主动阅读以及被动阅读的儿童成为了"已知读者"(Johnston，2001)，即指在掌握了阅读过程之前就已经在"阅读"的读者群体。这是因为他们对书本的含义逐渐加深了认识，知道翻阅图书会带来什么，书本是如何讲述故事的，这种"阅读"的经历会有多么丰富和有用。

在眼睛摄入页面符号和之后的语意制造之间有着深厚的内部处理程序。这种处理极度个人化，用私人的时空描绘而成，并在个人意识的影院里终结，尽管如此，它仍是一种独特的文化环境的一部分。我曾经在别处使用第一本《哈利·波特》系列丛书就此做出了评论(Johnston，2001：349；2004：349；2006：418)，现在它仍让我感到吃惊。当这本书被翻拍成电影时，铺天盖地的宣传都是关于作者和导演在艺术上的坚持和对原著的忠诚的：他们宣称，这部电影将会"忠于原著"（详见第六章第二节中查尔斯·巴特勒对这种忠实的讨论）。这部电影呈现了大量迷人的英伦风光、牛津大学的美景和传统、拥有豪华的主创团队和炫目的特效——书中那场奇妙的魁地奇比赛，哈利用嘴抓住金色飞贼赢得了比赛那场，需要 大笔钱才能用电影的方式呈现出来。但是，令人吃惊的是所有这些复杂的资源（视觉和听觉上的）都是把一本书创造成一部影片所必需的，而这本书仅是由白色页面上黑色的符号组成的，读者在他们的意识中创作了它。

阅读行为（即生理的和认知的过程）当书本被合上时可能就结束了。但是，在阅读行为中，读者的这一角色在巴赫金所谓的"艺术创作更新"（1981：259）和读者的私人世界里，可能在合上书后还会持续很长一段时间。对《皮布婴儿书》一书的第一反应或许是"我监视"游戏和透过窥视孔所见事物带来的视觉动感魅力，这会发展成一种寻找偷窥事物并将其切入更大画面的乐趣。而之后的阅读，在增加了服装和历史知识的基础上，会有一种"过去"的感觉，微妙地唤起对"二战"中英国的记忆。当这些阅读传递者最终将这个故事传给他们的孩子时，他们很可能会歪曲自己先前对这本书内容的认知，绕开容易产生的怀旧之情。我在其他地方通过以下方式描述了这一过程：

> 《皮布婴儿书》是一种针对孩子脑内意象扩大化的现象学研究，成人读者在文本之外，在该书文雅的图解下可能会瞥见一个隐藏的关于战争、冒险、悲伤和失去的故事。"四十多岁时的衣服、制服、开垦的菜园、美丽的英国蔚蓝天空里的飞机，合在一起讲述了另一个故事，它们深入到了一家人居住的房子里，展示在了镜子中。"（2003，60—61）

最重要的是，读者反应理论把阅读构建成了一种创造性行为。巴赫金谈到：

作品和作品代表的世界进入了现实中的世界并丰富了它,而现实世界又进入了作品和作品中的世界,成为了作品创作过程和作品之后呈现的生活的一部分,只有依靠听众和读者创造性的认知不断更新作品本身才能实现这一转化。

开展读者反应论的研究

如何开展读者反应论的研究部分依赖于读者们的年龄和被提出疑问的性质。因此如果你要开展此类研究,阅读"拓展阅读"中的推荐书目,去发现对你来说最适合的模式将变得尤其重要。此外,归纳一些那些研究者研究的关键课题也是行之有效的。

- 读者反应论研究探讨了读者阅读虚构文本时经历的深度无意识阅读过程。

- 作为这一研究过程的一部分,研究者可能着眼于文本被解读的社会政治背景,因为他们对读者和文本之间的相互作用和交流兴趣盎然。

- 一些研究者首先关注的是文本激活以上交流的方式,即它们采用的邀约特殊反应(创建读者)的策略(聚焦和视角、构建潜在读者、词汇的选择、凝聚、分隔和浸入等等)。另一些研究者却更多地注重于阅读过程中读者对文本的作为,即他们采用的策略(例如预见、填补空缺、利用人物去验证、抵制叙事性邀约)以及他们带来的阅读历史,所有这些将有助于创建文本。以上两个方面的要素带来了最后的阅读。

- 那些关注读者行为的研究者一般包括在真实读者(很可能覆盖了一个较长的年龄期,比如说3—13岁之间)的观察和访谈中,而不论他们是单独个体还是一定阅读团体的代表。阅读者经常会被要求去描述他们对一个特殊文本各方面的反应,有时候又会被要求广泛思考阅读时所做的事情。该类调查几乎一直都是定性了的,虽然资料数据的收集可能会包含问卷调查。读者的背景一般和这类调查休戚相关，会被描述成调查分析的一部分。

拓展阅读

1. Applebee, A. N., The Child's Concept of Story: Ages Two to Seventeen (Chicago, IL: University of Chicago Press, 1978).

2. Appleyard, J. A., Becoming A Reader: The Experience of Fiction from Childhood to Adulthood (Cambridge, MA: Cambridge University Press, 1991).

3. Barthes, R., Image-Music-Text, trans. Stephen Heath (London: Collins/Fontana, 1977).

4. Bruner, J., Actual Minds, Possible Worlds (Cambridge, MA: Harvard University Press, 1986).

5. Chambers, A., Booktalk (London: The Bodley Head, 1985).

6. Culler, J., The Pursuit of Signs (London: Routledge & Kegan Paul, 1981).

7. Fish, S., Is there a Text in this Class? (Cambridge, MA: Harvard University Press, 1980).

8. Holland, N., The Dynamics of Literary Response (New York: Columbia University Press, 1989).

9. Iser, W., The Implied Reader (Baltimore, Johns Hopkins University Press, 1974).

10. Miall, D. S. and D. Kuiken, 'Beyond Text Theory: Understanding Literary Response', in Discourse Processes, 17 (1994), 337 - 352.

11. Rosenblatt, L., Literature as Exploration (New York: Modern Language Association, 1995 [1938]).

12. Rosenblatt, L., 'The Aesthetic Transaction', Journal of Aesthetic Education 20. 4 (1986), 122 - 128.

问题和练习

本章节的任务是要求你给一位学前儿童读绘本，或是观察一位或多位正在听大人朗读绘本的学前儿童。在观察儿童之前，请先阅读这本绘本，之后进行以下任务：a) 概括故事的主要内容；b) 找出你觉得作为"读者"的儿童最为感兴趣的部分；c) 你觉得哪些内容被证实了很难理解。

1. 选择一本你认为儿童不太熟悉的绘本。观察儿童是否可以同这些绘本产生互动，如果有互动，是如何互动的。第一次听大人读绘本的时候，儿童是否是在安静地听，所有的注意力是否都集中在了解到底发生了什么上？读绘本是否可以促进互动？如果可以，是哪种类型的互动？儿童会问问题吗？如果问问题，问问题的时间和所问问题是关于什么的？这些问题与同页面的其他内容有关系吗？有证据表明儿童一直都在预期或预测接下来将要发生的事情吗？

2. 再读一次。这次你观察到什么变化？第二次读的时候，是否有更多或者更少的互动？

3. 问问儿童所读的故事的是关于什么的。儿童对于故事的理解同你的理解是否有差异？如果存在差异，你是否可以解释儿童是如何以他们自己的方式来理解故事的？孩子阅读故事的能力是否低于故事本身所设定的阅读水平？

4. 如果存在证据，你可以找到什么样的证据来证明儿童将其他故事中所习得的知识（无论是以印刷的形式或是以媒体的形式）用来影响他们对于新文本的理解？如果存在这个问题，他们在阅读时是如何受到影响的？

如果你使用同样的故事，针对年纪稍长的一位或是多位儿童再重复一次上述提到的所有活动，你是否会发现这些儿童会使用不同的技巧来影响他们对文本的理解？同时，你是否感到去探索这种差异是否是由于年纪和经验导致的，或是由诸如性别和生活背景等其他因素引起的是非常值得的？

第四节　比较儿童文学

米尔·奥沙利文

东德和西德在为孩子们构建童年时采用了不同的方式吗？《灰姑娘》的故事是如何随着时间或地点（从东德到西德）变化的？在对西班牙语系国家的家庭和它们的离散社群的刻画上是否有所不同？《哈利. 波特》系列丛书被译成中文时是如何被调整的？越来越多从事儿童文学研究的研究人员在使用比较研究中的方法去回答这些问题和许多别的问题。研究比较儿童文学的一个重要原因就在于，因为儿童文本会涉及文化适应问题，它们所传达的关于"家"、自己和国家等事物的态度十分有说服力。然而，另一种刺激在于，一些最畅销的儿童书籍不仅被译成多国文字还跨越了多种媒介，J. K. 罗琳的《哈利·波特》系列就是其中一个缩影。通过比较研究这一过程能够洞察全球化、商品化、改编和翻译，也能了解阅读材料为新的受众调整后所展现出的文化差异。

"比较文学"是文学研究中的一门独特的学科，它也被用于描述任何一种文化评论家可能会采用的方法。从传统意义上讲，"从事"比较文学研究就是研究一些跨越语言、文化和国家界限的现象，但有时也研究不同时期、流派、文学和其他艺术形式（音乐、舞蹈、视觉艺术、电影等）或不同学科（如文学和心理学、文学和科学、文学和建筑学或文学和其他学科）中的现象。在 20 世纪晚期文学批评所热衷的"文化研究"兴起之前，比较文学学者曾是仅有的把文学经验和其他文化概念整合在一起的评论家和学者，从那以后，诸如性别研究和后殖民主义（详见第五章第五节和第五章第六节）这类的跨学科研究法借鉴了这些跨界的研究方式。对比较文学来说，最特别的是跨文化（通常也是跨国家）的角度，这种角度超越了单一的传统研究方式。

比较文学学者致力于验证不同文学的共同点，以及各种文学的个体特征和特性，这些只有联系其他事物才能得以显现。这常意味着工作中要使用几种语言，尽管现在的比较研究也在涉猎起源于不同国家的同种语言的各种文学，例如比较来自西班牙和墨西哥的西班牙语文本，来自加拿大和南非的英语文本等。比较文学学者不会使用任何单一的方式去进行这种研究，而是依据手里的问题依靠和发展不同的方法。正如这一领域的领军人物苏珊·巴斯内特建议的那样，比较文学应该被"简单地看作是一种文学渐进法，为读者这一角色提供了前景（因此它才能与读者反应理论产生关联），但它一直又关注着写作行为和阅读行为产生的历史背景"（Bassnett，2006：7）。

从它作为印刷文化的一个独立分支开始，儿童文学就超越了语言和文化的界限。并且，如今大多数国家的儿童文学，特别是非英语国家的儿童文学，包含了较大比例的翻译作品，所有这一切使得儿童青少年写作成为比较研究异常丰富的土壤。然而，比较文学这一学科常规上忽略了儿童文学，因为过去儿童文学研究太喜欢假设它的国际语料库已经跨越了文化语言界限。由于普遍对比较现象缺乏意识（特别是在英语背景下），许多人认为在以英语为母语的国家里儿童文学通常就等同于英语儿童文学。比较儿童文学旨在运用比较文学的角度和概念去研究儿童文学，从而匡正这些不足。在《比较儿童文学》（2005 年）一书中，我提出这一领域被分为 9 个组成区域，从以下的总结中就能体会到它的本质以及它和儿童文学的相互作用：

1. 儿童文学的一般理论；

2. 接触和转移研究（这方面着重于不同文学间的文化交流形式，比如翻译、接受和多边影响）；

3. 比较诗学（涉及研究对比儿童文学在不同文化中的美学形式的发展，关注叙事方式、文学手法和主题、对话要素（如互文性和元虚构性质）或美学范畴（如幽默））；

4. 影像研究（这谈到了自我形象和其他文化族群，两者在既定语言文学中的形象表征）；

5. 比较流派研究；

6. 互文性；

7. 媒介间性（也叫修正，主要研究儿童文学和各种媒介之间的动态联系，包括如何跨越媒介界限去重塑和调换印刷文本中的原始故事和人物）；

8. 儿童文学的比较史学（这分析了文学历史编写的不同方式）；

9. 儿童文学研究的比较史（这方面主要关注儿童文学研究本身，以及它的聚焦点是如何因其切入点和所受影响而发生改变的，而在不同文化中创建这一学科的方式将影响并作用于它本身）。

这一原理概述没有自行解答诸如"为什么比较文学是重要的？"和"它是如何扩大儿童文学研究领域的？"等问题。下面两个简短的例子展示了各种令人激动的见解，而这些见解只有通过阅读不同种类的文学来获得。

露西·莫德·蒙哥玛丽的《绿山墙的安妮》（1908年），这部加拿大的标杆之作几乎被翻译成了欧洲各国和很多非欧洲国家语言，但直到20世纪80年代中期它的电影版书籍出现后原书才被翻译成德文。德国儿童文学一般来说都是"友好地翻译"并大量地接受了加拿大文学，但怎么会发生这种事呢？在她的德国和加拿大文学联系（其连接了映像研究和翻译两个领域）的比较研究中，玛蒂娜·赛福特验证了这一事实，即加拿大在德国文化中抛弃男性的主导映像影响了其选择性翻译作品的方式,致使关注女性社会安排和小镇背景设定的《绿山墙的安妮》"简直没能代表当时德国出版商搜寻的进口加拿大文学"(2005:235)。这个例子说明了国家映像的构建是如何充当一个过滤器,去阻止国际畅销书籍被一个目标文化(意指新近正在引入一种文本的文化)所采纳的。

第二个例子由一篇关于布朗霍夫的《小象巴贝尔的故事》(1931年用法文出版)的文章提供。在这篇文章中,亚当·哥普尼德指出所有儿童类书籍的主题都是无序和有序的(通常开头和结尾是有序的,而无序却点明了主题),伴随着重大的文化差异。为了举例说明这一观点,他简要地把《小象巴贝尔的故事》和已出版的英语儿童文本如《欢乐满人间》、《柳林风声》等,及一些美国传统儿童文学作品,包括《精灵鼠小弟》和《间谍哈瑞特》列在一起,详细叙述了这些文本中不同的顺序设置是如何反映了相应的各个国家的历史的。对比起来,整齐有序的《巴黎的巴贝尔》系列丛书中自然界颇具危险的杂乱无章会被不惜一切代价地牵制住,反映了"一个充满暴力史的动荡国家的和平追求";同时,美国叙事(其中的每样事物都在开发儿童的能力,使他们在纽约这个混乱的城市去创造一个属于他们自己的微观世界)中有序和无序之间的摇摆又同"一个充满利己主义和偶发暴力的国家具有一种强烈的家庭隔离及简易规则的民族特质"这一想法息息相关(2008:49)。哥普尼德的缩略草图显示了在共同的历史背景下,研究单一文学文本,对不同的传统作品进行比较,是如何令人振奋地获取一些不太明显的要素的。

以下是一个微型案例研究,它对在前面提及的一个研究领域(接触和转移研究)内如何进行比较批评探寻作了一个简短的描述。此处用艾伦·亚历山大·米恩的《小熊维尼》以及该书国际性的有效接受作为例证。有效的接受是指任何形式下对一个在其他文本显现的文学文本的主动参与性工作,它包括改编、改写、效仿、倒置、评论以及其他互文形式。

案例研究：有关《小熊维尼》的国际接受

　　艾伦·亚历山大·米恩的《小熊维尼》是世界上最持久的儿童畅销书之一，它一开始就受到了英语国家成人和儿童的一致欢迎，后来在美国的青少年中又享有崇高的地位。《小熊维尼》包含了一位父亲给儿子讲述的一系列故事，最有特色的是一群生活在田园牧歌式环境里的、拟人化玩具动物的每日搞笑大冒险，它们的头儿是一名叫作克里斯托夫·罗宾的男孩。该书展示了各种各样吸引各个年龄阶段读者的特色，最小的倾听者喜欢吃喝、探险和访友等主要日常活动构成的幽默故事，他们很享受维尼的歌声和诗歌。独立的读者可能欣赏维尼温和的讽刺，尽管"黄金时代"和童年主题的失落园混合在一起，给成人营造了一种强烈的怀旧诉求。《小熊维尼》被翻译成了多种语言，催生了多部文学评论的讽刺诗集（最著名的当属弗雷德里克·克鲁斯的《小熊维尼的困扰》，1963 年），还在苏联和美国被制作成了动画电影。正如评论家安·斯维特在她给米恩写的自传中评论的那样，"放眼全世界，A. A. 米恩的儿童读物受到了父母和孩子们的一致喜爱，许多还没为人父母的成年人也喜爱并拥有它们"（1991：486）。

　　如果我们试着从比较的观点去拆分这一叙述，我们应该从"放眼全世界（all over the world）"这个短语开始。由于我们可以很有把握地设想到米恩的儿童读物不是每个地方的读者都在阅读原版的，我们必须询问它们是否真的被译成了多种语言。《小熊维尼》一书是米恩作品中被翻译次数最多的，它被译成了大约 30 种语言。这一数字虽然惊人，但还没有覆盖"全世界"：《圣经》被译成了大约 2500 种语言，而《哈利·波特》被译成了大约 70 种语言。接下来的问题是："《小熊维尼》被翻译成了哪些语言？"或"我们怎样才能找出这个问题的答案？"

　　针对翻译儿童文学的参考书目非常少（详见本章节末尾"资源"部分），关于米恩作品的更是一本都没有，因此没有找到这一答案的快速通道。人们了解该问题的首选方式通常是互联网浏览器,2008 年 9 月"《小熊维尼》翻译"这一关键词在谷歌上注册了约 294000 个点击页面,但不是所有的都很有用。想要找到有关此类翻译的可靠细节的学者会去查找该学科的理论书籍和文章,会在工作中引入整理信息及跟进参考文献的"雪球(snowball)"系统。各种国立图书馆的在线书目(详见"资源"部分)是检验这类翻译是否存在的地方,也可以在这里找到翻译版本的数量,因为这样可以快速地了解它们的(商业)成就。这些检索必须使用作者的姓名而不是书名,因为翻译后的书名(如 Pu der Bär,Vinni-Pukh,Kubuä Puchatek 等)会跟英文原名有所不同。进一步将在此类目录中搜集到的这些译作的真实信息是翻译的具体日期和该书不止一次被翻译成的语言,这一信息是出发去研究比较学家所探索的更深层次的问题的第一站。下面让我们来思考一下这些更深层次的问题。

首先,为什么《小熊维尼》被翻译成了一些特定语言而不是别的什么语言?翻译经过挑选的文本这一事实是否暗指一种介于目标文化和源文化之间的亲密关系,比如说,在童年时期的主导映像相似性方面或儿童文学发展状况方面有无这种关系?各种有关儿童文学教育、政治或美学作用的想法是怎样影响文本的挑选的?例如,在东欧国家,直到 20 世纪后半叶幻想主义才没有为社会主义的现实主义让路。这就意味着一些经典儿童文本的宣传、翻译和修订将会催生一个有益的细节性研究主题。

第二批问题可以设定在《小熊维尼》的名字或标题是如何被翻译的范畴周围。哪些操作形式可以被观察到——即哪些被剔除了,哪些被增加了,哪些被更改了?这类翻译作品支持以下观点吗:其在国际儿童文学市场上的成功经常依赖译者削弱故事"外来化"的创作能力?这一创作改编通常由翻译姓名(如克里斯托夫·罗宾、维尼、猫头鹰等)开始,要把名字译成目标同等物,甚至也可以给动物角色进行有趣的性别转换。在德语中"猫头鹰"这一名词是阴性的,因此原著中易怒的老绅士变成了德文版中名义上的女性"die Eule"。此外它也能影响设置场景、地名、动植物、食品饮料(德文版《爱丽丝漫游仙境》里的疯帽匠喝的是咖啡而不是茶)和任何别的文化引用。这些翻译是否保留了维尼典型的英式绅士活动(用于搞笑):诸如打猎、喝茶之类? 这些译作是如何被"归化"的? "异化翻译"保留了特定的引用参考,它伴随着日益增强的全球化和英国化而不断增长了吗?

下面探讨的问题关于这一方面:把该书传播到目标国家的重要性在于米恩的小说也是写给成人的。这是不是正如佐哈·莎维(一位广泛探讨儿童文学和儿童时期的文化研究者)在《儿童文学诗学》(1986 年)一书中主张的那样,是对权威地位的一种保障? 这些翻译是否成功地传达了这一文本的多种说辞? 比如说,1928 年的第一个德文版译作剔除了特意为成人设置的元素,成了一个只有儿童才喜爱的版本,那个时候德国的儿童文学是不能接受也不期望成人元素的。1987 年之后,即儿童文学在德国的文化声望普遍被提高后,《小熊维尼》的非常成功的新版本才得以出现,而且也保留了面向成人读者的元素。

第四批问题围绕着译者展开。这本书是由谁翻译的? 一些维尼的译者就像米恩一样(他是先作为大众或成人领域的作者而获得名气的),是作为成人文学作者而蜚声文坛的,其中包括匈牙利的卡林西。的确,很多匈牙利人宣称卡林西的译本比米恩的原著还好。

接着是外在形象的问题。首当其冲的应该是:这些译作有插画吗? 像原著那样,由 E. H. 谢帕德画了这些玩具们的铅笔插画,增加了米恩作品的感染力? 假定这一已完成的文本(这就和迪士尼动画电影的商业配套丛书形成对比)的大多数翻译版本都包含谢帕德的插画,那这些插画就会和该书的文字一起受到同等的推崇,但过去一些(美国和东欧的)插画家生产了他们自己的版本。电影或动画版本对该书随后出现的文字版本的插画创作的影响,或许也值得研究者对其进行有益的思考。

第六,我们探讨米恩小说的有效接受以何种形式存在,换言之,它激发出一个动态的反映在互文性实践(诸如模仿、引用或戏仿等)中的交换过程了吗? 1984 年克里斯托弗·海因在民主德国(东德)发表了一部小说《炉下的野马》，它在形式上、结构上和主题上都和《小熊维尼》非常相似。海因不是简简单单地呼应米恩的文本就了事，而是在结构上颠倒了小说中叙述者和受叙者两者的角色——由男孩给大人讲故事。因而就重新调整了儿童和成人的关系，强调了海因尊重儿童的主张。这种微妙复杂的文本互涉——海因的小说中没有引用关于米恩或维尼的典故，给比较学家提出了很多重要的新问题。比如，《小熊维尼》在东德广为人知，人们争相阅读吗？海因的读者（儿童或成人）能够辨认出其作品中有关米恩的典故吗？写作期间儿童文学的地位和作用（或对幻想主义的可接受性）在每种文化中有何不同？创作和接受的不良后果是什么？

最后，跟《小熊维尼》的比较研究特别相关的领域会关注这本小说是如何被改编成其他媒介的。20世纪60年代晚期和70年代早期，苏联动画师、导演费尔多·希特鲁克制作了一个著名的（但在国际上不是很有名）动画短片三部曲系列。这个三部曲系列和迪士尼的三部短片（《蜂蜜树》、《暴风天》、《跳跳虎》）同期制作完成，但显而易见迪士尼导演乌利·雷瑟曼把苏联版的维尼看作是优胜者（详见《莫里茨》，1999）。迪士尼的维尼动画长片随后诞生了（1997年），并且现在《小熊维尼》（Winnie the Pooh，迪士尼去掉了原名 Winnie-the-Pooh 中的连字符）已经成为了迪士尼在全球范围内最成功的专营影片之一。它孵化了一个庞大的涉足电视节目、书籍、玩具、服装及其他商品的衍生产业，同时也给迪士尼乐园创造了巨大的吸引力。迪士尼的这一版本如今已成为维尼熊的国际形象，我们还可以用它来代表儿童文学的变化现状，即由少量立足于全球大众市场的大型传媒集团主导着。如今多媒体和儿童文学的大众文化层面给比较儿童文学提出了新的挑战。

比较儿童文学资源

本书的第二章中包含了使用收藏资料和档案的基本信息，但这里有一些资源对当下进行的比较研究特别有用。在个别国家，收集有关儿童文学的信息最好从《儿童文学国家伙伴百科全书》(Hunt，2004)和《儿童文学牛津百科全书》(Zipes，2006)开始入手。涉及儿童文学在不同国家和语言之间转移的综合性文件十分稀缺，现存的有大量关于翻译儿童文学的历史文献，这些儿童文学被译成了瑞典语和德语，还有一些特殊文献涉及一些不同的翻译领域(如俄文、芬兰语儿童文学)，但没有相关的被译成英文的儿童文学的书目。1932 年联合国教科文组织开始出版一本国际年度书目《翻译索引》，意在涵盖所有发行的译作。虽然从 1979 年开始它以一种线上数据库①的形式提供了一些有意思的统计资料，但这个数据库存在重大缺陷，逐渐破坏了它作为研究工具的可信度。

使用第二章中所讲的线上资源，能够远程初检翻译、编辑等相关信息。《公共图书馆服务发展指南(IFLA)》提供了一份记载了所有国立图书馆地址的清单及相关网站链接。同时覆盖了一些译作的两个主要的英语图书馆是大英图书馆②和美国国会图书馆③。

世界上最大的国际儿童文学图书馆是慕尼黑的国际青年图书馆，它藏有 50 万册包含 130 多种语言的儿童书籍，3 万册国际性二次参考文献，另加 300 种专业期刊，它给研究人员提供了 3 个月的奖学金。其他重要的藏馆是普林斯顿大学图书馆(新泽西州)的科特森儿童图书馆④和日本大阪的国际儿童文学研究所⑤，前者包含 30 多种语言的主要馆藏研究资源，涵盖了15 世纪至今的儿童绘本、手稿、工艺品和益智玩具等，而后者收藏的国际级研究材料给儿童文学的跨文化和比较学研究提供了支持。

比较文学是读者将来自不同传统的文本放在一起研究时，得出的令人兴奋的个中关联。它探讨翻译作品如何把新的思想、新的流派和形式介绍

---

① www. unesco. org/culture/xtrans

② http://catalogue. bl. uk/

③ http://www. loc. gov/index. html

④ http://www. princeton. edu/cotsen/

⑤ http://www. iiclo. or. jp/f_english/index. html

给本土文学，并验证这些本土文学是如何使得译作适合自己本国儿童阅读的。同时，它显示了百变莫测的文学交流令人赏心悦目的一面，例如，一位共产主义东德的作者选择并创造性地改变了一本像《小熊维尼》那样的标准的英式资产阶级儿童经典小说的形式，而这离它的初版已过了近60年。

拓展阅读

1. Bassnett, S., Comparative Literature: A Critical Introduction (Oxford: Blackwell, 1993).
2. Coillie, J. van and W. P. Verschueren (eds), Children's Literature in Translation: Challenges and Strategies (Manchester: St Jerome Press, 2006).
3. Lathey, G. (ed.), The Translation of Children's Literature: A Reader (Clevendon: Multilingual Matters, 2006).
4. The Role of Translators in Children's Literature (London and New York: Routledge, 2010).

问题和练习

这些练习和问题基于 C. S. 刘易斯的故事《狮子、女巫与魔衣橱》（1950 年）。他们并不认为你除英文之外，还会说别的语言，但是，如果你会说另一种语言，你就可以对语言加以修饰，这样，你就可以考虑语言之间的差异。

1. 刘易斯的文本被翻译成了以下哪些语言？什么时候被翻译的？（法语、西班牙语、意大利语、德语、日语、印度语、南非荷兰语、乌尔都语、葡萄牙语。）

2. 如果你找到了西班牙语的版本，这本书在哪些说西班牙语的国家出版？什么时候出版的？寻找关于弗朗哥政权时期的审查制度的文章，这或许有助于解释为什么你所找到的书籍的出版时间存在巨大的差异。

3. 吉尔莫·德尔托罗 2006 年拍摄的电影《潘神的迷宫》，大量地使用了《狮子、女巫与魔衣橱》中的元素，将其作为互文本。比较对杜穆纳斯先生的描述，一位像罗马神话中的农牧神的生物，在德尔托罗的电影中和奥菲利亚"成为了朋友"。如果你还没有看过这部电影，网上可以找到很多关于电影情节的概述，这些概述可以让你对这部电影有一个初步的了解。

4. 通过使用上文中提到的网上搜索工具寻找被翻译成西班牙语的路易斯小说的封面图片。你发现英语版本与为西班牙语读者创作的西班牙语版本有什么差异？这些差异向你阐释了出版商是如何迎合西班牙语读者的？

第五节　性别

罗斯玛丽·罗斯·约翰斯顿

或许是因为其目标读者群还很年轻，还未完全形成，尤其是在相关的性别和性等领域，所以性别成为 20 世纪 60 年代第二波女权运动早期的作家和评论家关注的领域。由于对性别角色的兴趣超过了对女性平等权利和机会的兴趣，儿童文学创作者和研究人员开始去探索一系列男子气概和可选性别的表现，以及在当权者作用下压迫和边缘化影响个人和团体性别的方式。很多早期的儿童书籍至今仍广为传阅，甚至被奉为"经典"。这使得青少年写作成为一个文学范畴，一个旧式思考的知识库或一个锻造新思想的熔炉——尤其是在性别的表征方面。从前面第三节中的读者反应论可知，新的或个人的背景及阅读历史也经常影响阅读文本的方式。因此，成年后质疑性和性别的权力社会关系的年轻人，可能会抵制他们阅读的文本中关于性别差异的传统设想。

把单个儿童文本和出版物的长久性作为一个活动领域意味着儿童文学给比较案例研究提供了大量的机会（因此，有必要把本节和本章第三、第四节结合起来阅读），而同时介于性别、心理发展和权力关系之间的联系又把下面的讨论和本章第六节（多元文化论和后殖民主义）、第七节（心理学方法）连接在一起。罗斯玛丽·罗斯·约翰斯顿在概述儿童文学对文化领域中传播的两性关系的反应时，为性别相关的研究提供了若干建议，并指出了可行的研究范围。

　　小男孩是由什么做的？

　　小男孩是由什么做的？

　　青蛙和蜗牛和小狗的尾巴，

小男孩是那些做的。

小女孩是由什么做的？
小女孩是由什么做的？
糖、香料和其他一切美好的事物，
小女孩是那些做的。

小伙子是什么做的？
小伙子是什么做的？
叹气，抛媚眼，鳄鱼的眼泪，
小伙子是那些做的。

姑娘是什么做的？
姑娘是什么做的？
缎带和蕾丝，甜美漂亮的脸，
姑娘是那些做的。

（摘自沃尔特·克莱因的《婴儿的歌剧》c. 1877，可能源于罗伯特·骚塞 1819）

　　这首广为传诵的诗歌提出了一个性与性别合并的例子。阿玛蒂亚·森指出没有一个描述符号能够充分地描述出人类的复杂程度，我们都拥有多重身份和多种承诺，性别只是其中之一，人类不应该被任何一个识别特征构建或约束，这一特征可以是性别、种族遗留、文化、职业、阶级、外观、兴趣或家庭关系。但是，性别是一种生物学上的分类，归结于物理特征。如果世上存在一种基本的分类器，那很可能就是性别了。它有可能激发了谈论我们的第一句话——"这是个男孩"或"这是个女孩"！

　　这些话指的是生物类特征，但它们又极大地影响了人们的社会身份和之后对性别及性别角色的刻板印象——这一刻板印象还重重地承载了与行为、兴趣、态度、外观和品质等各方面相关的社会期望。J. L. 奥斯丁在他的言语行为理论中验证了言语和行为之间的整体关系：在行事语句中词语导致了构成现实的行为的产生，就像这句话中所宣告的那样——"我命名这艘船为无敌号"。朱迪斯·巴特勒（1990 年）延伸了这一观点，她认为性别和性别期望被文化编码，通过婴儿出生时所说的那些言语构成了语意。因此"这是个女孩"这一表述开启了"女孩化"的过程。法国哲学家雅克·德里达注明言语行为的本质就在于重复和迭代，重复描述我们的词语成就了我们自身。德里达把这个叫作翻倍引用。巴特勒表明，女孩化或男孩化的过程自人们出生时起就由那些社会化的粉色蓝色想法（即粉色代表女孩，蓝色代表男孩——译者注）、正确和错误的行为、职业期望、价值观、亲属关系和朋友关系、性别角色扮演等方面编码而成。

　　儿童文学中的性别这一问题是很复杂的。儿童书籍像所有文本一样，被有意识或无意识地，含蓄或明确地进行了文化编码。在《意识形态和孩子们的书》一书中，彼得·哈林戴尔定义了意识形态的三种类型："目标表面的意识形态"，即作者明确的社会、政治或道德信仰；"消极的意识形态"，指未经检验的广泛分享的观点和价值观；以及"共同的意识形态"，即"我们只有通过我们自身生活的时间和地点才能经历的意识束缚"。哈林戴尔进一步阐明了由第三种意识形态范畴得出的推论——"任何一本书，它的大部分不是作者写的而是作者赖以生存的这个世界书写的"（1988：13—15）。

　　和生活中的很多领域一样，围绕性别的文化符码可能已经根深蒂固、无处不在，以至于拥有这种符码的人根本没有意识到它们的存在。比如说，汇聚在一起缔造了大英帝国的历史性力量——地理大发现时代、海上强国、导航进步、工业革命、稳定的英国君主制等，也创造了一种帝国心态。尽管从 21 世纪的角度来看它伤人感情，但在当时看来这种心态是毫无争议理所应当的，没人注意到它。因此，对很多代的读者来说，当鲁滨逊·克鲁索（1719年）给仆人星期五命名，教他"叫我主人"，让他知道"那是我的名字"（第 14

章)时,这一切似乎都很正常。

对待种族和性别的态度往往具有相似性,可以激发相似的情感。把白种男性看作是帝国主人的父权制度广义上也认为殖民地的男性一定比女性聪明。直到1928年英国才出现平等的男女参政权(可能更有意义的是,殖民地国家更早取得了这项平等权利。新西兰和澳大利亚的妇女分别在1893年和1902年获得了选举权)。在西方文化中,男性和女性被不同的社会和性别期望编码,然而正如开篇的儿歌所展示的那样,当长大的小男孩们被打上烙印,致力于聪明的掩饰和假装("鳄鱼的眼泪")及"抛媚眼"时,女性的发展轨迹仅局限于从"风味俱佳"到"缎带蕾丝甜美面容",也就是说,成了媚眼的被动接受者。

20世纪见证了女权主义的崛起,快捷通信的出现和信息技术的发展,文化等级分层的挑战以及日益增长的对种族和性别上的"他物"的刻意包容性认知。这些新事物一同导致了社会和文学的剧变,这不仅为审视当下产出的文本提供了新的标准和议程,而且也使人们开始严苛地重新审视过去的文本。女权主义者和有关女性研究的学科在设置这些新议程以及促进重新审视过去的表现两方面发挥了关键作用。因此,许多调查一开始就特别看重女性化的表现或这方面的缺失,注重女性声音的缺失而非呈现,以及人际关系和人生中选择性别角色的集中代理。阅读伦纳德·马库斯《金色童书》(创刊于1942年)现今的这些文字将会十分有意思:

20世纪70年代女权主义评论家第一次呼吁关注故事和插画中过时的性别刻板印象……在未来10年内,评论……将迫使《金色童书》重新审视长期以来被视为列表典范的其他书目。(2007:196)

马库斯描述了理查德·斯凯瑞在1980年再版他的《最好的单词书》时,是如何不得不改变封面重新设计的。新封面上有一只小兔子待在男人的西服上,"兔子妈妈"在厨房,穿着蓝裙子的猫小姐开着她的小汽车(由此表明了一种独立并混淆了蓝色和男性之间的色彩关联），还有一位妇女（而不是一个稻草人）在田里给农夫帮忙。

儿童文学中性别的相关研究方法

在分析评论文本时，"性别"这一术语可能指的是文本之外的性别设想，作者的性别或是性别的表现和文本中性别关系的构建，尤其得力于文本创作时使用的语言。儿童书籍有时带有一种强烈的自发性社会责任感，读者从中接触到了世界的多样版本，了解了男男女女在这世上生活、工作、表演以及互相作用的方式。一般来说，儿童书籍都很看重家庭和家族，常常包含着炫目的视觉元素，因此它们为一些领域的研究提供了极其丰富的原材料。而这些研究不仅涉及儿童书籍的实际叙事，还包括它们的背景环境呈现。此外，因为它们经历了一种文化认可的形式，甚至有可能是一种审查制度，涵盖了从出版到购买的所有环节，所以儿童书籍很像是一面面文化镜子，反射出能被普遍接受的男男女女的社会地位。

我们必须提防简单的笼统概括。儿童书籍以及各类童话书籍中一个共同的主题就是一个来自非传统家庭环境的孩子：灰姑娘和白雪公主都有后妈；彼得兔在单亲家庭中长大；绿山墙的安妮是一位老姑娘"收养"的养女；长袜子皮皮和动物住在一起，常年不在身边的父亲偶尔会来看一看；哈利·波特是个孤儿；肯尼斯·格雷厄姆《柳林风声》中呈现的世界主要由一群单身汉组成——如果传统所传达的信息表明家务是女性的部分角色，那么值得注意的是，在本书，河岸上几乎全是男性的世界里，人物的时间大多花在了家长里短上。

研究儿童文学中的性别问题有很多种方法，对此感兴趣的研究者应该从第一种方法入手，正确地分辨出什么是他们想要研究的，以及何种理论对他们的研究最有帮助。举个例子，对性别的研究可以建立在分辨书籍的目标读者这一基础上，也就是基于分辨专门为男孩和专门为女孩设计的图书。目标读者通常可由封面和内文本清晰地得出，但重要的是思考它是如何得出的，那些文化符号究竟有什么含义。初步要解决的问题可能涉及以下几个方面：

- 对色彩的选择性使用说明了什么？
- 书中包括了什么面孔？指出了什么样的情感？哪一类的行动或冒险正在进行？
- 依靠了何种背景？
- 从诸如谁进行了大力宣传、书本材料的质量和装订等外文本因素那里能学到什么？

针对低年龄段儿童的书籍往往设定了一些综合性别的儿童角色：我们常常可以把一个孩子看成是男孩或女孩，甚至一种动物，这就使得性别模糊不清，只有通过服饰、外形或指代词才能辨别。

传统的"男孩丛书"、"女孩丛书"在20世纪声誉扫地，如今却焕发出了新的生命力，出现了诸如《男孩冒险丛书》（康恩·伊古尔登和哈尔·伊古尔登著，2007年）和《女孩冒险丛书》（安德列·J.布坎南和米里亚姆·佩索科维茨著，2007年）等引人入胜的丛书系列。我们既要推测刻意性别化的书籍重获新生的原因，还可以思考21世纪女孩被贴上"冒险的"标签和男孩被贴上"危险的"标签，这究竟是什么意思。同样值得考虑和研究的是《女孩的古董瓢虫书》（2007年）背后的思想和读者对它的反应。这本书是5本早期瓢虫书的翻版：即《针织瓢虫书》、《护士》、《在大型商店》、《看地图》、《和妈妈购物》。再次复制一种怀旧的元素，我们可以感觉到讽刺和戏仿的意味。如今的小女孩们仍是由这些东西做成的吗？抑或这是婴儿潮时期出生的那代人对往事的追忆？要认识到性别角色跨文化带来的冲击，就需要一定程度的距离和时空，这样一来这些书就不会像以前那样被解读。但是，把女孩对上述书籍的兴趣拿来和年轻女性青睐的当代电影（如来源于电视剧《欲望都市》的"女性电影"之类）作比较，就为研究者提供了素材。例如，除开于性道德方面明显的巨大改变，我们可以发现，这跟我们在男女孩丛书中看到的初始世界（或瓢虫生活方式）及其中如何表现男女性以迎合当今儿童读物出版的方式——两者之间所希望达成的目标并没有什么不同。

在拥有性别化目标市场的书籍中,有着明显刻意的"性别化"利益烙印,因此下面要探究的问题就是这些利益是什么以及它们是如何被取得的。这一性别化可能涉及流派(冒险或言情类)、讲述的叙事技巧("讲述的过程……是如何在文本层面上讲述故事的",约翰斯顿 2006:426)以及真实的剧情。这种讲述创造焦点的方式将会对故事的叙述和接受产生重大的影响,那些有关主人公身份(如青少年、男学生、女学生等)、其他人物、场景、行为活动、主题和人际关系(发现宝藏或王子或如意郎君,又或者在《欲望都市》中的大人物 Mr. Big)的元素也是一样的。更深层次的问题涉及何种社会市场因素告诉出版商《女孩冒险丛书》或一大堆旧式瓢虫书籍的翻版书会大卖。像皮埃尔·布迪厄、迈克·费瑟斯通、西蒙·德瑞、特奥多·阿多诺、米歇尔·福柯、让·鲍德里亚这样的社会学家和文化研究理论家(所有这些人都致力于同文化力和文化产品消费相关的问题),他们的研究在这里可能会有所帮助。

女权主义运动及之后

当然,对性别和性别理论的兴趣来自女权运动的兴起和发展,而这一运动可能是 20 世纪最具意义的社会运动。依靠后现代主义社会文学传统的剧变,这一兴趣在 20 世纪晚期得到了快速的增长,也出现了有关女权运动整合、分离的利益、议程和哲学理论,所以今天的女权运动才百花齐放而不是"一枝独秀"。这一发展承认了不同的环境中不同的女性经历。但首先,西方世界的女权运动具有广泛的基础,且比想象中更依赖于历史。"女权主义"一词的产生传统上讲归结于 1830 年左右的查尔斯·傅里叶,但最早应追溯到奥兰普·德古热 1791 年出版的《权利法案》和玛丽·沃斯通克拉夫特 1792 年出版的《妇女的权利辩护》。20 世纪 60 年代一波新的女权主义作家和妇女解放家崭露头角,他们特别关注父权文化这一工具是如何控制社会和政治的。而且,当时还存在着大量丰富的"女权主义"作品(包括西蒙娜·德·波伏娃、杰曼·格里尔、凯特·米勒特、贝蒂·弗里丹、伊莱恩·肖瓦尔特、朱莉娅·克里斯蒂娃、卢斯·伊拉葛莉、陶丽·莫伊和朱迪斯·巴特勒等等的作品,不　而足),这会促使研究转向女性的角度。最好的开始着手研究的地方是颇负盛名的编辑的系列丛书,其中一部分书目在本章节的拓展阅读中有所推荐。由于这些想法得到了"第三波"女权主义者(他们尤其警惕女性间的差异)的延伸和挑战,今天的女权主义研究需要熟悉女权运动持续发展变化和扩大其运动范围的方式。

女权主义者一再证明,由于性别和身份权利的亲密关系,女权主义成为了一个高度的政治问题,如果因为性别而被抹去了身份,那就意味着权利的丧失。性别同样涉及性别角色的表现和构建。酷儿理论宣称"文学的集中和性形式的人类状况传统上被看作是不正常的或违法的"(Lodge,2006:7)。这是某些预期的行为和利益跟制造紧张气氛的、害怕违法的保守想法之间的碰撞。例如,我们可以从茹玛·高登《青梅的夏天》一书里威廉叔叔对威尔茅斯(小老鼠)的反应中看出这一点,这个只有 5 岁的小男孩用他的生日红包买了一只缎里的白皮毛暖手筒:

> "你买的是什么,孩子? 板球拍还是小火车?"
>
> "一只暖手筒。"威尔茅斯回答。
>
> "戈登的鬼哟!"威廉叔叔惊叹。我们从没发现鬼是谁,但威尔茅斯经常让威廉叔叔说这些"戈登的鬼哟!""他们之中唯一的男孩不像个男孩!"(第2章)

如今很多儿童书籍都在刻意逾越传统的性别角色和一些陈规,颠覆一些像"男性"和"女性"、"男孩"和"女孩"这样的术语。早期流行的做法是重新编排童话故事,把王子描述成一个"懦弱无能的人",而女主人公却力挽狂澜。早期的这类改编童话有《纸袋公主》(Munsch and Marchenko、1980)、

《机灵公主》(Cole，1986)、《灰王子》(Cole，1987)、《刁蛮公主》(Waddell and Benson，1986)、《青蛙王子续集》(Scieska and Johnson，1991)、《臭奶酪人和其他相当愚蠢的故事》(Scieska and Smith，1992)以及《敬启金发女孩》(Ada and Tryon，1998)。这些幽默的故事中有一些是基于角色调换的，但需要注明的是，很有意义的不是男性和女性角色之间的调换，而是对选择而非限制的倡导。好比在《朱家故事》的结尾，妈妈经过自由选择主张了她的自主空间。更微妙的例子来自茱莉亚·唐纳森的《罗西的帽子》(2005 年)，它讲述了这样一个寻常的故事：一顶帽子被风吹走若干年后，最终被长大当了消防员的罗西找到了。

外形、动作、潜力和能力、愿景、同性关系、异性关系、人际关系、语言、道德价值观——所有这些都能够输送和传递性别化信息。仔细考虑下代词的使用，透视的结构框架以及其他观点。现在网上有很多研究在关注一些性别表征的度量衡，这些性别表征有些出现在标题上，有些出现在获奖书籍中，还有些出现在一定时期的书籍中，这些书大部分都认定妇女和女孩仍旧在积极等待冒险的来临。我们能从中得出什么样的结论？一个评论类文本探索儿童书籍中的性别问题的特例来自罗伯塔·西林吉尔·特里特斯的《唤醒睡美人：儿童小说中的女权主义声音》(1997 年)。该书研究了一系列知名儿童文学作家(包括辛西娅·沃伊特、维吉尼亚·汉密尔顿、帕特丽霞·马克拉克伦、路易莎·梅·阿尔克特和 E. L. 尼斯堡)作品中的女权主义元素，也论证了"女权主义"在儿童文学中的意义被长期扩大，跨越了女孩子和妇女们的经历，涵盖了一系列边缘化问题。这又一次说明了性别的运作超出了它和生物性别之间的关联。

原创性地研究性别和儿童文学之间的关系，并获得丰富的成果还是有很多机会的。无论是在现实社会中还是在故事叙述中，传统的性别角色都处于不稳定的自查状态。年轻人遭遇了很多男性化和女性化的冲击模式，这些文化纷争也正在儿童书籍中终结(在某些方面又通过流传下来的经典文本得以保存)。那么，儿童文学就可以延续传统，提出抵制性观点，提供

"一个相反策略的新起点"(Foucault，1981：101)。

拓展阅读

1. Belsey，C. and J. Moore（eds），The Feminist Reader：Essays in Gender and the Politics of Literary Theory（Oxford：Blackwell，1997）.

2. Freedman，E.（ed），The Essential Feminist Reader（New York：Modern Library Classics，2007）.

3. Gills，S.，G. Howie and R. Munford（eds），Third Wave Feminism：A Critical Exploration（Basingstoke：Palgrave Macmillan，2007）.

4. Irigaray，L.，Ethics of Sexual Difference，trans. C. Burke and J. Gill（Ithaca：Cornell University Press，1993）.

5. Rivkin，J. and M. Ryan（eds），Literary Theory：An Anthology（Oxford and Malden，MA：Blackwell，1998）.

6. Stephens，J.（ed），Ways of Being Male：Representing Masculinities in Children's Literature and Film（New York：Routledge，2002）.

7. Walter，N.，Living Dolls：The Return of Sexism（London：Virago，2010）.

问题和练习

　　路易莎·梅·阿尔克特所写的《小妇人》(1868 年)为对性别感兴趣的人提供了各种机会来进行分析,他们可以通过内副文本的特点呈现人物的方式来进行分析。一开始,列出传统的性别角色刻板印象所传递出的关于男性阳刚之气和女性柔弱面的各种特点(这一章节最开始的诗歌将会给你一些启示)。接下来,找出阿尔克特的一部或者几部文本,如果有可能,还可以找到由其文本改编的电影。

　　1. 比较一下你所找到的版本或是改编本当中所体现的内副文本特色是如何呈现出"小妇人"的形象的。封面选的是什么图片? 如果有的话,哪一个人物对于整个封面的图片而言更为核心? 封面图片想要表达何种关于女性气质的价值? 封面图片同其传递的信息到底在多大程度上赞同传统的女性气质? 你所赞同的关于女性气质的类别有多少得以在封面图片中体现出来? 封面图片是否使用了颜色编码? 如果是的话,是如何使用的? 封面图片中是否有一些特有的女性风格,从而使得整个封面看起来更像是"为女孩"设计的? 如果是的话,这是如何做到的?

　　2. 找出任何关于乔·马奇以及她的一位朋友兼邻居"劳里"的早期的描述,将这些描述中所使用的形容词同你列出的传统意义上具有性别特色的形容词进行比较。哪个人物更具女性特征? 现在再找出涉及这两个人物的场景。据你观察,这两个人物同传统的有关性别的刻板印象到底有多么地相似,而这种相似性中又存在哪些差异? 如果有差异的话,这些差异是如何得以体现出来的?

　　3. 在你列出的角色中,是否存在一些男性角色,非常明显地体现出传统的男性体征? 从中你可以得出什么结论?

　　4. 如果将《小妇人》描述为一部颠覆传统意义上关于性别的刻板印象的作品,你觉得它到底在多大程度上颠覆了传统的性别刻板印象?

5. 选择 2005 年之后出版的绘本,思考一下性别角色以及人物之间的关系是如何体现的。这将有助于你回答以下问题:

a) 是否有一些内副文本的特征表明这本绘本是专门为男孩、女孩或者部分性别的孩子准备的?

b) 如果文本中出现了家长,他们在做什么? 大多数时候,他们在哪里打发时间?

c) 这些人物是否被赋予了人形,抑或它们只是一些被用来代表人类的生物体或者一些物件(玩具、机器人)? 如果是后者,你觉得这到底有何意义?

d) 你是否可以识别出能赋予人物以性别的任何视觉符号或者任何属性(颜色、大小、肢体语言、行为)? 在具体的案例中,当生物体的性以及性别出现冲突时,会体现出怎样的差异?

e) 如果这本书被看作是在挑战传统的关于性别的刻板印象,那么文中所述是否真的如此呢? 你是否可以找到一些与其相矛盾的地方? 还有,这本书是在提倡一致还是在倡导选择(包括自由选择传统意义上的男性气质或是女性特征)?

第六节　多元文化论和后殖民主义

克莱尔·布拉德福德

自 20 世纪中期以来,儿童文学的创作者和评论家就在有意识地争论如何描述当代社会才能反映出的一种平等多元化的民族精神,而同时又不否认过去和现在遭受的帝国主义和殖民主义的恶果。英国和北美的儿童文学历史强调它们对大众文化的折射已然成为一种趋势,但一种儿童文学写作的传统仍被保留了下来。这一传统也检测了相对于白人中上层阶级来讲,比较小众的那些群体在现实生活和艺术领域中被对待的方式,而这些群体之于在家乡或海外掌管立法和殖民活动的那些中上层白人群体来说,就是所谓的"别的"人群。不管怎样,儿童文学为殖民关系研究提供了丰富的素材,同时不要忘了,从某些方面来讲儿童文学本身就是一块殖民区域,成人殖民着一部分儿童童年的空间。像克莱尔·布拉德福德解释的那样,有关社会关系和殖民主义动力学的理论性方法论研究和写作,可以使读者更加警觉,甚至针对低年龄阶段读者的文本都被牵涉进那些抵制、顺从或控制的行为中去。这类阅读产生的深刻见解，被很多从事儿童或儿童文学工作的人看作是增进那些构建了当代社群的不同群体之间的互相理解的重要手段。多元文化生活的现实，以及它时而对儿童出版的令人迷惑的冲击，开启了以下的讨论。

多元文化论

尽管成千上万的"多元文化童书"在全球范围内被出版或刊登在互联网网站上，然而对于多元文化论和多元文化书籍的定义还是相当晦涩。首先，"多元文化论"这一术语在不同的国家设置中就包含不同的含义。比如在美国，常被拿来暗喻它的是"熔炉"这个词汇，暗指文化差异逐渐并入到统一的国家身份的这一过程。相反的，在加拿大主要使用的是"马赛克"这个词，即一种暗指移民文化丰富本国多语言身份的同时又保持了自身特色的映像。多元文化论是一个规范的意识形态概念，它也是一项人口学和社会学方面的事实。它的功用在不同方面大相径庭，这取决于它是被构思成一项政府发起的政策框架，还是相反的只是作为日常生活的现实世界。

纵观 20 世纪，诸如内战、自然灾害、政治动乱和交通便捷这些因素加速了个人和群体的远程迁徙及重新定居。同时，紧张气氛也经常在移民和原住民中、文化差异观念和"国家统一"一词间产生。多元文化论的局限性、复杂性和矛盾性使其成为"一个重要的修辞和一项不可能的实践"（Werbner and Modood，1997：22）。

儿童文学在多元文化素养的发展中扮演了一个重要的角色，它不仅通过儿童接触的文本和映像，也依靠决定社会和文化议程的机构性过滤器——学校等教育机构、图书馆、出版社来发挥重要作用。网站以及其他资源一般只提供"多元文化书籍"目录，恰恰没有解释是什么促使这些书籍呈现多元化。例如，珍妮特和艾伦·阿尔伯格夫妇的《皮布婴儿书》（1984 年）出现在为孩子们列出的各种多元文化类书单上，但这本书究竟是怎样多元化的呢？诚然，它的叙述中包含了 5 个日常生活清晰的家庭，其中的一个是有色人种家庭。并且，这个极简主义文本起到了一个标签化而不是叙事性的功用——禁止具体讨论文化之间的差异。但有人会争论，说这个有色家庭只是起了表面作用，作者在把文化差异合并到对一个标准的白人核心家庭的描述中时，仅仅是利用这种差异做了一个花架子。

真实性的问题经常在多元文化论和儿童文学中被讨论。普遍假设的是当不同文化和相关实践符合有文化的少数族裔的生活经验时，它们的表征是"真实可信的"。此处要问的问题是"是谁的生活经验？"比如，这儿没有一种单一的成为非裔美国人的"真实可信的"路径，因为这一群体中成员们得到的经验会受诸多因素的影响，其中包括了阶层、年龄、教育、性别、性形式和读者所处的地理位置以及个性等。调用真实性倾向于构建稳固的同类文化。要更好地分析儿童书籍描述多元文化论的方式，就要检验它们是如何给读者定位的，聚焦策略和研究视角在形成对角色和文化的认知方面尤为重要。因此，如果少数族裔人物总是通过主流焦点人物的视角被表现出来，那么他们就会作为叙述语篇的客体而不是符合动机意识的主体出现。

当代儿童文学评论家采用的两种最有效的分析文化实践和人文文本的方法叫作"批判的多元文化理论"和"白人研究"。彼得·麦克拉伦是一位杰出的批判性多元文化论阐述者，他认为这一方法打破了多元文化论保守的、左翼性和自由式的表现形式的局限性，这种局限没能表达出多元文化社会中遍及体系、实践和文本的系统性不平等。据麦克拉伦所说，自由多元文化主义通过前景化文化差异和提升包容的价值，使多元文化主义非政治化。但是，包容来自有文化的大多数人众，他们维护自私自利的阶层以利于践行包容的他们自己凌驾于那些接受包容的客体之上。诸如理查德·代尔这样的白人研究理论家把白种化理解为一种特权，那些拥有它的、认为自己是"正常的"或"非种族化的"人在行事时完全忽略了它的存在。的确，大多数儿童书籍把中产阶级白人孩子当作正常标准。当文化差异成为主题时，两个最普遍的叙述模式是：第一，那种差异性被表现出来为的是更深地理解和洞察白人儿童;第二,书中理想的结局是为了让来自不同种族不同文化的人物能融入到白人社会中去。

陈志勇的漫画小说《抵岸》展示了迄今为止人们概括出来的一些想法是如何被应用到儿童文本中去的。《抵岸》于 2006 年在澳大利亚出版,描述了一个难民,即一个离开贫穷故土、妻儿孩子的男人为他的家庭寻求新生活的旅程。一个人阅读本文时可能会在意识中有效地保留这些想法:聚焦策略和研究视角是如何被使用的,叙事是如何表现跨文化联系的,以及它发表系统性的歧视实践的程度。

读者被设定通过插画跟随主人公前进的步伐,这些插画通过他的视角呈现了他挣扎生存的序列,展示了不同的场景、物体和人物。《抵岸》的叙事遵循了一个跨文化交往的认知性情感过程。主人公发现自己所到的这个新国家满是幻想元素:人们驾着飞船旅行,住在飞碟状的圆锥形建筑里,食物看起来像奇怪的生物,到处是虚构的动物。这一造成陌生违和感的策略带来的影响是把读者和主人公设置在一起,使读者在主人公寻求理解完全未知的文化实践时能感同身受。它的框架性叙事有序地包含了其他移民对他们如何来到这个国家居住的叙述,同时这些关于种族迫害,暴力和战争的故事象征着难民经历。相对于麦克拉伦认为的作为自由多元文化主义典型特征的肤浅的文化交往典型地存在于"其他"文化的烹饪或镜面经历中,陈志勇提倡开放式包容差异性,同情理解那些寻求个人和共同体稳定的人。

《抵岸》远非促进一个文化差异的左翼版本,而是着重于表现一个经历过系统性歧视的局外人的经验。经过了一段漫长的航行后,主人公在一个让人想起纽约市的名为埃利斯岛的港口上了船,作者附了很多埃利斯岛移民博物馆的馆藏照片以供参考,在那里他和其他成千上万的移民排成一排接受身体检查。通过这个人体检时被刺扎、记录和贴上标签时面部和身体的特写,作者展示了官僚体制造成的影响——个体移民的各个部分(耳朵、牙齿和躯干)被形象地暴露,根本就没有认识到他们自身的人格。在书的结尾,当主人公和家人团聚后发生了一件事情,他年轻的女儿遇到了一个正尝试着用地图解读这个陌生世界找寻自我的新来者,女孩帮这个难民指出了正确的方向。这一刻就给书中女孩父亲所经历的系统化监控行为的处理提供了一个鲜明的对比,替而代之的是主张基于认知他人而建立的人际关系和一种在行为中才能实现的同情。也就是说,这本书指出了一个多元文化的理想,这一理想依赖于不同语言文化的人们之间深层次的人际交往,而非聚焦文化差异的那些表象。另一个表述跨文化关联的理论领域是后殖民主义,它牵涉到了殖民对不同人群(被殖民者和殖民者)和先前遭受殖民统治的各个地方的系列影响。

后殖民主义

对后殖民主义的定义常常败在"后"这一前缀上,因为它好像意味着后殖民主义是发生在殖民主义之后的事物。不如说,"后殖民的"这一术语指的是"所有从殖民开始时到现在为止受到帝国主义化过程影响的文化"(Ashcroft et al., 1989:2)。后殖民主义研究中一个重要的组成部分是话语分析这一领域,它符合了福柯给话语下的定义——"一种表述体系,可在其中认知到世界"。然后殖民话语把帝国主义接受为正常的"事实",比如,帝国主义给先前不发达的地区带来了进步,"开放"世界去迎接文明的洗礼。福柯认为是话语把知识和权力连在了一起,因为那些掌握权力的人决定什么被定义为知识。一项基本的殖民话语原则就是,殖民地原住民的语言和文化都是原始的、低劣的,这种想法体现在了禁止在学校使用"本土"语言的政策和实践中。在这一事例中,知识转化成了教育者和统治者手中挥舞的权力。爱德华·萨义德的重要著作《东方主义》探索了东方论述是如何在"东方"之上维护权力关系的——以一种"通过传授它,安置它,统治它来陈述它、权威化它、描述它"的方式(1978:3)。今天,这些策略常常在对西方和"伊斯兰教"的关系(它常被表现为一个忽略文化和民族差异的均质实体)的讨论中得见。

历史上,英国的青少年儿童书籍通过冒险和探险小说使帝国主义成为主题。这些故事发生在诸如印度、非洲和澳大利亚这样的地区,这些地区对英式书籍文学的依赖促进了 20 世纪的文化大生产,可追溯到先前的殖民地建立独立国家凭借的文化转移。帝国主义的主题、历史和相关比喻仍旧在当代的本土和非本土写作中占有重要位置,并出现在众多流派和模式中,包括历史类小说、图画书籍和涉及新殖民主义政治的图画书、故事书。

英国作家苏珊·普莱斯的《斯特科姆之握手》(1998 年)在书中表现两类人物时预演了后殖民主义理论的很多概念,这两种人物一是公司(The Company)的代表,一是斯特科姆族。从后殖民主义的角度阅读该文本时,我致力于分析它是如何表现殖民者从被殖民者那里区分自己所依靠的等级制度的,语言是怎样和这些阶层等级制度的制定执行产生关联的,当殖民者和被殖民者间的区别崩析瓦解时,它又是如何描述了随之产生的踌躇和迷乱破坏了"他们"和"我们"之间的区别的。

这本书中的公司是一个强大的现代化集团企业,开发了一种用于时间旅行的时空隧道,可以让人从 21 世纪回到 16 世纪。斯特科姆族是一个 16 世纪的氏族,定居在英格兰和苏格兰之间的边境地区,而公司却计划在这片土地上采矿开发旅游业。对斯特科姆族来说,来自 21 世纪的访客是 Elves(精灵),为他们提供了实用的阿司匹林这类的商品;对公司的头头詹姆斯·温莎来说,斯特科姆族就是挡在他和巨大利润前景之间的原始野蛮人。斯特科姆族和公司之间的遭遇战复制了殖民主义关系。的确,安德里亚·米切尔这位被送到斯特科姆族中去居住学习,为公司与斯特科姆族打交道提供建议的人类学家哀叹,斯特科姆族对帝国主义历史一无所知:"只要斯特科姆族知晓任何有关于苏族(自称达科塔族)、内兹佩尔塞人、夏安族消亡的事情,她就能清楚地向他们展示他们现在所处的绝望境地"。(1998:271)像欧洲的帝国主义国家一样,公司仅仅是把原始的土地和洁净的水看作是未开发的资源,等待人来索取。

该小说主要透过安德里亚的视线,聚焦在一种能检查霍米·巴巴所描述的"殖民矛盾心理"(1994 年)的策略上。安德里亚被斯特科姆族的热情好客和外向乐观所吸引,这些情感表现跟 21 世纪的人情淡漠形成了鲜明的对比;同时,她又和公司沆瀣一气,以获得物质支持。就像那些在殖民主义文学中被描写成"入乡随俗"的欧洲人一样,安德里亚通过那些令人不安的,可区分斯特科姆族和 21 世纪居民的二元对立(迷信的/理性的、无知的/教化的、野蛮的/文明的),威胁到了"良好的秩序"。这本小说就这样设定让读者去质疑当今世界,以及像公司这样利欲熏心的新殖民主义企业的动机和价值观。

从 20 世纪 80 年代开始,越来越多的本土出版商、作家和艺术家致力于生产把原住民的价值观和经历正常化了的儿童文本(Bradford, 2007)。很多这类型的文本都安排了当代的本土人物和场景,纠正了那些主流文本所犯下的根据后殖民主义文化中根深蒂固的思维习惯来表现本土人物的错误,替换了老套的人物——年轻的激进分子、在不同文化间摇摆不定的困惑的"半个本土人"、受害者(通常沉迷于瘾),甚至表面上积极的、刻板睿智的老圣人。本土文本典型地聚焦在了本土人物的身份形成,以及同主流社会进行文化交流的复杂程度上。

由于产生于脱离西方标准的文化和叙事实践中,本土作家和艺术家创作的文本经常挑战着西方读者。辛西娅·史密斯的图画书《叮当的舞者》(2000 年)讲述了一个关于美国本土小女孩詹娜的故事。她想得到叮叮当当可以缝在裙子上的、小小的圆锥形状铃铛,这样她就能在祈祷仪式上跳一种叮当舞。她遇到了四个女人,每个人都给了她小铃铛,然后祖母把这些小铃铛缝到了她的裙子上。本书的叙述把两个故事合并在了一起:一个是詹娜的姨祖母讲给她的,另一个马斯科吉克里克人的关于巴特(小蝙蝠)的故事,尽管身材矮小他还是尽力想"通过飞起来用牙齿抓球"去赢得一项球类比赛。在美国本土叙事方法里经常见到在框架性叙事中被篡改的故事,这反映了此类叙事的口头来源和老人讲述的这些故事的意义。然而,遇到此类插曲的西方读者可能会觉得它们放慢了故事的节奏,耽搁了叙事的发展。另一些叙事特征,像澳大利亚本土叙事中常见的突兀的开头和结尾(因为在一连串的叙事中一个故事总是连着其他故事），可能会让西方受众觉得这个故事不完整，因为它没有提供这类在西方叙事模式中常见的情况介绍（人物、场景和行为）和解决结果。这些文本要求非本土读者采用尊重差异性的阅读策略，好好品味出文化差异是如何在叙事中显现的（Bradford，2007；Linton，1999）。不过，它们给这类读者提供了一份进入本土文化的餐前开胃菜，并让他们了解到原住民看世界的方式。

尽管"多元文化论"和"后殖民主义"这两个术语以及与它们相关的理论仅在过去的50年间才进入到文学研究这一领域，儿童书籍却早就在涉猎那些有关不同的文化之间人与人的联系的概念和叙事方法了。本章节概括的思想理念和阅读策略能有效地被运用到较早的文本中去，例如，爱德华·萨义德（1994年）和其他后殖民主义理论家把笛福的《鲁滨逊漂流记》看作是一个关键性的殖民主义文本，其中克鲁索对岛屿和星期五的统治折射出了对帝国主义的系列假设（详见安德鲁·奥马利在第六章第一节中对该文本的讨论）。要利用当代有关种族和种族化表现的理论，并不是要不合时宜地使用种族主义去处理较早的文本，而是要暴露它们依赖的、一般隐藏起来的文化意识形态，以及经常显露出张力和矛盾的裂痕与文本矛盾。

在这个讨论的开头我描述了"白人"这一术语是如何被用在白人研究中的。其他诸如"有色人种"、"黑人"、"非白种人"这样的术语，它们的含义和用法同样被质疑和复杂化，就像那些与被殖民人口相关的术语（比如"本国人"、"土著人"和"原住民"）一样。不同的实践在不同地区发展起来，例如，当澳大利亚人谈到大洋洲原住民时，他们通常要把"Aboriginal（土著人）"一词的首字母大写以示尊重。"Indigenous（原住民）"这一术语（指特殊种类人群时首字母也要大写）现在在澳大利亚经常用来代替"Aboriginal"而被广泛使用，因为它包括了文化上迥异于 Aboriginal 人的托雷斯海峡岛民。"black（黑人）"一词先前是一种对劣等民族的蔑称，现在被许多用它来描述自己的人赋予了新的、积极的含义，专指肤色及诸如忠诚、种族主义抵制这类的文化价值观，或指行为和语言模式。然而，"black（黑人）"这一词在不同的国家有不同的用法，以至于不能假设它"正确的"核心含义。一项针对那些涉及种族问题的研究文本的概测法是，精确地思考，如果需要的话，可验证你所选择的术语。这种方法对于研究少数民族表现自身的方式来说一直是有用的，比如说，世界各地的原住民越来越突出他们的氏族亲属关系，而不是使用"土著人（Aborigines）"或"第一民族（First Nations）"这样的均质化术语。但是，在挑选一个特殊的术语之前要进行必要的、仔细的研究。在澳大利亚小说《安吉拉》（詹姆斯·莫洛尼写于 1998 年）中，"koori"一词被用在一位土著作家萨利·摩根身上。但莫洛尼使用一个当地的而不是全球性的术语产生了事与愿违的结果：摩根来自澳大利亚西部，而"koori"一词只能用在来自新南威尔士州和维多利亚州某些地方的土著身上。如果挑选和使用涉及少数民族的术语是个雷区，那是因为词汇一直都承载着历史和文化。所以，即使当"black"和"Indian（印第安人）"这类术语被积极地重新定义时，旧式含义的回声和关联还是盘旋在它们头顶上。在这一雷区前进的唯一方式就是去仔细思考某个人的评论，认知研究词语的用法和含义。并且，如果需要的话，去解释某人做出的那些选择。

拓展阅读

1. Ashcroft, B., Post-Colonial Studies: The Key Concepts (London: Routledge, 1998).

2. Bradford, C., Reading Race: Aboriginality in Australian Children's Literature (Carlton, Vic.: Melbourne University Press, 2001).

3. Unsettling Narratives: Postcolonial Readings of Children's Literature (Waterloo, ON: Wilfrid Laurier Press, 2007).

4. Kutzer, D., Empire's Children: Empire and Imperialism in Classic British Children's Books (New York and London: Garland, 2000).

5. McGillis, R. (ed.), Voices of the Other: Children's Literature and the Postcolonial Context (New York and London: Garland, 1999).

6. 'Postcolonialism: Originating Difference', in P. Hunt (ed.), International Companion Encyclopedia of Children's Literature (London and New York: Routledge, 2004).

7. Papers, special number on 'Building Cultural Citizenship: Multiculturalism and

Children's Literature', 17. 2 (2007).

8. Sircar, S. ，'Little Brown Sanjay and Little Black Sambo'，The Lion and the Unicorn，28 (2004),131 – 156.

9. Susina, J. ，'Reviving or Revising Helen Bannerman's Little Black Sambo'，in R. McGillis (ed.)，Voices of the Other：Children's Literature and the Postcolonial Context (New York and London：Garland, 1999).

问题和练习

海伦·班纳曼创作了《小黑人桑博》(1894 年)，对历史的重复使得这本书一直都存在争议。某种程度上而言，最近关于这本书的负面批评来自后殖民主义理论视角阅读此书的方式，但是班纳曼的作品一直以来都在致力于探讨多元文化社会中建立各种良好关系中所存在问题。其中一个反应是，这本书从图书馆借阅区下架；另外一个反应是，评论者开始重新诠释这本书，通常是将《小黑人桑博》中的人物以及他的父母描述地更加真实(某些案例研究回顾了这个故事在印度的根源)。接下来的练习或许可以帮助你判断哪种反应是合适的？并思考一下如何能以最好的方式研究来自过去的文本，因为这些文本从当代观点看来，承载着令人感到不太舒服的意识形态。

1. 在线阅读古腾堡计划①，在这里你可以找到没有阐释过的词语。列出语言的各个方面，哪些方面表明《小黑人桑博》的家庭对于暗指的白人读者而言是不属于同一类型的"其他人"？

2. 现在请看一下班纳曼最初的阐释，如果你没有办法找到印刷版的阐释，你可以在网上阅读。再一次列出图片让《小黑人桑博》和他父母成为不同于他人的"其他人"的方式，你觉得这个故事是否贬低了故事中所有的人物？

3. 你也可以从网上的最新版本中找到图片，包括克里斯多夫·宾 2003 年最富争议的版本。你认为在网上重新诠释这个故事是否是一个令人满意的方式，可否改变人们对于这个故事中各个人物的态度？你是否愿意尝试不让儿童阅读这个故事？如果你愿意尝试，这是否会让他们错误地理解其他人在过去是如何被对待的？

4. 基于一个事实，即海伦·班纳曼是一位苏格兰女性，而她描述的是印度的人物，你认为为什么这个故事会因为表达了对非洲黑人的种族观点而备受谴责？对历史的了解是否会改变你对班纳曼绘本的理解？

第七节　儿童文学研究的心理学方法
查尔斯·巴特勒

儿童文学的学术评论家一般来讲并不是他们花费时间来讨论的那些文

---

① http://www.gutenberg.org

本的理想或目标读者,这就构成了一项永久性的挑战。我们能知道儿童是如何理解书籍、世界和他们自己的吗? 我们能知晓什么能激发他们的兴趣吗? 为什么? 为了适应弗洛伊德关于女性的令人绝望的疑问,儿童需要什么? 心理学和精神分析学给我们提供了一些研究这些问题的方法,也让我们看到了最初促使作者创作儿童文本的动机,以及恐惧、欲望和幻想在文学中表现自身的形式。接下来的内容意在指出大量可用的心理学和精神分析学的研究方法及方向,并揭示它们和儿童文学研究之间的联系。由于篇幅有限,我们就不一一赘述这些方法,只是集中在儿童文学研究如何利用一些思考心智和儿童心理发展的具体方式上。

心理学和儿童读者

　　20 世纪前半期,让·皮亚杰进行了一系列实验,旨在发现不同年龄阶段的儿童组织他们精神世界的方式。实验过程中,他把发展心理学作为基础,研究了伴随年龄增长发生在人们身上的系统性心理变化。皮亚杰的结论是:儿童在他们的认知发展上共经历了四个阶段:运动阶段(0—2 岁)、预运行阶段(2—7 岁)、具体运思期(7—11 岁)、形式运思期(11 岁以上)。皮亚杰把每个阶段用不同系列的逻辑的、空间的和情感的能力连在一起,这一累进就提供了一幅放诸四海而皆准的“路线图”,他相信用它就能洞悉儿童心理。

　　尽管皮亚杰的实验方式饱受诟病,但他的模式仍在发挥巨大影响。他的想法更多地被用在儿童心理和教育领域,但尤其适用于儿童文学批评,这些想法为这一领域提供了一种探索不同年龄阶段的儿童的特定的形式、风格和主题的诉求的方式。因此尼古拉斯·塔克把他《孩子和书》(1981 年)一书的章节分成了实际上的皮亚杰阶段:“早期小说(7—11 岁)”符合皮亚杰的具体运思期,即指儿童能够对客观事物和事件进行逻辑性思考的时期;而“大龄儿童文学(11—14 岁)”又符合形式运思期,即指儿童能够进行抽象思维对意识形态问题产生兴趣的时期。塔克把这些儿童成长过程中发生的变化和文学品味能力的变化联系起来，指出 11 岁的儿童可能对那些质疑而不是简单地传递现有价值观的书籍更感兴趣，这些书中的"人物……有时会抗拒他们的第一反应，以便了更多地分析眼前实际发生的事物"（1981：144）。不论是否依靠皮亚杰的模式，对流派和认知发展间关系的研究都有相当大的发展空间。

专注于认知发展的总体方案，可能会忽视很多在性别、种族、社会背景和个人史等方面用以区分儿童的显著性因素。于是，一些对儿童读者的经验反应感兴趣的心理评论家，选择研究一些个体和小众人群，以此精炼他们的数据从而获得一定程度的交互性。例如，在《故事、图片及现实》一书中，弗吉尼亚·劳描述了她对自己孩子从出生到 8 岁这一阶段对被动阅读产生的那些反应的观察，这一观察特别反思了孩子们对故事、图画和物理世界三者之间关系的理解。

如果考虑到如何进行实证性的工作、仔细的计划以及对心理学调查的方法论的理解都至关重要，你需要一个界限清晰的询问区域，意识到需要调查的儿童样本的规模和构成（尤其需要做统计结论时），清楚一般的实验误区，诸如某些主体给出自己预期的答案的倾向性。要在英国研究学校和托儿所里的儿童，你也必须经历犯罪记录局检查的那些防范措施。此外，许多大学对希望从事这项工作的研究者都会进行一个道德筛查。

弗洛伊德和精神分析学

精神分析学和文学批评的联系由来已久。西格蒙德·弗洛伊德痴迷于文学和神话故事，研究它们并用它们举例和命名他的很多理论，如所谓的俄狄浦斯情结等。致敬弗洛伊德或其他形式的恭维及心理分析技巧的评论家，一直都是文学评论的保留节目中的一部分。弗洛伊德对儿童时期性形式重要性的强调，使得他的工作与儿童文学的交集变得显著起来。布鲁诺·贝塔汉姆在其经典的《魔力的种种使用》(1976 年)一书中,从著名的童话故事表达儿童无意识的焦虑以及促进心理学发展的能力方面来解读它们。有了它们对变形、陷阱和被吃掉的威胁的持续关注,对难以获得的魔法奖赏的寻找,它们和"真实身份"的联系以及它们在成人异性结合上的传统解决方式,童话故事尤其提供了一种叙事类型,这一类叙事又使之与弗洛伊德对儿童时期性形式和自我形成的叙述产生了千丝万缕的联系。并且,像神话一样,它们成为大众口头文化的起源,这意味着它们能被理解为拥有了一种普遍的人类适用性,但这种适用性更难诉诸源于个体作者意识的文学身上。然而,一般的儿童文学,尤其是幻想作品,为弗洛伊德的分析提供了丰富的土壤。

弗洛伊德和文学评论共同感兴趣的核心领域之一就是压抑这一概念。按照弗洛伊德的观点,大脑意识倾向于压抑那些它当成是禁忌,或无法接受的思想和想法。比如说,俄狄浦斯情结的作用机制就处在婴幼儿时期对母亲的性压抑中。然而,压抑也不是完全有效的,这意味着无意识的欲望或记忆重新浮出了水面,可能是以一种梦的、强迫性习惯的、口误甚至文学的形式出现,但一直是以一种伪装的、要求分析解释的形式占据上风。在这方面,在区别一个文本(或梦或临床叙述)的"表面"形象和"潜在"含义上,弗洛伊德的分析类似于文学评论。此外,有关梦境分析的比喻(弗洛伊德称之为"凝缩"和"移置"),跟传统的文学和修辞比喻具有相似之处,比如说暗喻。大卫·拉德(2008 年)很好地例证了心理分析行为和文学评论活动之间的相互依赖。他在一段大加引用拉康(详见后文)的评论中指出,尼尔·盖曼的幻想小说《卡萝琳(鬼妈妈)》(2002 年)适应了这种双重的、落魄和一种来自弗洛伊德诡异论的俄狄浦斯式的对眼睛的脆弱性的关注的使用。为了进一步把事物复杂化,弗洛伊德用一个文学文本——E. T. A 的故事《沙人》,开始了他自己的文章的创作,反过来盖曼也很熟悉这个文本。

原型批评（荣格批评）

另一种重要的心理分析学评论方法把弗洛伊德以前的学生卡尔·荣格的观点作为出发点，指出特定的符号对来自不同个人和文化背景的人有着相似的意义。荣格表明，在个体意识之外，人类分享着一种被特定的宇宙生物原型占据的"集体无意识"，并且我们倾向于依照这些原型来解读生活和文学。因此在 J. R. R. 托尔金的《霍比特人》（1937 年）一书中，像甘道夫这样的人物或许会被解读成一个体现荣格"智慧老人"原型的例子，以及一个充当主人公男性向导和父亲的角色。我们也可以纵览整个神话和文学领域，从梅林到邓布多利等这些角色身上辨识出相同的人物。在不同情况下，根据荣格的观点，他们的文学效力源于我们把他们认作是先前存在的一个相同原型的实体（关于儿童文学对荣格的原型的讨论详见 2009 年《全民超人》这部影片）。

荣格其他的原型包括阿尼玛（女性灵气）、阿尼姆斯（男性灵气）、英雄、伟大母亲、骗术士和阴影（Jung，1959）。比如阴影，它是我们设计一切我们所拥有的品质的地方，但我们又不希望去承认它，尽管荣格认为它是创造力的基础，为了取得精神上的健康必须承认它。这类原型的例子尤其清楚地出现在厄休拉·勒古恩的幻想小说《地海巫师》（1968 年）中。该书讲述了一个年轻的巫师格德试图去抓住一个他愚蠢地显摆自己的傲人力量时释放出的魔影，当格德能够拥抱这个影子并和它分享自己的名字时，故事就结束了。更为普遍的是，在荣格关于个体化的理论中，我们会读到一些远征和旅行，这是成年人类找寻重建其内心的心灵完整性的过程。因此，在《霍比特人》中，比尔博找回阿肯宝石的旅行解决了他两方面性格上的冲突——一方面是恋家，喜欢操持家务，另一方面是热衷于冒险。

客体关系理论和阅读疗法

客体关系理论是梅兰妮·克莱因和 D. W. 温尼科特发展的一种精神分析形式,尤其注重发展的自我和更大环境之间的关系的力度。在儿童文学评论中,它被用来分析儿童文本的象征机能,并把儿童文本解读成"感觉状态的容器",通过这些状态,儿童文本"和自己读者的内心生活"连在了一起(Rustin and Rustin,2001:3)。因此马克·I. 韦斯把罗尔德·达尔的《詹姆斯和巨桃》(1961 年)看作是一则回归子宫的寓言,一则源于詹姆斯的婶婶们对他的虐待的寓言。詹姆斯在桃子里面发现的生物(瓢虫、蚯蚓、蜘蛛以及别的生物)可以被理解为他自身性格的各个方面,被客体关系理论称为"分裂"的过程沉淀出来——这一过程让发展中的儿童通过把自身看作不同的外在实体,从而去处理他本身的矛盾面(1999:18—19)。值得注意的是,韦斯忽略了这本书的漫画性质,用现实中真实的术语来解读詹姆斯最初遭受的虐待,认为故事的余下部分是对他在那种创伤上的精神反应的"伪装的"叙述。此外,詹姆斯进入桃子的时间点也是蒂姆·伯顿 1996 年拍摄的该书的电影版中,从真人实景切换到动画场景的时刻。由于该文本成了心灵鸡汤式的寓言,所以儿童读者通过自己的解释策略隐晦地反应了詹姆斯从虐待的创伤式"表面"叙事中的逃离。

在精神分析阅读中,小说主人公的情感经历经常被视为一种模式化过程,发生在小说里被控制的环境中,它们可能是儿童读者现实生活的情感反应。这类阅读可以广泛地进入阅读疗法的范畴,或作为疗伤的小说工具。阅读疗法不仅仅是一种针对儿童的、既定的进行心理治疗和社会关怀的工具,如果不是一直出现在儿童文学研究中,它也会广泛地传播,因为在儿童文学研究中,评论家赞美书本可能是为了慎重地给孩子们介绍艰涩的话题,或为了以一种通过他们自身痛苦经历得来的工作方式来推荐这些书目(Rudman,1995)。在研究儿童文学的心理学研究方法中,可以试问,我们是否更倾向于评估那些具有明显"治疗"潜力的文本,这种方法是否更流行于儿童书籍而不是成人文本?在一个道德启蒙主义已经过时的时代,阅读疗法是否成为儿童书籍应该被视作有益于儿童读者原则的新化身?

拉康

如上所述,分析可以用于读者或用于小说人物。认同法国精神分析学家雅各·拉康理论的评论家可能会被说成只精神分析文本本身。一般来说,拉康的观点会被理解成一种借鉴结构学派和后结构学派有关语言的理论,对弗洛伊德的重新解读。这一重新定位的影响之一就在于"自我"——弗洛伊德描述意识自我的词汇,相对于早期无意识等不再是积极的心理组件,对拉康来说,意识是一种语言的产物,所以从这个意义上讲,前语言时期的儿童也是类人猿。人类只有通过语言系统的方式才能被区别和定义,它是发生在童年时期的一个过程,涉及与拉康所说的假想和象征秩序建立联系。进入这个象征秩序需要在镜像类的视觉影像中,把儿童的自恋认知作为一种明确的存在,但也要通过实现反射影像与儿童居住的不协调性、身体的不一致这样一种方式。象征秩序是现存的意识形态,社会结构和语言自身的异类系统,儿童在适当的时候被引入其中。当一个人被超越它的系统定义时,其对自我的认知经常在一定程度上遗失。在指出拉康发展理论中的语言主导地位的同时,评论家凯伦·蔻驰论证了儿童文学特定的重要性,即它出现在自我意识仍是"千疮百孔"和相对未成形时的人生形成阶段(2004:4)。

拉康的分析尤其将其自身很好地引入到了呈现精彩瞬间的文本中,这些精彩瞬间重新定位了人物对自身和世界之间的关系的意识。我们把 J. K. 罗琳《哈利·波特与魔法石》中的开学日作为例子,进入霍格沃茨的大门后哈利就不再仅仅是一个孩子,而是霍格沃茨的一名学生,受制于各项规章制度,被诸如课程和建筑物这样的体系的成员资格定义,这些体系每一样都有自己的系统、密匙、传统和特许费。作为格兰芬多的一名成员，哈利不仅仅是被贴上了标签，他正被导入到象征秩序的一面，他的主体的大部分是由这一行为决定的。

分析成年人

尽管具有较大的争议，另一种"进行"精神分析评论的方式把问询的焦点从读者、人物和文本那里移开，使文学文本成为对作者进行精神分析的证据。杰奎琳·罗斯在《关于彼得·潘》(1984年)一书中，使用了不同版本的彼得·潘去详细观察 J. M. 巴里对永久性童年的兴趣和写照。同佩里·诺德曼和卡林·莱兹尼克·奥伯施泰因这样的评论家一道，罗斯强调成人问询不可能进入童年时期，无论通过作家还是评论家，如果它们没有在成人关注和成人欲望方面被构架化(Lesnik-Oberstein，1994；Nodelman，1992；Rose，1984)。她怀疑这一隐含在儿童文学评论中的模式，质疑成人作者是否能帮助儿童解决矛盾冲突以及获得自我认知(像在"成长"路上迈出步伐)，或者是不相信成人自身能作为他们跨越过的状态的无利益关系的观察者。因此她通过海姆的理论批评了弗洛伊德在童话故事方面的解读，主要是批评这些解读试图发现童话故事能够解决俄狄浦斯冲突式的童年困境的方法(1984：14—15)。在罗斯的阅读中，像先前讨论的那样，童年被成年人虚构化和浪漫化，变成了一个成人需要拿来解决自身压抑的心理矛盾的区域。

拓展阅读

1. Greene，S. ，'Child Development：Old themes and new directions'，in R. Fuller, P. McGinley and P. Walsh (eds), A Century of Psychology：Progress，Paradigms and Prospects for the New Millennium (London：Routledge, 1997).
2. Hancock，S.，The Child that Haunts Us：Symbols and Images in Fairytale and Miniature Literature (London and New York：Routledge, 2009).

3. 'Fantasy, Psychology and Feminism: Jungian Readings of Classic British Fantasy Fiction', in K. Reynolds (ed.), Modern Children's Literature: An Introduction (Basingstoke: Palgrave Macmillan, 2005), pp. 42 – 57.

4. Harding, D. W., 'Psychological Processes in the Reading of Fiction', in M. Meek, A. Warlow and G. Barton (eds), The Cool Web: The Pattern of Children's Reading (London: The Bodley Head, 1977), pp. 58 – 72.

5. Lesnik-Oberstein, K. (ed.), Children in Culture: Approaches to Childhood (Basingstoke: Macmillan, 1998).

6. Rollin, L. and M. I. West (eds), Psychoanalytic Responses to Children's Literature (Jefferson, NC: McFarland, 1999).

问题和练习

以下活动都基于莫里斯·桑达克的《野兽乐园》(1963年)：

1. 有人说,马克斯在《野兽乐园》中度过的时光可以用弗洛伊德的术语来解释,这代表着马克思在以梦为掩饰,同自己被压抑的欲望进行交流。评价一下这种说法的基础,你认为这种说法有说服力吗？

2. 如果你从荣格的观点出发阅读这个故事,从负面原型的角度来思考,你会觉得马克斯的行为有什么不同？ 你认为哪种阅读更令人满意,为什么？

3. 如果你从对象关系理论的角度来看待马克斯在《野兽乐园》中的冒险,并且将之作为一种帮助儿童读者了解关于他们自己同自己以外世界的联系的方式,这会如何影响你对桑达克所写的书的理解？

4. 从拉康的视角来阅读这个故事应该强调什么？

5. 若将你阅读的所有材料结合起来,你可以找到一个令人满意的角度,从某一个心理学家的观点来阅读这本绘本吗？

第八节　后现代主义

查尔斯·巴特勒

童年是同玩耍联系在一起的,所以,从某种程度上说,后现代主义中所体现出的玩耍的特点非常适合体现在儿童文学之中。今天的儿童成长于一个后现代的世界,日常生活中无时无刻不体现出后现代并置和悖论的特点。但是,后现代主义并没有消失,其在儿童绘本中的影响非常大。其中一个原因或许是后现代主义致力于挑战西方文化的宏大叙事或是元叙事(宗教的、政治的、经济的、美学的），揶揄艺术传统。因为对于上面提到的各种情况，人们在教育以及文化发展较晚的时候才有所了解、有所体会，所以，尽管关于后现代主义的作品非常多，但是年轻的读者对于后现代文本能够体会多少、了解多少仍然是一个问题。查尔斯·巴特勒在考虑到儿童文学与后现代主义之间的相互关系的同时，探究了上面所提到的以及其他的悖论。

　　思考后现代主义最为简单的方法，即从其兴起的现代主义运动开始。20世纪上半叶，现实主义者试图通过一种独立的、模仿的形式改变世界的计划摇摇欲坠。抛开其他因素，理性主义的主张受到各方面的攻击：有来自政治革命、全球战争，也有来自心理分析家提出的令人不安的思想模型。现代主义运动的兴起是为了回应一种失败，这种失败的特点在于人们试图通过支离破碎、不可靠的叙述以及不同形式和风格的自我意识的并置，将主观感受强加在这种主观感受本身的模棱两可之上，而这种模糊性却没有办法被消除，所以人们为此所作的努力变为徒劳。从许多方面看来，后现代主义进一步延续了现代主义者所关注的问题，并将这些问题带入了20世纪的后半叶。然而，当一些现代主义者认为自己正在把悲剧性地被击碎了的文明的碎片一片片拼凑起来，或是为无法将支离破碎的文明拼凑起来一事而扼腕叹息时，后现代的作家却大都反对这种悲观的取向。无论是在过去，还是在未来，后现代美学不是要创造出一个充满各种意义的世界，也不是在寻求一个理想的世界，而是想要孕育出怀疑主义，将各种观点累加起来的怀疑主义（或者"宏大叙述"，使用同法国哲学家李欧塔相关的短语）。事实上，一个文本是否可以更为合理地被称为"现代主义"或是"后现代主义"或许取决于（抛开文章发表的时间）读者阅读的语境以及其形式特性。

　　了解观点的转向有助于透过文学和艺术作品来了解作为文化运动的后现代主义的真正意义。后现代主义的观点是同一系列思想家联系在一起的，他们的观点各有千秋，每个人的名字听起来都让人充满敬畏，其中包括文学理论家罗兰·巴尔特、哲学家雅克·德里达、文化理论家让·鲍德里亚、历史学家米歇尔·福柯以及心理分析家雅各·拉康。真正意义上同这些哲学背景的联系已经超出了此次讨论的范围,尽管这些作家的想法以各种可以接触到的形式体现出来,存在于许多极好的简介中①。目前,完全有理由指出,上述的思想家无一例外地都对两种植根于传统的西方思想充满了敌意:第一种思想,现实独立于我们感知、诠释人物的能力,另一种思想,语言是一种中立的(以及普遍认为充分的)媒介,用于描述这种现实。对于后现代主义者而言,相比之下,语言不仅仅被用来表述现存事物的状态,其更为常见地被用于创造一个语言所描述的现实。后现代主义文学承认这一点,但是,其并没有试图拟态地体现这个世界(即试图真实地再现这个世界),而后现代主义文学的特点是自我意识下的玩世不恭、讽刺挖苦、语言游戏、折中主义的风格、矛盾和多元化,以及以文本的形式炫耀自身的身份。

鉴于这一切,后现代主义是如何体现在儿童文学中的呢? 儿童文学的什么特点使得这些儿童文学作品对于后现代阅读而言,或是在其他方面显得如此责任重大呢? 后现代主义的观点是否可以适应多元化的方式,通过这些方式,儿童是否可以用语言来构建他们的世界,并使之变得有序? 许多人或许会质疑,后现代主义是否可以或者说应该在儿童文学中占据一个重要的位置。毕竟,儿童文学更多地被看作是一种自成风格的、对话形式的文学分支,以传统讲故事的形式为主,从稳定的、可信赖的角度,按照时间顺序叙事,通常讲故事的人都是无所不知、无所不晓的。说教功能仍然同儿童文学作品有着密切的联系,而这一功能似乎已经受到了潜在的无政府主义方法的威胁。这种方法正在暗中破坏稳定的观点,要么是破坏稳定的意义,要么在破坏稳定的价值观,而这正是后现代主义文本常常起到的作用。尽管如此,现代西方社会的儿童成长于一个充满了大量后现代假设和模式的社会。显而易见的是,他们很容易接触到并消费多元化的、以自我为参照物的媒介和大量的、无限的、可复制的、出于营销的目的而创作的"原创"故事以

---

① e. g. Bennett and Royle,2004;Culler,2000;Groden et al. ,2005;Lodge and Wood,2008;or,for a more sceptical perspective,Butler,2002

及人物角色。但是，对此仍然存在着争论，在历史的这个节骨眼上，今天的儿童比起比他们年长的孩子而言，更容易适应后现代的阅读模式。

带着疑问阅读

现在有两种可采用的方式，可以将后现代主义的观点运用到实际的问题批评中。一种方法是研究"非后现代"文本，以及这些文本通过怎样的方式，将完整性和连贯性表达为一种错觉。例如，通过使用诸如解构主义这种批评技巧，解构主义是一种分析风格，用以将隐藏在文本中的含蓄的矛盾展示出来。另一种方法是研究文本，这些文本明显地蕴含着后现代主义的观点。同时考虑使用以下方法，通过这些方法，后现代文学作品重新塑造叙述问题、人物角色和意义。接下来的这一个例子可以展示前面提到的第一种方法，并将这种方法同问题联系起来，而这些问题又于研究儿童文学作品有着特定的针对性。

比阿特丽克斯·波特写的《彼得兔的故事》（1902 年）并不常常被看作是后现代文本。尽管如此，这本故事仍然适用于解构主义阅读。这个故事通过流畅的叙述将显而易见的裂痕、差异以及矛盾植入其中。众所周知的是，彼得兔的故事是关于年轻的彼得在麦格雷戈先生的菜园里淘气玩耍，不听从妈妈事先给他的警告——他的父亲就是在那儿"被麦格雷戈先生装进了一个馅饼里面"的。彼得在菜园乱跑乱吃了一番，经历了许多不幸之后终于逃了出来，可是弄丢了他的外套和鞋子，得了感冒，之后被送回家，睡在床上。而他乖巧的姐妹给他准备了晚餐，有牛奶、面包和黑莓。可以顺理成章地得出一个结论，《彼得兔的故事》是一个直接的、关于孩子要听从父母意见的说教寓言故事。然而，解构主义的阅读方式却向我们展示了一个令人堪忧的反面在起作用，而这个反面正是以彼得为中心的。从隐语的角度而言，彼得代表的是一个男孩：其名字是男孩的名字，穿着蓝色的夹克，而他的行为也是按照淘气孩子的行为来构建的。与此同时，他是一只年轻的野兔，很容易就会被人逮来烹饪之后吃掉。此外他还是猫狩猎的对象，恼怒的园丁也会逮他。在波特的水粉画故事中所描述的平凡的家庭生活同这个世界构成了强烈的反差，对于儿童读者而言十分熟悉的事情，对于彼得而言却是一个陌生而危险的世界（Nodelman，1988：115-116）。

可以这么说，这个文本为我们提供了两个意义完全相反的阅读：一个是拟人的阅读，在这种阅读中，读者被要求赋予兔子人类的语言、人类的行为；而另一种是"真实"的阅读，在这种阅读中，彼得和他的家人被理解为其表现出的、可以观察到的、拥有像兔子一样行为特点的动物，而这正体现在书最开始的插画中。在这幅插画中，这个家庭正以自然主义的状态——没有穿衣服，坐在洞穴的外面。实际上，尽管这两种阅读文本的方式有所不同，但是相互之间却不是互相排斥的。麦格雷戈先生追彼得的时候，就好像他在逮其他的害虫一样，尽管事实是，彼得明显穿了夹克和鞋，这意味着他被看作是"人类"文化中的一分子。麦格雷戈先生为什么要这么理解？这一切意味着彼得成为了人类文化中的一分子，因此麦格雷戈先生杀死并吃掉彼得的父亲，实际上就表明他是残忍的食人者？该文本并没有向我们表明麦格雷戈先生的想法，相反，该文本留给我们的是困惑，或是一个争议，当中的各种可能性将永久性地存在着。而这种困惑或是争议将阻止阅读继续下去，使之难以结束。相似的问题再一次出现，当彼得将衣服落在醋栗田中的一面网里时，我们应该把这只在后面几页被描述为野生动物的、一丝不挂的小兔子看作它正处于其最自然的状态下（因为我们很容易这么认为，如果我们根据语境看到插图的话），抑或我们应该把它看成"赤裸"的孩子？这两种解读似乎都是有必要的，但却是矛盾的。

为了创造出这个令人不安的效果，波特做了以下几点：a)消除了文本的比喻意象同其"引申"含义之间体现在文学上的差异；b)展现出这些文化符号在本质上所体现出的任意性（例如衣服），而这些文化符号被设计出来便是要将人性同其他的自然性区分开来的；c)破坏清晰的思想，因此，寓言故事的说教的力量得以彰显出来，淘气的孩子总是会受到警告，需要遵从父母的意愿。《彼得兔的故事》并不是一个典型的例子：对于解构主义的评论家而言，所有的文本都经不起这种批评，因为所有想要创作出一个稳当且连贯的合理努力最终都是白费力气。

后现代儿童文本

并非所有的文本都力图掩盖这种情况。正如上面所提及的，在后现代的文本中，传统的想要揭露关于这个世界最深层次真理的目标早已被人遗忘，而人们更青睐从最肤浅的表面现象来审美。显而易见的是，后现代儿童文学所进行的研究应该注意到其人物特点以及在纸张上展现出这些特点的方式。同样重要的是，要意识到儿童文学被阅读的语境的重要性，以及那些为儿童写作的作者将儿童构建为读者的方式。

有一种传统的观点认为，儿童是"文学作品中的无辜者"，如果任何人想要尝试"流派上的和结构上的试验"（Penelope Lively，in Hardyment，1990：31），最终只会造成困惑。介于此，我们或许会希望后现代主义能够体现出儿童文学的特点，如果真的可以这样的话，一定要以一种适度的形式来体现，并在为年龄更大的、更有思想的读者所准备的文本中占支配地位。正如上文所提到的，这样做或许会低估现代儿童的复杂性。事实上，值得注意的是，在儿童文学的分支中，将后现代主义技巧使用得最为连贯，最为彻底的就是绘本①。为什么会这样呢？

可以通过绘本本身的结构来回答这一问题。因为大部分绘本从本质上说存在两种形式的表达，一是通过语言，二是通过图片。绘本提供现成的机会，可以体现各种形式的后现代主义。绘本作者常常像做试验一样，使用不同的方式将图片和文本结合。例如，文字和图片互为补充或是互相矛盾，这样做毫无疑问会用尽绘本同后现代主义写作技巧相结合的方式。通常情况

---

① Lewis，2001；Nikolajeva and Scott，2001；Nodelman，1988；Sipe and Pantaleo，2008

下，书籍被暗指为文本，或者人工制品，抑或被暗指为一个事实，即故事总是被印刷出来，这是不可避免的，但或许也是作者偶然做的一个决定而产生的后果。当然也有各种类型的例外，比如：a)自我参照（例如，将对书籍的阐释引入到故事中）；b)将作者和读者引入故事中，使之成为故事中的某个人物；c)将其他书籍中的人物引入到文本之中。这些以及其他方式在以下绘本中很常见。珍妮特和艾伦·阿尔伯格（The Jolly Postman，1986），大卫·麦考利（Black and White，1990），约翰·席斯卡和莱恩·史密斯（The Stinky Cheese Man，1992），劳伦·查尔德（Who's Afraid of the Big Bad Book?，2002）以及梅兰妮·瓦特（Chester，2007）。总的说来，后现代主义的绘本承认故事是作者和读者之间的交易。该交易有规则，而这些规则都是惯例性的而不具有自然属性，所以这些规则是可以被打破的。在研究年轻的孩子对于后现代书籍的特殊偏爱时，值得注意的是，阅读（或者说被阅读）是一种体验，在这种体验中，大人往往掌控着权力——例如作者，再例如大声诵读的读者，诸如此类，因此大人能够自由地给予或是保留叙述的快感。可应争辩的是，后现代绘本赋予年轻读者力量，因为它们创造出一种互动的感觉，邀请孩子体会无政府主义，即使破坏规则也不会受到惩罚的快乐；与此同时，恭维这些孩子是有知识的圈内人，能够同讲故事的成年人分享他们自家的笑话，从中感受到快乐。相反，这些文本所体现出的反权力主义也被看作是作者摆出的姿态，用于表达一种更为微妙的成人试图控制儿童的方式。在这一领域的研究或许应该强调阅读绘本的体会到底可以在何种程度上同本章节最开始勾勒出的后现代美学达成一致，这是非常有用的。

在为年级稍长的孩子写的书中，后现代技巧似乎有所变化，显得不那么有趣。与此同时，这些技巧更为直接地体现出后现代主义的特点，常常出现在以下作者所写的作品中，包括博尔赫斯、伊塔罗·卡尔维诺以及约翰·巴思。在这些作者的作品中，相反的声音或是观点常常同时出现，而传统的叙述者用来引导阅读所发出的权威的声音非常明显地被削弱了。

不可靠的叙述者,嵌套叙事以及多样的(但却相冲突的)对于同一件事物的叙述使得文本渐渐模糊了幻想或是故事同现实之间传统意义上的区别。例如,在艾登·钱伯斯的《休息时间》(1978 年)这本小说中,读者必须判断主人翁迪托对于自己浪漫史的描述(通过不一致的风格和形式被传递出来)是如何同现实保持一致的。然而,人们逐渐感受到这个问题不仅仅无法回答,而且也无任何意义。这本书中所体现出的现实,同迪托对现实的叙述如出一辙,并没有能够提出一种全面的观点,可以将所有个体因素都囊括在内。这种类型的文本想要体现出理解的多样性以及破碎性的本质,而这也是世界的本质,或许这也是文本想要向青年读者表达的意思。这些文本所带来的影响表现为轻松、振奋人心,而不是令人困惑或是让人喘不过气来。

后现代文本常常采用的技巧还包括不断重复文本当中的关键元素,即人们熟知的"递归"以及"戏中戏",这种手法指的是,故事中套着另一些故事,从而形成一种永无止境的回归。例如,杰拉尔丁·麦考林的故事《谎话连篇》(1988 年)由一系列离谱的故事构成,这些故事通过神秘的 M.C.C. 伯克希尔讲述给艾尔沙和她的妈妈,最终,小说结束的时候给了读者双重启示,伯克希尔是听众自家商店里售卖的故事书中一个虚构的人物,但是关于他的故事又是真实的,这两者的结合使得读者意识到他们自己也是虚构的人物。还有许许多多的文本,当中的人物发现自己也处于书籍的叙述之中,例如米歇尔·恩德写的《永不结束的故事》(1979;trans. 1983);抑或是书中的人物进入到了一个"真实"的世界,例如柯奈莉亚·冯克写的《墨水心》(2003;trans. 2004)及其续篇。这些技巧出现在儿童文学中有着很长的历史,至少可以追溯到路易斯·卡罗尔时期。然而,尽管很容易识别出典型的后现代文本中的特点,但是还是无法假定这些特点一定会在实际运用中体现出后现代的特质。如果有一个故事讲述的是一位强悍的公主拯救了一位被绑架的王子,这或许是文本互涉,并颠覆了传统的叙述模式,但是,如果这样做所产生的效果更多地体现在社会政治目的上,而没有体现出意义的任意性特征,那么"后现代"或许就没有恰如其分地被体现出来。还有一个例子,语言游戏的重要性可以通过以下文本得以体现:《爱丽丝漫游仙境》(1865 年)和诺顿·贾斯特写的《收费亭里的幽灵》(1961 年)。富有争议的是,他们将双关语看作是一种结构要素,出于好玩的目的来使用双关语,而这种做法只会因对逻辑和合理性的忠实而得到保障,因此,这离后现代的精髓还相去甚远。相比较而言,后现代的文本会提出一系列有着 20 世纪特点的问题,这些问题涉及现实同语言的关系,让人们更能够领略德里达著名的观点"il n'y a pas d'hors-texte",换句话说,文本之外无物。

拓展阅读

1. Baudrillard, J. , Simulacra and Simulation, trans. S. F. Glaser (Ann Arbor, MI: University of Michigan Press, 1994).
2. Derrida, J. , in P. Kamuf (ed.), A Derrida Reader: Between the Blinds (New York: Columbia University Press, 1991).
3. Klinker, J. J. , 'The Pedagogy of the Post-Modern Text: Aidan Chambers's The Toll Bridge', The Lion and the Unicorn 23. 2 (1999),257 - 270.
4. Lyotard, J. F. , The Postmodern Condition: A Report on Knowledge, trans. G. Bennington and B. Massumi (Manchester: Manchester University Press, 1984).
5. Mackey, M. , 'Playing in the Phase Space: Contemporary Forms of Fictional Pleasure', Signal 88 (1999),16 - 33.
6. Thacker, D. and J. Webb, 'Postmodernism', in Introducing Children's Literature: From Romanticism to Postmodernism (London and New York: Routledge, 2002), pp. 137 - 163.

问题和练习

请你去当地的一家图书馆或者书店,花一些时间浏览一些 2000 年之后出版的绘本。

1. 你对于巴特勒所提出的阅读绘本的体验同后现代美学有着特殊的相似性这种说法是否赞同? 这种看法更多是同媒介相关还是同读者年龄有关?

2. 找一本绘本,一本你认为教会小孩打破关于书本和讲故事的传统观点的绘本,以及一本你认为体现出巴特勒所提到的"这些文本所体现出的反权力主义也被看作是作者摆出的姿态,用于表达一种更为微妙的成人试图控制儿童的方式"的绘本。你可以从什么地方判断出这两者的差异? 这是否同强调儿童读者的方式有关系?(参见术语表,找出单向叙事、双向叙事和二重叙事的定义)

3. 通过何种方式绘本可能会在某种程度上受到何种限制,从而可以被称为后现代?例如,绘本是否可以像篇幅较长的小说一样,尝试不同的流派,将不同的题材混合在一起?

4. 回想一下第五章第二节中对以儿童为对象的批评所进行的讨论以及第五章第三节中的读者反应理论,你如何开始评价让儿童读者阅读后现代文本,又如何弄清一位真正的儿童读者是否喜欢并能够连贯阅读文本(问题所涉及的儿童的年纪取决于你挑选的书籍)?

第六章　变化的形式和版式

儿童文学一直是话剧、电影、广播和电视改编的重要来源——它也启发了漫画小说、电脑游戏的创作以及其他新演绎方式的产生。借助于儿童读物和它们强大的故事情节的趋势比以往更为强烈;通过菲利普·普尔曼的《黑暗物质》三部曲,儿童读物提供了吸引众多不同类型读者的情节、人物和叙事模式。为了畅销,出版社把这些读物翻译成多种语言,并重新塑造它们,以适应不同媒介的需求。不过,本章的新意在哪里呢? 在本章中,安德鲁·奥马利研究了儿童文学 18 世纪以来参与(或经历)的改编、借用和商品化的方式,而查尔斯·巴特勒则研讨了在将儿童文学改编为电影的过程中,这些影响力是如何产生特殊作用的。他们所提到的问题和所探索的模式可以扩展为任意媒介而进行的改编,并将受益于米尔·奥沙利文(第五章第四节)所确定的策略的应用,这些策略与儿童文学研究中的比较方法有关。值得一提的是,奥马利和巴特勒均未只使用单一的、确定的研究方法,相反,在讨论为了满足不同媒体和版式的需要如何改写儿童文本的过程中,他们都采用了不同的方法论和批评方法。

第一节　文本转换:《鲁滨逊漂流记》案例

安德鲁·奥马利

丹尼尔·笛福的小说《鲁滨逊漂流记》不仅在儿童文学和文化的历史方面提供了非常丰富的见解,而且对它们与"成人"文学和文化的联系的复杂性以及文本(尤其是供青少年阅读的文本)在多种版式和媒介间迁移的复杂方式同样也有深刻的认识。笛福这部最早出版于1719年的名著被译成了一百多种文字,一直不断再版,适合各种层次的读者阅读,它所渗透的文化想象是如此彻底,以至于只要一提到一个小岛上的孤独身影,就会让人联想到本书中的人物和他的冒险经历。自从这个情节简单的故事诞生以来,近三个世纪中,出现了一系列前所未有的、主要针对儿童读者和消费者的文化产品:从通俗读物、鲁滨逊式小说(对原著的篇幅更长的仿写)、童话剧,到餐具、棋类游戏、卡片游戏、电影和电子游戏,应有尽有。小说的文化特点已经通过它持续的再解读和再循环得到了扩展。虽然该书就它的范围和持续时间而言是独一无二的,但《鲁滨逊漂流记》这种故事增加和扩展到其他媒体的经历在儿童文化生产领域并不常见。本节中对《鲁滨逊漂流记》的轨迹追踪也能在其他文本的循环和改编上,如《格列佛游记》(1726年)和《弗兰肯斯坦》(1818年),或者是一些经历了类似的变化过程的文学童话。要在本节有限的篇幅内对以鲁滨逊和他的同伴"星期五"为主题的文本及对象进行一个完整的调查是不可能的,更不要说做完整的分析了,因此,笔者选择主要从18、19世纪的选集入手来进行研究,这样能在儿童文化的领域内研究《鲁滨逊漂流记》的历史发展。

正如许多批评家所言,鲁滨逊的地位已近乎神话。在该书出版200周年之际,弗吉尼亚·伍尔夫曾评价道:"(它)就像我们民族发表的匿名作品之一,而非某一个体的作品。"(1957:89)对伍尔夫来说,鲁滨逊已经成为了国家遗产和神话的一部分。这个过程从该书出版后的数月内就开始了,因为出现了盗版和廉价书。到19世纪,鲁滨逊和他的同伴"星期五"真是无处不在了,他们常常出现在童话剧和其他戏剧作品的舞台上,出现在广告和儿童玩具、游戏及谜题中,甚至成为陶制品和其他家居用品的流行主题。他们还成为一首18世纪末流行歌曲和一首19世纪童谣的主题,甚至20世纪迪士尼早期电影的主角(《米奇的鲁滨逊漂流记》,1935年)。

早期的鲁滨逊式小说和通俗版本

笛福的小说简直就是琳达·哈钦的《改编理论》中的一个可具有高度"可改编性"的例子,尤其是在文本和儿童商品的背景下,虽然并非绝对如此。改编理论是吸引了众多批评家注意力的领域,而且为儿童文化领域研究的可能性提供了颇为丰富的方法。考虑到可能的政治和意识形态影响诸如《鲁滨逊漂流记》文本被改编的方式和原因,改编非常明显。笛福小说的改编史几乎和小说本身一样久远,事实上,有许多书都紧随笛福其后,采用了与《鲁滨逊漂流记》相同的叙事元素和人物。在约翰·戈特弗里德萧贝尔本人 1731 年的新流派的德语作品《岛上的城堡》的序言中,他创造了"鲁滨逊式小说"一词来描述这一新兴的文学现象。在早期的鲁滨逊式小说中,最成功的是彼得·隆格维尔的《隐士》,该书不仅再版,还被删节成了廉价书,最后改编成 18 世纪流行的儿童读物,就像《鲁滨逊漂流记》一样。

大多数早期的鲁滨逊式小说的特点是男主角,他们扮演了一个被公认为退出了这个邪恶世界的角色。他们身上体现了个人主义、自力更生、艰苦奋斗和自我否定精神,是 18 世纪英国新兴的中产阶级所一直推崇的典范,也是那个时期儿童文学旨在提倡的典范。在这方面,许多早期的鲁滨逊式小说——事实上包括从那以后的鲁滨逊式小说,标志着伊恩·瓦特在《小说的崛起》(1957 年)中将鲁滨逊与之相联系的男性个体的胜利。尽管瓦特的研究招致了许多领域的挑战,其中最引人注意的是小说的女性主义历史(例如后文的阿姆斯特朗),但是,鲁滨逊这一人物已经作为一个现代的中产阶级和男性个体的范式广为流传。然而,18 世纪的后半叶,出现了数部以女性为主角的鲁滨逊式小说,在德国,有一种变体尤其成功(Blackwell,1985)。英语作品的例子包括伊丽莎·温菲尔德(笔名)的作品《美国女人》(1769 年),匿名出版的《沙漠中的齐利亚》(1789 年)和《汉娜·休伊特》,以及《女鲁滨逊》(1796 年),后者流行甚广,被改编后搬上舞台,1798 年作为音乐剧在皇家剧院上演。这些小说非常有趣，因为它们显示了如何把对众读者来说非常典型的男性形象变成新兴的、女性化的 18 世纪家庭生活的意识形态。例如，伊丽莎·温菲尔德担负起了到她的小岛上来的土著人的宗教教育责任，书中出现了一些受益于她的母性倾向的土著儿童。这在鲁滨逊的历史上算是一种令人惊奇的进展，不过，正如下面的例子所显示的那样，它进一步解释了笛福的小说从 18 世纪以来和童年时期紧密相连的方式和原因。

《鲁滨逊漂流记》的廉价书版本通常只有 8 页、16 页，最常见的是 24 页，它们是在原著出版后不久开始出现的，直到 19 世纪，这些廉价书在伦敦和全不列颠群岛的中心城市印刷了无数次（有时它们是以"廉价惊险小说"的形式出现的）。这些很短的缩写本以非常激进的方式改写了原著，例如，减少或削弱了书中对鲁滨逊虔诚的宗教精神和精神重生的描写，而强化了鲁滨逊屠杀食人族的生动情节，以及他是如何挫败了威尔·阿特金斯的反叛的，这些显示了此类书对早期流行叙事手法的迎合。对畅销小说进行缩写的廉价书以及其他叙事方式的使用突显了改编的作用，在罗杰·夏蒂埃的跨阶层文化交流的构想中，改编以"借用"的方式在起作用：将精英文化修改调整以适应普罗大众的需求。早期的廉价版本本来的目标读者主要是成人，普通读者，可是，廉价书篇幅短小，语言简单，再加上木刻插图，这些都意味着它们一定会成为 18 世纪上半叶儿童手中的读物。而根据儿童的能力和感知教育的需要来对小说进行协调且谨慎的改编是 18 世纪下半叶才出现的事情。

富有教育意义的儿童鲁滨逊式小说

让·雅克·卢梭在《爱弥儿》中对《鲁滨逊漂流记》大加赞赏："这本书将成为我的爱弥儿阅读的第一本书。在很长的时间里，这本书将是他唯一的藏书，并占据着重要的地位。"（III：184）在 18 世纪的最后 25 年里，以年轻的鲁滨逊为主要人物的鲁滨逊式小说开始频频出现。第一部重要的儿童鲁滨逊式小说是约阿希姆·坎普的《年轻的鲁滨逊》(1779 年)，该书继承了卢梭所赞赏的《鲁滨逊漂流记》中的教育功能，1788 年该书的英文版出版，名为《新鲁滨逊漂流记》，直到 19 世纪末都还在不断再版。坎普写的这本书广为人知，以至于后来产生了一批仿作，该书采用了得到普遍认可的教育形式，即父亲和孩子们对话的形式(英文版中父亲是比林斯利先生)。新鲁滨逊与笛福笔下的鲁滨逊不同，他没有依靠从船上抢救出的工具和货品，而是凭借自己的智慧和毅力以及岛上的物产生存了下来。因此，他比笛福笔下的鲁滨逊更充分地表达了卢梭的自给自足和从自然中学习的教育思想。其他的 18 世纪儿童鲁滨逊式小说采用了不同的文学路线，例如，露西·皮科克的《安布罗斯和埃莉诺》(1797 年)是弗朗索瓦·纪尧姆·杜克雷·杜米尼尔的《洛洛特和小孩》(1793 年)的英文改编版，该书只是提到了卢梭的教育理念，而把重点放在了情感和充满戏剧性的情节上，呼应了日渐流行的儿童浪漫主义理念，成为既具有强烈的情感意义，又与大自然紧密联系的作品。即便是在早期，《鲁滨逊漂流记》一书本身就提供了儿童文学领域中一系列可能出现的意识形态部署，这进而表明了成人读物改编成儿童读物的多重途径，而且这些途径是可以被引导的。

18 世纪末和 19 世纪初，《鲁滨逊漂流记》适合作为儿童读物的事实并未得到广泛认同，当时一些最权威的教师们以极为谨慎的态度来看待该书。尽管赞同书中"在神的祝福下施展的才智和勤勉"，莎拉·特里默还是担心冒险故事中的自由散漫的生活可能会给儿童的心灵留下过于深刻的印象，达不到该书教育儿童"不听从父母规劝会自酿苦果"的目的(III：298)。特里默在对该书的评论中特意提到了一段轶事：两个男孩为了模仿书中的男主人公，离家出走，要到海上去冒险。其中一个男孩的母亲为此焦虑过度，结果早早去世。同样，玛利亚·埃奇沃思认为《鲁滨逊漂流记》更适合女孩子阅读，因为女孩"更渴望如鲁滨逊一样，在一块完全自我封闭、运转正常、金钱无用的地域中生活"(Armstrong，1987：16)，而男孩们从书中得到的是对旅行和冒险的一种不恰当的、算不上危险的体验。这些对《鲁滨逊漂流记》阅读的关注揭示了当时对家庭完整性及其主体对象：母亲和孩子们的广泛焦虑。

热爱家庭的鲁滨逊

早些时候，人们认为在小说中加入女性鲁滨逊预示着小说改编适应了新兴的家庭生活思想，这也是将小说中鲁滨逊的角色教给孩子们的真实例子。这些书中常见的情节不仅是主角在荒岛或荒无人烟的别处幸存下来，还包括了海难或其他灾难发生后，孩子们努力重建一个核心家庭的情节。在鲁滨逊式小说中，这种朝着家庭问题的转向也许不尽相同，但原著提供了以不同方式来这样改编该书的可能性。为了反对学术界中兴起的从帝国主义叙事的角度来解读《鲁滨逊漂流记》的趋势，帕特·罗杰斯提出，鲁滨逊是一个热爱家庭的角色，而不是一个"殖民掠夺者"，他"花了好多时间来营造自己的栖身处"（1974：380；384）。与此相关的事实是：鲁滨逊十分痛苦，因为他违反了父亲要他留在家中并保持一种"最适合人类福祉的中间状态"的命令。在18世纪末和19世纪初的儿童读本中，这一情节受到了着力渲染。这些书中扩展了鲁滨逊的父亲恳请他不要出海的情节，强化了他母亲满含热泪、苦苦哀求的可怜形象。有些青少年版为了达到教育孩子服从父母之命的目的，甚至还改变了故事的结局，最终给读者留下这样的印象，28年后，鲁滨逊懊悔当初离开了父母，说道："此刻，我认为自己是世界上最可怜的人儿，我万分悔恨自己不安分的性格让父母承受悲伤和死亡；从那时起，我记下了生活中随之而来的一切不幸。"（Adventures，28－29）最后，许多批评家研究了笛福笔下"星期五"和鲁滨逊之间的关系，发现二人的关系犹如父子和师生，鲁滨逊如父亲般承担起了对孩童似的"星期五"的宗教教育责任，对他产生了像父亲一样的影响。对原著的这种文学批评的解读揭示：儿童文学中最重要的关注点通常是由成人引起和影响的。例如，他们迫使我们去考虑：作为想使故事更适合儿童的成人，我们的动机是什么；这样的动机揭示了我们和童年之间怎样的关系，以及我们对童年时期这一范畴怎样的构建；简而言之，他们让我们思考这一问题：成年人是如何通过文本来创造童年时期的。

早期最著名的儿童鲁滨逊式小说之一是《鲁滨逊家庭漂流记》，后来更名为《瑞士鲁滨逊家庭漂流记》，该书是当时新兴的中产阶级对家庭观念表达的一个极好的例子，也是中产阶级珍视核心家庭模式的方式。然而，到19世纪中期，当这种小说到了最流行的时候，最引人关注的儿童鲁滨逊式小说的重点是冒险故事和身为主角的男孩的大胆行为。维多利亚时代的冒险故事，例如 R. M. 巴兰坦的《珊瑚岛》(1857 年)，和罗伯特·刘易斯·史蒂文森的《金银岛》(1883 年)，还有许多类似的例子，使得诸如《男孩专属杂志》似的期刊更具品味，将具有英国特色的"勇气"和冒险精神理想化了，也将大英帝国的顺利扩张理想化了(有学者研究了维多利亚时代和帝国主义话语间的联系，详见 Bristow，1991；Green，1990；Loxley，1990；and Phillips，1997)。那些以野蛮人和蛮荒之地为特点的冒险故事通常不会像《瑞士鲁滨逊家庭漂流记》一样强调对家庭的热爱，也许是因为它们在意的是描写男孩从女性和家庭范围的保护中自然地脱离出来，进入男性的、公众范围中。然而，当时许多儿童鲁滨逊式小说仍然在强调核心家庭和家庭避风港的理想，《莱拉》这部小说，或者叫作《小岛》(1841 年)，是一个女孩子的鲁滨逊式小说，利用了书中在海难中幸存的人物(莱拉、她父亲，还有一个老女仆)的孤立无援的处境来详细描述了一个安全舒适的家庭空间带来的好处和快乐。凯瑟琳·帕尔·特雷尔的《加拿大的鲁滨逊们》同样强调了被拆散的家庭生活和家庭单位的重建，同时，该书在男性化的话语征服和殖民扩张以及家庭生活的女性编码的意识形态之间顺利地架起了一座意识形态之桥。

在为儿童读者而改编的笛福作品中保持一致的是一种教育的推力。尽管有理由质疑，几乎所有的儿童文学和文化都受到创作儿童文学的成年人和年轻的消费者——两者之间关系的力量所驱使,然而,《鲁滨逊漂流记》却仿佛提供了一种非同寻常的、用途广泛的手段来传达教育的可能性。小说本身和诸如《瑞士鲁滨逊家庭漂流记》之类的仿写本经常被作为学校的奖品颁发给学生。以小说场景为图案、字母镶边的陶瓷器具也是当时盛行的送给儿童们的奖品和礼品,例如,19 世纪 80 年代布朗希尔斯陶瓷有限公司在斯塔福德郡生产的陶瓷用具。虽然很难说从 19 世纪中叶开始的改编自《鲁滨逊漂流记》的圣诞节童话剧(如《鲁滨逊漂流记》、《星期五和精灵们》、《鲁滨逊漂流记,大型圣诞节童话喜剧》)有什么明确的教育意义,但这一时期确实创作出了大量高质量的家庭剧。孩子们在家庭和学校中演出的戏剧需要在道德和教育意义层面有一定表现,这样的戏剧在 18 世纪开始盛行,尤其是在 1782 年德·让利斯夫人的《教育戏剧》翻译出版后更是如此,这种戏剧表演一直延续到 19 世纪,《鲁滨逊漂流记》成为非常适合这种演出的台本。还有两个改编成音乐剧的例子,一个是《男声清唱剧或轻歌剧》(1896 年)和音乐剧《鲁滨逊漂流记》——摘自丹尼尔·笛福作品,插入了适当的歌曲和合唱(1879 年),它们让大众更好地认识到小说中男孩们的表演和演唱场景是如何从国家和个人的道德提升层面来引导的,前者包括了男孩们在歌曲间隙大声朗诵的简短对话,常用的话有:"哎,如果外国永远没人发现,我们就不能和他们贸易了,对吗? 那我们的海军和水手们会变成什么样子?"后者的特点是一些歌曲,它们的标题是《不听话的儿子》、《行动要正确》、《坚韧不拔》、《信念》和《满足》。

《鲁滨逊漂流记》、儿童文化和流行文化

到 20 世纪,《鲁滨逊漂流记》已经完全融入了儿童文化和流行文化,以至于它的迭代不断地脱离了笛福小说的束缚。电影如《火星上的鲁滨逊》仍然还保留了与原著的关系,而电视剧如《梦幻岛》(1964—1967 年)和近些年的《幸存者》(2000 年在美国首播)或者《迷失》(2004—2010 年)中却只留下

了它们来源的蛛丝马迹。新媒介一出现，当代儿童读本的改编就随之转移到新媒介了;《鲁滨逊漂流记》有无数版本的动画片,还有其他视觉叙事形式,如"魔眼"立体影像观赏器中的立体卷轴图画。在出版物中,有图画书版本和漫画书的改编本。此外,还有许多相关的玩具和游戏,如果不是鲁滨逊本人,那就是荒岛的隐居生活的景象会出现在儿童消费者的市场上。近来,特沃拉软件公司研发了一款《鲁滨逊漂流记》的视频游戏,玩家们可以扮演小说中的角色,到荒岛上开始冒险生涯。这种产品的扩展不仅证明了小说持续的文化和教育相关性,而且还引发了这样的思考:这部小说和它的功能以及它意识形态的掌控是如何在不同的媒介和形式中改编及变化的呢?

对《鲁滨逊漂流记》的改编,首先是在棋类游戏和字谜游戏中进行的,最近则是在新媒介形式,如视频游戏中进行的,这些改编将研究和分析的机会扩大到尽可能广的范围里。鉴于目前学术界对视频和虚拟游戏感兴趣,我们在此建议最好用可能的方式来研究一款《鲁滨逊漂流记》的电脑游戏。这个由特沃拉软件公司开发的所谓第一人称视角游戏本身往往会由一些意识形态结构专家来证明它们有着与笛福的小说相联系之处,比如个人主义。儿童玩家会将鲁滨逊这一人物看作是游戏中的虚拟化身,这些玩家们会被视为教育行为的一个演变,而这一演变是儿童想象中这个故事的"家庭剧场"的产物。近来,研究视频游戏的学者尼克·戴尔·威则夫特和格雷格·德·彼得提出,考虑到该行业作为美国军事研究的副产品的历史,它的产品主要是由具有剥削性质的"横贯大陆的肮脏工作"生产出来的"全球营销商品",以及其他一些原因,可以把视频游戏当作"帝国媒介"(2009：xxix)：对"帝国"一词的理解应在迈克尔·哈特和安东尼奥·内格里在他们颇具影响力的同名书中概括的全球资本主义的意义下进行。考虑到众所周知的《鲁滨逊漂流记》与早期资本主义积累和殖民话语(例如在大英帝国版图中19世纪鲁滨逊式小说的地位)的联系,这个征服荒岛故事的视频游戏产生了有趣的协同效应。

这些变化说明了在儿童文学和文化背景下,《鲁滨逊漂流记》已经做了一些意识形态上的工作,而它在不同领域的"轨迹"以及这部小说和它各种"后代"经历过的文化产品的层次,对于流行文化和儿童文化改编主流或精英"成人"文化的方式及原因提出了问题。尽管笛福的小说本身很难被视为它出版的那个时代的精英文化的一个例证,但 18 世纪以后,这部小说的声望日增,赢得了文坛泰斗亚历山大·蒲柏和塞缪尔·约翰逊的赏识。小说通过改编的方式进入儿童文学领域,这揭示了人们对原创和天才(笛福的小说被烙上了精英文化的标识)以及衍生和重复(通常附加在流行和儿童文化上的负面标识)的态度。改编通常被"归为次要的、'非独创的、陈旧的、贫乏的、低级文化的'"(Hutcheon,2006:2)。儿童文本中的确有类似情况——常常模仿成人文本的类型和形式,这可以理解为对相应的成人文本的复杂性进行简化。也许不是巧合,历史上鲁滨逊式小说和其他的《鲁滨逊漂流记》的改编版都从对原著以男性为主角的模仿过渡到了以身价更低的女性为主角的文本,最后再到更不受重视的儿童小说,虽然一路上有各种未经授权的、简化的、"低质"流行版本与之相伴。作为能给儿童提供娱乐和教育的小说,鲁滨逊式小说漫长而持续的历史最后是和处于儿童文本研究中心的文化及文学创作的批评问题相联系的。

拓展阅读

1. Blaim, A., 'The English Robinsonade of the Eighteenth Century', Studies on Voltaire and the Eighteenth Century 275(1990), 5 – 145.

2. Chartier, R., 'Culture as Appropriation: Popular Cultural Uses in Early Modern France', in S. L. Kaplan (ed.), Understanding Popular Culture: Europe from the Middle Ages to the Nineteenth Century (New York: Mouton, 1984), pp. 229 – 253.

3. Maher, S. N., 'Recasting Crusoe: Frederick Marryat, R. M. Ballantyne and the Nineteenth Century Robinsonade', Children's Literature Association Quarterly 13. 4 (1988), 169 – 175.

4. Norcia, M., 'Angel of the Island: L. T. Meade's New Girl as Heir of a Nation-Making Robinson Crusoe', The Lion and the Unicorn 28. 3(2004), 345 – 362.

5. O'Malley, A., 'Acting out Crusoe: Pedagogy and Performance in Eighteenth-Century Children's Literature', The Lion and the Unicorn 33. 2(2009), 131 – 145.

6. O'Malley, A., ' "Crusoe at Home:" Coding Domesticity in Children's Editions of

Robinson Crusoe', British Journal of Eighteenth-Century Studies 29. 3(2006)，337 –
352.

7. O'Malley，A.，'Island Homemaking：Catharine Parr Traill's Canadian Crusoes and
   the Robinsonade Tradition'，in M. Reimer(ed.)，Home Words：Discourses of
   Children's Literature in Canada (Waterloo，ON：Wilfred Laurier University Press，
   2008)，pp. 67 - 86.

8. Rogers，P.，Robinson Crusoe (London：George Allen &·Unwin，1979).

第二节　电影改编：《秘密花园》案例
查尔斯·巴特勒

　　我们中大多数人都熟悉改编的理念，它是一种以多种形式存在的实践活动，适用于：图书改编为电影、舞台和电视节目；戏剧、电影和电视节目被改编为图书；诗歌被转换成歌曲等。翻译、插图、缩写和更新也是改编的形式，每种形式都有其传统和限制。改编理论属于一个活跃的学术领域，甚至有自己专门的杂志——《改编》，电影改编是这个研究领域内一个特别重要的元素(McFarlane，1996；Naremore，2000；Stam，2005)。电影改编的实践研究已经提出了重要的问题，这些研究通常都集中在成人阅读的小说上，这些问题有：改编如何受媒介变化、预期观众或电影制作时所处的历史时期的影响？反过来，改编如何影响我们对原著的看法？例如，电影中突显出的意外冲突或特质如何影响我们对原著的看法？

　　对儿童文本的改编所涉及的问题在相当程度上与改编成年人读本时遇到的问题有些一致。然而，有些要考虑的因素与儿童文学尤为相关。一个是儿童文本很容易受到前面提到的这种调整性改编的影响，比如缩写，更新和删节，从 18 世纪以来便一直如此，那时供青少年阅读的小说的缩写本非常普遍，而且改编对象是跨流派的。所以，童话就被早期的改编者删去了淫秽和暴力的内容，增加了符合基督教教义的内容，当然，为了供儿童阅读，童话有着漫长的被改编的历史。这些就是所有的方式，那些涉及的改编（无论

改编是出自作者、导演还是制片人）可以承担"看守"的角色，删除或伪装原文——这是一种经常被证明为能用以保护儿童免受可能会使他们堕落或迷茫的材料的影响的方式。虽然对儿童文本的改编来说，这种审查制度远非特例，但它的流行却强调了改编者和消费者之间的权力关系。

成年改编者和儿童消费者之间的关系也可以由一种感知教育责任来体现。在处理文学"经典"，尤其是由具有公众服务职责的主体，如由英国广播公司（BBC）来处理的时候，改编者或许感到他们某种程度上是在一个更大范围的文化素养教育中起作用，其结果之一可能是他们会更努力地忠实于原著（关于忠实的概念，见后文）；然而，改编者也希望将他们的工作定位为"是对一部备受喜爱的经典的介绍，而不是替换"（Leitch，2007：20）。这样的改编常常不像一个业已完工的作品，而更像是一个教育和文化适应过程中的一部分，年轻人经历这一过程为今后会遇上的"真实之物"做好准备。

第三点涉及观众的问题。儿童电影（还有较小范围的儿童戏剧）的观众是儿童，不过，儿童看电影时通常有成人陪伴，而且票款是由成人支付的。在把儿童文本改编成电影、戏剧的时候，电影制作人可能会考虑采用一种两边讨巧的办法，创作一部"家庭电影"，既吸引成人也能吸引儿童。这可能包括诸如扩展原著情节，加入浪漫、政治阴谋或面向成人的幽默等办法，或者，只需简单地在儿童主角旁边安插进一位著名的成年演员即可。

改编《秘密花园》为电影

在研究一个文本被改编为电影和电视节目的历史时，第一步要找出其中做了哪些改编。有几个大规模的在线资源对此很有帮助，其中包括互联网电影数据库，美国和英国电影协会的网站，以及国际电影索引数据库。此外，还有传统的纸本资源，如《哈利维尔的电影、视频和 DVD 指南》。许多电影和电视节目都有廉价的 DVD 或视频格式，不过，要想获得一些名不见经传的材料，就有必要到档案馆保存的资料中寻找，例如英国电影协会，它目前保存有大约 5 万部故事片和 62.5 万个电视节目。英国广播公司（BBC）也有一套大型档案，它是研究在英国播出的节目材料的无价之宝。

　　弗朗西斯·霍奇森·伯内特的《秘密花园》（1911 年）是一个良好例证，它演示了该如何做这种研究，为了适应不同媒体，该书曾接受了多种形式的改编，这是一段引人注目且很完备的历史。这部经典童书讲述的是一个孤女玛丽·伦诺克斯的故事，她被送到了隐居在约克郡的叔叔的家里，和叔叔一起生活，她在叔叔家发现了一个紧锁的花园，这个花园帮助她和多病的表弟科林走出了自我封闭的孤独世界。《秘密花园》问世以后近一个世纪，拥有众多版本，畅销不衰，从 D. H. 劳伦斯到菲利帕·皮尔斯，该书一直都对作家们有所影响（Evans，1994：18）。《秘密花园》已经无数次被搬上电影电视屏幕，早在 1919 年就有古斯塔夫·冯·西佛提斯主演的默片，不过现在已经找不到该片的影像资料了。30 年后，弗莱德·威尔考克斯为米高梅公司导演该片，童星玛格丽特·奥布莱恩饰演玛丽。这部 1949 年的《秘密花园》带给了诺埃尔·斯特雷特菲尔灵感，使她创作了自己的书《彩绘花园》（1949 年），这部电影产自好莱坞，尽管剧中的许多演员都是英国人（爱尔莎·兰切斯特饰演年轻的女仆玛莎，虽然她当时已经 40 多岁了，还带着奇怪的苏格兰约克郡口音）。从电影角度来看，这部电影因其色彩的象征性使用而著名，因为尽管电影的主要色彩是黑白，但充满生机的秘密花园内部的场景运用了彩色摄影术，这是一种 10 年前在《电影"绿野仙踪"的拍摄》中提过的拍片技术。英国广播公司（BBC）于 1952 年、1960 年和 1975 年拍摄了这部小说的电视剧，均由多萝西·布鲁金编剧，但是现在只有由莎拉·霍利斯·安德鲁主演的 1975 年的版本保存了下来。1987 年，这部小说又由贺曼公司拍成了电视电影，虽然电影是在英格兰拍摄的，电影的主要角色是由英国电影界的代表人物迈克尔·霍登，德瑞克·雅克比和比利·怀特劳饰演的，但少年玛丽、科林和狄肯的角色均由美国演员饰演。6 年后，这部小说的电影版由华纳兄弟出品，主演凯特·马伯利，导演是荷兰的阿格涅什卡。此外，还有一些相关的改编作品，包括一部动画片（1994 年）和《重返秘密花园》(2001 年)——关于主角后代们的续集。

改编的性质

在考虑这些电影改编以及它们和伯内特的《秘密花园》之间的关系之前,我们应该暂停片刻,提几个关于改编的实质的更根本的问题。

> "她死了,住在花园里的是她的鬼魂,是阿奇博尔特·克雷文所爱的那个女人的鬼魂。"
>
> 简皱起了眉头。
>
> "我的书不是这样写的,我书中的花园只有一只知更鸟。"
>
> "在我的图画里,年轻的克雷文太太的鬼魂就在花园里。"
>
> "那好,如果你不介意我这样说的话,我认为那是一幅非常荒谬的图画。读过《秘密花园》的人没人知道她是谁。"(Streatfeild, 1949,p. 153,cited Stokes, 2004,p. 183)

此处,简·温特尔——诺埃尔·斯特雷特菲尔的《彩绘花园》中的女主角,对改编发表了带有普遍性的看法,即改编应该忠实于原著,应该不违背人们所熟悉的原著情节。这种对忠实度的要求常常被表述为一种道德责任,而不尊重它意味着对原型的"背叛"。这样的观点把文学来源和电影改编之间的关系等同于正本和副本,或者甚至是宿主和寄生物之间的关系了,它把改编放到了一个明显的从属位置。如果我们也接受现代美学原理,即一种成功的艺术作品的形式和内容要达到尽量高度的协调,那么,现代美学原理还提到,任何媒介的改编都会造成艺术损失。在这种"忠实性"的视角下,改编的本质就注定了它会遭受不同程度的失败。

虽然人们总是心怀对改编的尊重来论述忠实性,但它并非唯一的方法,或者说不是最好或最受尊敬的方法。例如,在菲利斯·比克斯勒对该文本的研究中,她把《秘密花园》的电影改编("电影的力量主要来自伯内特的原著")和同名的舞台音乐剧("它有自己的能量")进行了对比(2006:423)。这意味着一种不同的研究视角,即从改编可能被批评为太盲从于文学来源而不是发展自己的连贯性和独立逻辑方面来研究。电影改编可能改进文学文本中原著作者忽视或不重视的某些方面。文本中有缺陷的地方,在电影中就可能得到改进。也许有人会提出,为了在从一个媒介到另一个媒介,或者是从一个历史时期到另一个历史时期的变化过程中留存下来,一个文本必须适应它的新环境,有点像新物种通过进化机制来适应新情况一样(Bortolotti and Hutcheon,2007)。

然而,另一种用来考量改编的方法是把它看作从一种语言到另一种语言的翻译。译者很清楚,翻译时,有时字对字的翻译既不可能,也不可取。两种语言不可能完全重合在一起,无论是语法还是词汇,它们的使用者也不会共享一套相同的文化镜像。同样,文学和电影各自的媒介也有不同的优点和缺点。电影无法像小说一样让我们了解一个人物的内心思想。评注和强大的叙事功能也是电影难以实现的,事实上,有时电影要求助于旁白这一文学手法,因为旁白能使得电影的语言学基础更清晰。荷兰导演阿格涅什卡 1933 年拍摄的《秘密花园》的开头和结尾都加入了玛丽·伦诺克斯的旁白,用这种方式来引入和结束她的故事。相反,电影作为视觉和听觉媒体的优势突出,电影技术的使用,如切出镜头,变焦镜头,特写和闪回镜头等,使得电影能和文字一样熟练地完成更多的叙事任务。考虑到对这些差异的理解,改编的翻译模型并不意味着要实现逐行对应:"电影制作人只需要有足够的视觉想象来创造与原著风格相等的电影,并让批评家能看得到它。"(Bazin,2000:20)前文提到的克雷文太太的幽灵出现的片段就是利用电影的方法来表现了秘密花园中她的精神存在,而没有借助于玛丽·伦诺克斯的内心思想。

然而,文学和电影之间的技术差异只解释了改编时发生的一些变化。改编的另外一些动机包括实用性(所写的故事要拍成电影可能花费昂贵或者有技术困难,或者需要缩减长度以适应电影院放映的标准长度),或者出于改编版会更有商业前景的想法。电影观众的知识、期望和兴趣也是改编的一部分原因。当改编要顾及同文本最初读者不同历史时期或文化的观众时,电影制作人就可能要做相应改变:例如,删除或改编看起来过时的,文化上难于理解的,或不能被接受的特定的已经改变的习俗。以《秘密花园》为例,故事开始不久就出现了一个这样的例子,女仆玛莎听说玛丽·伦诺克斯来自印度后,便向她解释说自己以为她是"黑人"。看到玛丽生气了,玛莎便解释道:

> "我对黑人没啥讨厌的。教会的小册子上说他们总是很虔诚的,我们得把黑人当作人和兄弟来看。"(Burnett,2006:17-18)

1975 年英国广播公司的电视剧中有同样的对话,不过,玛莎的台词有了明显不同:

> "我在主日学校里听说过印度的事儿,知道印度人也非常虔诚,他们都是我们的兄弟姐妹。"(BBC,1975)

英国广播公司的电视剧里,除了玛莎改说标准英语这一事实之外,我们还注意到"黑人"变成了"印度人",玛莎或许有点讨厌他们的台词也被删掉了。还有,伯内特笔下的玛莎从教会的小册子上得知印度人很虔诚,她也许认为那些人有基督教信仰,而英国广播公司对待这个问题更为开放:也许玛莎在主日学校听说他们是苦行的婆罗门教徒,也有皈依的基督徒? 最后,英国广播公司的版本已经删去了通用的"人"和"兄弟"(玛莎对此的回答成为著名的废奴主义者的口号:"我不是个人或兄弟吗?"),而改成了"兄弟姐妹"。显然,这些改变的意图不仅是为了使语言更现代化,而且还想舍弃文本的历史特殊性,好让它与 20 世纪 70 年代自由主义的价值观更合拍。

《秘密花园》不同版本的比较

荧屏上《秘密花园》的各种版本已经引起了学术界的一定重视（Davies，2001；Frobose，2006；Gillispie，1996；Stephens and McCallum，1996；Stokes，2006）。依照不同的标准，这些版本既会与原书进行比较，也会在彼此之间进行比较，笔者在此将探讨其中一些标准。这些可能用于比较的观测点包括制作电影的日期、预算和制作水准、形式（在电影院上映，电视电影，电视连续剧等等），以及对原文本的忠实度等。理论上说，这些都是互不相关的事项，但是在实践中这些标准并不容易截然分开。例如，如果将华纳兄弟1993年出品的《秘密花园》电影与英国广播公司（BBC）1975年出品的连续剧两者的制作水准加以比较，显而易见，华纳兄弟有更多的预算来打造豪华的布景和效果，而英国广播公司相对贫乏的资源则意味着只能在摄影棚内拍摄外景，知更鸟的镜头只好用资料片中的镜头来拼接。此外，也许英国广播公司牢记着自己服务公众的精神和文化卫士的声誉，因此，它极为忠实于原著，剧中许多对白都直接取材于伯内特的原著。虽说这些仿佛是不相关的变量，但华纳兄弟的巨额预算或许真的促使了其电影版与原著的不同，因为他们是在制作一部商业电影而非电视连续剧。例如，在伯内特笔下，玛丽的父母都死于流行的霍乱，其实，要不是伦诺克斯太太坚持要留下来参加派对而没有躲避到安全的山里去，他们本不会染病而亡。在英国广播公司的连续剧中，霍乱的场景处理得非常经济，是通过一个受惊的女佣来到玛丽的房间来表现的。相比之下，华纳兄弟出品的电影中没有提到霍乱，而是安排了一场地震，这样，不仅免除了玛丽的母亲的鲁莽行为，还通过大火和对人身安全的明显威胁增加了电影效果。这个电影版也认同了电影的标准原理，即要有引人注目的开场来吸引观影者的注意力。可是，这一需求并没有应用于英国广播公司的版本中，因为它是在周末下午茶时间播出的六集电视连续剧，时间相应很充分。正如这个例子所表明的，在电影制作和电视改编中,要考虑预算、观影细节和商业必要性,它们都和更传统的审美观照交织在一起。

另一种比较不同版本的方法是从流派的角度出发。伯内特的小说同属几个类属的划分。例如,小说发生在一幢偏远的、鲜有人居住的大宅子里,这能让读者联想起那些哥特式小说,年轻女性发现自己独处于充满秘密的、占地广阔的大房子里,就像童话故事《蓝胡子》和《美女与野兽》里一样。不过,在《秘密花园》中,一个与现实主义相连的、貌似真实的人物塑造平衡了这一点。梅德洛克太太很容易被写成一个戏剧性的、冷酷的女管家,然而,伯内特并无此意,他只是想说明,要不是想象力太丰富的话,梅德洛克太太会是一个好心的、负责任的女人。同样,克雷文医生不仅是科林的医生,还是坚持说科林不会比他父亲寿命更长,不能继承米瑟斯韦特庄园的人,他被塑造为按自己的道德观来行事的潜在的坏人,科林甚至在初次与玛丽相见时就暗示说"我认为他不想我活下去"(Burnett,2006:77)。不过,伯内特这样写只是在戏弄读者,在后面一章中他专门纠正了对科林病态的猜测:

> 如果这个烦人的、歇斯底里的男孩有机会康复,他本人(即克雷文医生)会失去所有继承米瑟斯韦特庄园的机会;可是,虽然他是个弱者,但却不是一个不择手段的人,他不想让自己卷进真正的危险中。(2006:112)

更广义地说,在《秘密花园》中伯内特用神秘体验来抵抗严酷的常识,通过将"魔法"与科学对比,使这二者成为研究治愈和成长的自然过程的视角。抽烟斗的狄肯善于驯服野兽,让人联想起希腊神话中的畜牧神潘,而他的母亲则有生育女神和圣母玛利亚的影子,尤其是在她最后一次去花园的时候。不过,与此同时,他们都是脚踏实地的约克郡人,习惯了贫穷和乡下生活的严酷现实。

该书色调和流派的微妙平衡是其文学成就的一个重要组成部分,但并非所有电影改编者们都会(或者说能够)效仿——有些电影采用更清晰的叙事和与主题相关的台词。1919 年版的制造商采用了更富戏剧性的路线,这是伯内特本人没有采纳的,片中的科林逃离了先打算弄残他后来又想毒死他的叔叔(美国电影学院),而米高梅公司出品的电影中的敌对角色派给了显然很阴险的阿奇博尔特·克雷文,他准备把米瑟斯韦特庄园卖给出价最高的人,当他发现儿子康复后,这个计划才被阻止(Gillispie,1996:136)。与此同时,1987 年贺曼公司制作的电影强调了狄肯的神秘性,牺牲了他的现实性,使他成为大自然的全智之声,而非小说中健壮的高地男孩。在这样的背景下,影片中增加了他后来死于第一次世界大战的内容,使他成为了一个对人类和世界更具悲剧意义的象征。贺曼公司的电影也以另外的方式修改了这本书的流派,为它设置了一个浪漫的背景,这样做也许是期望吸引成年观众。虽然书中没有暗示说明玛丽和科林会有浪漫的爱情,但电影尾声中等两人都长大后,科林向玛丽求婚了,这(而不是科林的康复)标志着电影的结束。或许出于对北美地区观众会认为亲表兄妹结婚属于乱伦的考虑,在贺曼公司出品的电影中,玛丽不再是克雷文家的亲戚,她的祖母只是克雷文先生的父亲的一位老友,这一点使得隐居的克雷文先生发出邀请让玛丽来一起住的情节不符合人物性格特征。

如同贺曼公司的电影一样,由华纳兄弟公司出品、荷兰导演阿格涅什卡拍摄的 1993 年版的《秘密花园》也改变了玛丽和克雷文先生之间的关系,但原因并不相同。虽然在书中科林的母亲是玛丽父亲的姐姐,但这部电影把科林的母亲变成了玛丽母亲的双胞胎姐姐,这样的变化使两个女人之间的关系更为平行,也使得玛丽和科林彼此的丧亲之痛也更为平行(Bixler,1996:34)。不过,这种平行关系反过来突出了极度的父权世界中他们二人所处位置的对比。荷兰导演拍摄的电影没有把科林和玛丽处理为早恋关系,而是承认了一个突显在该书的女性主义阅读中的事实,即科林的康复变成了叙事的中心,逐渐取代了玛丽的中心地位。在阅读小说的最后几段时,读者会看到科林大步流星和父亲一起走着,他的步伐"和任何一个约克郡的男孩一样稳健"(Burnett，2006：173)，这展示了"一个将女性排除在外的、显示男性之间的情谊"的场景(Foster and Simons，1995：189)。在 1975 年英国广播公司制作的版本中，这个变化没有被处理为会造成麻烦的情节，而是被删掉了，比原书更为彻底。在这部连续剧的最后一集的中间部分，从克雷文先生接收到超自然的暗示，要他返回英格兰之时起，玛丽(女性)和狄肯(工人阶层)这两个角色完全从屏幕上消失了。不过，在 1993 年的版本中，玛丽作为一个突然多余的角色的凄凉感被摆上了前台。当玛丽看到科林和他父亲第一次快乐地相聚时，她哭着说："没人需要我!"然后跑开了。只有当得到克雷文先生的再次保证时，她才进入了克雷文家族的圈子(Gillispie，1996：145－146)，虽然那时她表现为只是受邀的客人而非正当的主人。

　　以上这些结果共同表明，没有任何单一的措施可以用于比较几部电影之间或电影与原著之间的改编问题。尽管对文本的忠实度可能对电影被承认为改编之作是有必要的，但忠实度绝不是影响改编成功的唯一因素。媒介变化所提供的可能性和强加的限制，电影用自己的方式连贯工作的必要性，观众不断变化的品味和期望，电影电视产业合作的特质都意味着涉足电影改编研讨的文学批评家们需要非常清楚他们研讨的术语和目的。改编和对改编进行的研究仍然是珍贵的，它们不仅提供了对文本的解读，使文本更易懂，而且还为从自己的角度来重温文本的读者扩大了阅读的可能性。

拓展阅读

1. Reference sources for children's book film adaptations(儿童文学的电影改编研究相关资源：) American Film Institute. http：//afi. chadwyck. com/home, accessed 17 November 2010.
2. British Film Institute. http：//www. bfi. org. uk/, accessed 17 November 2010.
3. Edlund, E. and A. Hoffslen(eds), Inte Bara Emil: Bok blir Film(Stockholm: Filminstitutet, 1991). Film Index International. http：//fii. chadwyck. com/home, accessed 17 November 2010.
4. Green, E. and M. Schoenfeld, A Multimedia Approach to Children's Literature: a Selective List of Films, Filmstrips, and Recordings Based on Children's Books, 2nd edn(Chicago: American Library Association, 1977).

5. Halliwell's Film，Video and DVD Guide 2008(London：HarperCollins，2007).

6. Hütte，V．，Vom Buch zum Film：verfilmte Kinder-und Jugendliteratur：

7. Filmsachbü cher fü r Kinder und Jugendliche：ein Verzeichnis für die praktische Filmarbeit in Spielstellen und Bibliotheken anlä sslich 100 Jahre Kino(Frankfurt am Main，Bundesverband Jugend und Film，1994) Internet Movie Database. www.imdb.com

8. Moss，J．and G．Wilson(eds)，From Page to Screen：Children's and Young Adult Books on Film and Video (Detroit：Gale，1992).

9. Tibbetts，J．C．and J．M．Welsh(eds)，The Encyclopedia of Novels into Film (Facts on File Film Reference Library)，2nd edn (New York：Facts on File，2005).

10. Screen versions of The Secret Garden The Secret Garden (1919) Dir．Gustav von Seyffertitz．Famous Players-Lasky Corporation.

11. The Secret Garden(1949) Dir．Fred M．Wilcox．MGM. The Secret Garden(1952) Dir．Dorothea Brooking．BBC. The Secret Garden(1960) Dir．Dorothea Brooking．BBC. The Secret Garden(1975) Dir．Dorothea Brooking．BBC. The Secret Garden(1987) Dir．AlanGrint．Hallmark. The Secret Garden(1993) Dir. Agnieszka Holland．Warner Brothers. The Secret Garden(1994) Dir．Dave Edwards. Greengrass Productions. Back to the Secret Garden(2001) Dir．Michael Tuchner．Hallmark.

问题和练习

1. 你大概已经注意到许多儿童奇幻小说都已经被改编为舞台剧、电影、电视剧、电脑游戏、漫画小说和相关的商品(例如《指环王》、《黑暗物质》三部曲、《哈利·波特》、《纳尼亚传奇》、《鬼妈妈》等)，对此你有何解释？奇幻小说和儿童文学的结合对非平面媒体创作人员的吸引是什么呢？

2. 儿童读物的相对较低的文化地位可以解释儿童读物被改编的自由度(例如，霍乱被改编成地震)，除此之外，你还有其他解释吗？

3. 细读为了迎合大众而被改编的儿童读物的结尾部分，这些结尾通常比原著更为明晰欢乐，这有什么重要性？这如何解释改编过程？

4. 通常，儿童读物的改编目标是家庭观众，可有时潜在观众会变化，其中一个例子就是儿童心理学家和儿童作家凯瑟琳·斯托尔创作的《玛丽安之梦》(1958 年)，这最初是写给 9—14 岁的、有一定阅读能力的小读者看的。这部小说被改编为舞台剧、歌剧，尤其值得一提的是，它还被改编成电影《纸房子》(1988 年)；在英国，《纸房子》的观看限制级别是 15 岁以上的观众。你还能想到任何其他被改编后不再适合家庭观众观看或者是为更年长的观众而改编拍摄的儿童读物吗？在改编过程中，小说的风格、词汇、语域和意义发生了哪些变化？这些变化揭示了改编中童年时期的哪些深层结构？

术语表

艺术家的书：

这种书本身就是作为艺术品而创作的，作者通过它们来实践书籍的概念。艺术家往往被儿童读物的想法所吸引，或许是因其内在的视觉和言语实验性质。著名的代表包括威廉·布莱克，瓦亚·拉瓦特和柯薇·巴可维斯基。

廉价书：

这些短小廉价的小册子产生于 16 世纪，经常由列车售货员售卖，因其简单的文本和基于流行故事、民谣及类似的民间素材的内容，大胆的木刻插图等因素而受到年轻读者的喜欢。18 世纪时，出现了针对青少年市场的廉价书。

跨界小说：

是指既吸引成人读者也吸引儿童读者的文本。这类书通常先出版一组，再被另一组代替。尽管这个术语近期才出现，但是这种书籍历史久远，出现过适合儿童的成人文本（例如《天路历程》和《简·爱》），还有吸引成人的儿童书籍（例如《金银岛》和最近 J. K. 罗琳的《哈利·波特》系列小说）。

双向叙事：

该术语由芭芭拉·沃尔（1991 年）提出，指的是一种叙事者—读者关系，其中的叙事者越过了年轻读者，在对更有见识的读者们叙事，他们是文本的隐含读者。参见"二重叙事"和"单向叙事"。

二重叙事：

芭芭拉·沃尔创造的术语，指的是受成人和儿童双重读者同时、同等欢迎的叙述者—读者关系。尽管这两类读者的反应针对的是文本的不同方面，不同于双向叙述中的单独被一方排斥或接受的情况。参见"单向叙述"。

外文本：

杰拉德·热奈特创造的术语，指完全处于书籍之外的副文本元素，包括采访、宣传资料和活动、信函、博客及网站等。儿童书籍往往有动态的外文本，其代表为围绕J. K.罗琳的《哈利·波特》系列小说开展的活动和相关商品。参见"内文本"。

流派：

文学的一个种类或分类，有自己的规则和惯例。儿童文学中的一些主要流派是学校、家庭、动物和冒险故事。流派小说是按通用公式生产出来的小说，往往被认为缺乏文学性，这就可以解释一些批评家对儿童文学的轻视态度，因为即使是流派小说也有高水平的。一些学者，包括佩里·诺德曼（2008）认为，儿童文学本身就是一种体裁，虽然它包含了流派和分支。但这个观点是有争议的。

漫画小说：

一种使用文本和艺术相结合的方法来讲故事的小说，也常常采用与连环漫画相关的叙事手法（见第三章第三节）。不过，漫画往往是连载的，而漫画小说则是连续的、独立的叙事。

媒介间互文性：

这一术语已经在某些学科中代替了"再媒介化"一词，尽管目前"再媒介化"往往受儿童文本研究者的欢迎。

互文性：

是指文本之间的相互依存性，尤其是当一个文本作用于另外一个文本，从而创造出一个新的艺术作品时。其中可能会涉及的策略有：使用典故、引用、借用或调用字符。这个术语是茱莉亚·克里斯蒂娃所创，她认为，既然所有的文本都依赖别的文本来实现自己的意义，那么，影响书籍之间动态关系的应是阅读书籍的顺序，而非它们被创作出来的顺序。这一认识尤其与儿童文学相关,它包括儿童的第一次文本阅读经验以及儿童第一次阅读文本时阅读材料的顺序。

副文本:

杰拉德·热奈特创造的术语,指的是以下元素:封面、书脊、卷首、前言、简介等等,这些元素把纸张变成了一本书,并且在作者、书和读者之间传播信息。热奈特谈到了这些元素通过创建一个进入的方式,为读者打开了一本书。尤其是绘本,它给插画家、作者和设计者提供了许多机会,来探索副文本元素在叙事中创造性交流的潜力。参见"外文本"和"内文本",它们构成了副文本。

廉价惊险小说:

原为一个贬义的标签,通常指廉价的、流行的维多利亚中期的连环漫画和其他的期刊故事版,这类小说的特点是以拦路抢劫的强盗、耸人听闻的犯罪和普遍流行的骇人故事为主要内容。尽管教育家们常常诋毁这类小说,但它们也有自己充满活力的叙事技巧。

内文本:

是指一本书的副文本特征,包括封面、标题页和页面设计。并非所有这些都是叙事的一部分,但是,它们是这本书的一部分,可以包含在整体的创作效果中。参见"外文本"。

图画书:

是指在儿童书籍中加入插图,书中的图片增加了对读者的视觉吸引力、刺激和支持,但是在很大程度上重复了文字传达的信息。

绘本:

是指在儿童书籍中加入插图,书中的文字和图像是相互依存的,只有通过将这两种层次的叙事结合起来才能充分地理解文本。在某些情况下,绘本中可能没有印刷文字,但仍有语言互动,因为需要用语言来表达或解释图画中所发生的事情。

问题小说:

这个术语最初与青少年文学相联系,其中的青少年主人公面临着广泛的家庭、社会、身体和情感方面的挑战。近来,这种小说的分支已经开始面向更年轻的读者,其代表为英国作家杰奎琳·威尔逊的作品。问题小说常常用于帮助读者思考如果自己面对这样的问题,该如何应对,这样,它们便构成了一种意见文学的形式。

语境重构:

是指将一个书面文本改编为一个新的媒介,例如电影、戏剧、电视节目或网站,而非另一个书面文本。

再媒介化:

指一种媒介在另一种媒介中的表现。为儿童叙事可以采用电影或电脑游戏的方式,在某种程度上伪装成图书、漫画或其他平面媒介,或者,在印刷材料的方式下,可以模仿网站、电脑游戏或别的新媒介。

鲁滨逊式小说:

这类小说可以采用任何媒介或版式,使用受丹尼尔·笛福的《鲁滨逊漂流记》(1719)影响极大的、基本的遇难主题。小说的典型特征包括荒岛的背景(可能是隐喻),一个个体、家庭或别的组合找到求生的方式,通常保存或复制了以下代表了"文明"的重要元素:宗教仪式、商品和服装的生产、宣称对土地和原住民的统治权等。

单向叙事:

芭芭拉·沃尔(1991年)创造的术语,指一种叙述者—读者关系,其中的叙事对象只是少年读者,这类书籍(例如伊妮德·布莱顿的作品)往往被有经验的读者视为平庸之作,却常常带给年轻人相当愉快的感觉。参见"双向叙事"和"二重叙事"。

时空穿越幻想小说:

一种将历史小说和幻想小说的元素相结合的分支,书中通常有一位主人公从现在穿越到从前或将来(有时人物是从过去穿越到了现在或将来),并在两个时空中行动。一些时空穿越小说并不涉及真实的旅行,但却暗示过去和现在的界限已经变得模糊了,因为要允许来自过去的主人公在同一地点看见活在现在或将来的人。时空穿越小说是历史小说作家帮助年轻读者参与其中的方式,同时,此类小说也设想了历史上某一时刻的生活会是什么样子。

青少年小说:

它是儿童文学的一部分,目标读者为青少年。一般来说,它包括篇幅较长和情节复杂的小说,内容涉及青少年和他们的关注点。书店、图书馆和出版商的书单中现在包括了越来越多的诸如漫画小说一类的新形式的青少年小说。

后　记

金伯利·雷诺兹

　　这本书以对"变化的形式和版式"的讨论来结束，因为这是一个潜在的领域，在未来的十年里，儿童文学的构成中最大的变化将出现在这个领域中。安德鲁·奥马利解释了《鲁滨逊漂流记》为了适应该如何讲故事这一新发展采取的方式，以及这本书被改编的方式，他的解释是传统儿童文学创作者迎接叙事呈现新方式的热情的特点。除了为儿童出版的小说和引发新媒介的技术进步之间明显的相互促进之外，在这一过程每次开始的时候，那些将自己视为献身于印刷图书的人都对新媒介抱有敌意。他们总是担心如果孩子们被诱使从广播或电视电影或网络上寻找故事的话，那他们阅读图书的时间会更少，也会更缺乏阅读技巧。事实上，过去的经验证明，随着新科技（包括新媒介）开始和儿童文学相互作用，其在如何用纸媒介或其他任何新媒介方式来讲故事并吸引新生代青年读者方面将会带来重要的和有趣的进步。一般来说，如果儿童开始遇到新形式和新版式的故事，他们不会减少阅读，虽然他们可能会用不同的方式来阅读。我们最大的兴趣不在于新技术的影响是否有益于或有损于儿童文学，而在于我们如何去研究它们。

　　有许多主要研究成果来自对早期媒介对儿童阅读习惯和策略的影响的研究——尤其是对电视的研究（Buckingham，1996；Davies，1989；Himmelweit et al，1958；Hodge and Tripp，1986）。文学批评家们早就留意到新媒介影响叙事的方式，其中既包含风格层面（诸如对话、场景间的活动、观点和步调等)的影响,还包括采用补救的手段。随着供在电脑上阅读的小说(包括在线阅读)的产生,研究者们开始探索超文本、超媒介(其中电子文本的视觉、听觉和文本方面是同时被体验而非如印刷文本那样是被逐一体验的)以及这种由日益复杂的电脑故事提供的互动性是如何影响儿童阅读的方式和阅读对象的。研究这一领域的领军者是玛格丽特·麦基,例如,她通过观察探讨了儿童和青年如何将在阅读图画书和绘本时习得的技能转移到玩电脑游戏上面,或者是与之相反,这种技能叫作跨媒介信息素养[①](Mackey,2002)。

　　麦基是首批承认电脑游戏是一种叙事形式的知名儿童文学研究学者之一,这批学者还认为,毫无疑问,游戏和小说之间的相互作用目前对以下几点影响最大:叙事如何进行,叙事对读者的要求,读者期待从电子文本中获得什么,这一点如何影响他们对叙事的普遍期望。当电脑游戏开始吸纳大量的印刷文字——有时相当于一本大部头的小说——将其作为游戏过程的一部分时,游戏和阅读之间的区别越来越难以确定。阅读这些游戏文本需要从印刷文字及游戏过程中获得技巧和策略。驾驭这些复杂的叙事的快乐,再加上高层次的互动、超媒介、潜心钻研、不确定的结局和无法预知的持续时间,这些都是与阅读传统小说截然不同的地方。与此同时,由于游戏的叙事组成部分变得更为复杂、更有影响力,需要恰当地为小说做结论的感觉(即使这结论可以通过多种路径获得)开始凌驾于只是想完成游戏的愿望之上,这些游戏作为小说的状态愈加明显。一些小说作家被吸引到这种小说创作的新形式中来,开始探索它的潜能,而游戏的创作者则雇佣作家,包括一些地位很高的作家,如安伯托·艾柯(Assassin's Creed,2008 and Assassin's Creed II,2009),来创作一些引人入胜的故事。

　　因此,儿童文学研究历史的新篇章正在开启。电子小说是儿童文学应对新媒介的最新例子。今后研究的问题是,新的技能和方法是否会被用于

---

① 即跨越媒介的素养——详见 http:transliteracies. english. ucsb. edu

处理跨媒介环境的复杂情况,跨媒介环境既催生了为儿童创作的新小说,又催生了阅读的新方式。今后需要研究的问题还有本书所介绍的各种策略是否经过一定修正后会继续用于为新生代的学生和学者服务。

拓展阅读

1. Atkins，B.，More than a Game：The Computer Game as Fictional Form(Manchester and New York：Manchester University Press，2003).

2. Mackey，M.，Literacies Across Media：Playing the Text(London and New York：Routledge，2002). Murray，J.，Hamlet on the Holodeck：The Future of Narrative in Cyberspace(New York：The Free Press，1997).

3. Ryan，M. L.，Immersion and Interactivity in Literature and Electronic Media (Baltimore：Johns Hopkins University Press，2001).

4. Sainsbury，L.，'Game On：Adolescent Texts to Read and Play'，in K. Mallan and S. Pearce (eds)，Youth Cultures：Texts，Images and Identities(Westport，CT and London：Praeger，2003).

5. Sainsbury，L.，'Rousseau's Raft：The Remediation of Narrative in Romain Victor-Pujebet's CD-ROM Version of Robinson Crusoe'，in F. Collins and J. Ridgman (eds)，Turning the Page：Children's Literature in Performance and the Media (Oxford：Peter Lang，2006).

译者后记

　　本书由孙张静、李萍、张岚翻译。具体分工为：孙张静翻译第四、五、六章及所有辅文，李萍翻译第一、二章，张岚翻译第三章，最后由孙张静负责译校并统稿。

本书译者

2018 年 12 月